Arena-Taschenbuch
Band 50745

Das Hörbuch ist unter dem Titel
Ariadne. Zeitreisende soll man nicht aufhalten erhältlich.

Ebenfalls von der Autorin in dieser Reihe erschienen:
Zeitreisende küsst man nicht (Band 50612)

Kirsten John
denkt sich Geschichten aus, seit sie zehn Jahre alt ist.
Eine Zeit lang schrieb sie nach der Schule, dann während des Studiums, schließlich neben ihrer Arbeit als Redakteurin bei einem Stadtmagazin. Irgendwann konzentrierte sie sich ganz und gar darauf – und veröffentlicht seitdem Bücher für Kinder, Jugendliche und Erwachsene.
Von ihrem Schreibtisch aus hat sie einen wunderbaren Blick über Hannover, wo sie, ihre Familie und ihr Hund leben.

Kirsten John

Verliebt in eine Zeitreisende

Arena

FSC
www.fsc.org
MIX
Papier aus verantwortungsvollen Quellen
FSC® C110508

1. Auflage als Limitierte Sonderausgabe im Arena-Taschenbuch 2015

Das Buch ist erstmals 2011 in anderer Ausstattung unter dem Titel
Ariadne. Zeitreisende soll man nicht aufhalten beim Verlag erschienen.
Dieses Werk wurde vermittelt durch die Literarische Agentur
Thomas Schlück GmbH, 30827 Garbsen
Coverillustration: Nina Dulleck
Umschlagtypografie: KCS GmbH · Verlagsservice & Medienproduktion,
Stelle/Hamburg
Sondergestaltung: komm Design/achkomm.com/Würzburg
Gesamtherstellung: Westermann Druck Zwickau GmbH
ISSN 0518-4002
ISBN 978-3-401-50745-3

www.arena-verlag.de
Mitreden unter forum.arena-verlag.de

I.
Familienbande

Kapitel 1

Die Zeit ist nicht so verlässlich, wie sie scheint, im Gegenteil. Es ist also wichtig, sich zu merken, was vorher war und was nachher. Und was so eigentlich überhaupt nicht passiert ist.

Aber noch verläuft alles ruhig und zeitgemäß. Die Perrevoorts sind zu Gast bei uns und wir essen gerade zu Abend. Es gibt Nudelauflauf, weil Mama den gut kann, und anschließend rote Grütze, die sie in einem großen Topf im Supermarkt gekauft hat. Die Perrevoorts essen sehr oft bei uns, weil sie, wie sie sagen, »Familienbande« pflegen wollen.

Laut meiner Schwester Alex langweilen sie sich einfach.

Die Perrevoorts, das sind Onkel Theodor, seine Frau Regina und ihr Sohn Justus.

Onkel Theodor ist der Cousin unserer Mutter, die an diesem Abend reichlich nervös ist. Das ist Mama immer, wenn Besuch da ist, weil sie stets damit rechnen muss, dass unsere kleinste Schwester Aella sich plötzlich in Luft auflöst. Das ist allerdings Quatsch: Natürlich löst sie sich nicht wirklich in Luft auf. Sie wird einfach unsichtbar – aber das kommt letztendlich auf das Gleiche raus und macht Erklärungen schwierig.

Bis jetzt ist alles gut gegangen. Alex und ich stochern in unserem Essen und Aella ist noch völlig sichtbar, wenn auch ein wenig blass an den Rändern. Nur Mama ist, wie gesagt, nervös und schenkt mir zum dritten Mal Wasser nach, obwohl mein Glas fast überläuft.

Die Perrevoorts wissen nichts von unseren Fähigkeiten, zu denen Mama immer nur »Hexendinge« sagt. Obwohl: Bei Onkel Theodor bin ich mir gar nicht so sicher, schließlich liegen »Hexendinge« in unserer Familie. Wir alle haben welche.

Mein Hexending ist allerdings nicht so toll wie das von meiner kleinen, unsichtbar werdenden Schwester Aella. Oder von Alex, die etwas ankokeln oder sogar richtig in Brand stecken kann, wenn sie sich ärgert. Ich verschwinde, wenn ich mich erschrecke. Und lande dann meistens im Keller.

Nicht so toll, habe ich ja gesagt.

Onkel Pluvius, der eigentlich unser Großonkel ist und in der Zeit springen kann, meint, dass sich das noch geben würde und er auch einmal so angefangen hätte, aber noch bewege ich mich nicht eine Sekunde vor oder zurück. Nur runter in den Keller. Und das auch noch unabsichtlich.

Natürlich hat sich Alex eine Zeit lang einen Heidenspaß daraus gemacht, mir aufzulauern. Früher ist sie ständig hinter irgendeiner Gardine oder einem Schrank hervorgestürzt und ich musste dann all die Treppen wieder hochsteigen, nur um mir anzusehen, wie sie sich vor Lachen über den Boden wälzt. Haha, echt witzig. Dadurch ist meine Schreckschwelle allerdings deutlich höher geworden. So leicht lasse ich mich nicht mehr aus der Ruhe bringen. Es gibt nur ein Mittel, bei dem ich garantiert verschwinde, und das sind Spinnen. Ich habe einen Wahnsinnsekel vor Spinnen und sowie ich die sehe, zack, Keller.

Gott sei Dank haben wir einen Hund, Rufus, der, so widerlich es auch klingt, Spinnen für sein Leben gern auffrisst. Er frisst noch ganz andere Sachen, aber darauf gehe ich jetzt lieber nicht näher ein.

Im Augenblick verschlingt er den Nudelauflauf, den ich ihm unauffällig unter dem Tisch vor die Schnauze fallen lasse.

Und schmatzt vernehmlich.

»Du fütterst doch nicht etwa den Hund?«, fragt Mama. Sie ist gerade dabei, die Teller zusammenzuräumen, und wirft mir einen strengen Blick zu.

Ich schüttele den Kopf. Eine Lüge ist nicht so unverschämt, wenn man sie nicht ausspricht.

»Tut sie wohl«, petzt Justus.

»Tut sie nicht«, springt Alex sofort für mich in die Bresche.

»Tut sie wohl. Ich hab's doch gesehen!«

Justus ahnt gar nicht, in welcher Gefahr er schwebt! Alex kneift die Augen zusammen und Justus wischt sich über die Stirn. Kein Wunder, dass ihm heiß wird.

Ich starre vor mich auf den Tisch und versuche, ein Grinsen zu unterdrücken. Geschieht ihm ganz recht, der ollen Petze!

Leider bemerkt auch Mama in diesem Moment, was da vor sich geht, und sagt warnend: »Alexandra!« Sie wirft ihr den Keine-Hexendinge-Blick zu.

»Er redet nur Blödsinn«, verteidigt sich meine Schwester.

»Wenn ich's doch gesehen habe«, sagt Justus rechthaberisch. »Ariadne hat den Hund unter dem Tisch mit Nudelauflauf gefüttert.« Ein Schweißtropfen läuft ihm die Schläfe herunter.

»Hat sie nicht«, zischt Alexandra und kneift ihre Augen zu winzigen Schlitzen zusammen.

Mama tritt hinter sie und hält ihr die Hände vors Gesicht. »Noch jemand rote Grütze?«, flötet sie.

Alexandra windet sich wie ein Wurm am Angelhaken.

»Nein, danke, ich hab noch«, erwidert Tante Regina abwesend, während sie sie mit offenem Mund anstarrt.

»Und du, Theodor?«

»Ich auch nicht. Danke.« Er schiebt die Schale von sich und beobachtet ebenfalls den Kampf ihm gegenüber.

»Äh, Theresa«, fragt Tante Regina, »warum hältst du deiner Tochter die Augen zu?«

»Tu ich das?« Mama lacht gekünstelt. Sie lässt Alex los und gibt ihr als Warnung einen leichten Klaps auf den Hinterkopf.

Kein Wunder, dass sie bei vielen Menschen, vor allem aber bei den Perrevoorts, als »etwas sonderlich« gilt. Dabei ist sie die Einzige, die keine Fähigkeiten hat: Mama kann nicht mal eine Fliege von der Wand hexen, außer sie haut drauf. Früher hatte sie auch ein Hexending, mindestens, aber irgendwie ist es verloren gegangen, so wie unser Vater verloren gegangen ist, und sie will uns in beiden Angelegenheiten partout nicht erzählen, wie und warum. Sie wird nur fürchterlich traurig, wenn wir sie fragen, also lassen wir es inzwischen bleiben.

»Wir sollten besser rübergehen«, unterbricht Alex und zeigt auf ihre Uhr.

»Oh, ja, natürlich.« Mama reißt Aella förmlich aus ihrem Kindersitz. »Lasst uns doch ins Kaminzimmer gehen. Sofort.« Das Letzte war ein Befehl.

»Ich bin noch nicht fertig«, mault Justus.

»Ich würde auch noch ganz gern . . .«, beginnt Tante Regina, kommt aber nicht mehr dazu zu sagen, was sie noch gerne würde, denn Mama ist unerbittlich.

»Ihr könnt nachher weiteressen. Wir gehen *jetzt«*, sie betont das »Jetzt«, »rüber ins Kaminzimmer.« Verdutzt stehen die Perrevoorts auf und folgen ihr. Auch wir rutschen von unseren

Stühlen. An der Tür dreht sie sich noch mal um. »Es sollte vielleicht jemand hierbleiben. Ariadne, übernimmst du das?«

»Was denn übernehmen?«, will Tante Regina wissen.

»Den Tisch abräumen«, entgegnet Mama kurz angebunden. Sie schließt die Tür hinter sich.

Ich räume den Tisch nicht ab. Ich warte.

Die goldene Uhr auf der Kommode schwingt ihr Pendel hin und her, die Zeiger kriechen. Nur der Sekundenzeiger in der Mitte zeigt an, dass überhaupt Zeit verstreicht. Das Pendel ist ein ebenfalls goldener Delfin, auf dem ein kleiner nackter Kerl reitet. Ticktack, hin und her, es sind noch sieben Sekunden, noch sechs, fünf, vier, drei, zwei . . .

Mit einem kleinen Plopp, nicht lauter als der, der beim Öffnen einer Weinflasche entsteht, erscheint Großonkel Pluvius. Er sieht wie immer ganz zerknittert aus, wenn auch nicht so fürchterlich wie das letzte Mal, als er hier auftauchte. Da hat er erst einen Pfeil aus seiner Schulter gezogen und sich dann auf dem Teppich vor unserem Kamin übergeben.

Heute ist es nicht annähernd so schlimm. Seine rötlich blonden Haare sind bloß ein wenig durcheinander. Er hat die Arme um sich und den schwarzen Reisemantel geschlungen, den er immer trägt. Seine Hosenbeine sind nass, als wäre er gerade durch einen Fluss gewatet.

Er kneift die Augen zusammen. Es dauert wie immer einige Augenblicke, bis er weiß, wo er ist, doch dann streichelt er Rufus, der schwanzwedelnd auf ihn zugelaufen ist. Andere Hunde hätten vielleicht gebellt, doch Rufus lässt sich nicht so leicht aus der Ruhe bringen. Ich bin wirklich stolz auf ihn.

»Rufus, alter Junge. Hallo, Ariadne«, begrüßt uns Onkel Pluvius. Seine Stimme klingt noch ganz schwach, wie immer nach einem Zeitsprung. Dennoch schafft er es, mir zuzulächeln. »Du bist ja gar nicht überrascht, mich zu sehen.«

»Nein«, erkläre ich, »schließlich wirst du uns noch warnen.«

»Werde ich das?« Onkel Pluvius reibt sich die Stirn.

»Ja. Scheint so, als wärst du eigentlich in unser Abendessen mit den Perrevoorts geplatzt, woraufhin Tante Regina in Ohnmacht gefallen wäre, Onkel Theodor einen Krankenwagen gerufen und der blöde Justus sich im Schrank versteckt hätte. Wir hätten ewig nach ihm suchen und Mama den Notarzt abwimmeln müssen. Zu allem Überfluss wäre dann auch noch Aella unsichtbar geworden und Tante Regina daraufhin wieder in Ohnmacht gefallen.« Es ist verdammt schwierig, in einer vergangenen Zukunft zu sprechen, die möglicherweise hätte gewesen sein können, jetzt aber völlig anders verläuft.

»Aha«, macht Onkel Pluvius.

»Daher bist du zurückgesprungen und hast uns gewarnt, dass du heute Abend um diese Uhrzeit hier auftauchen würdest und wir Onkel Theodor, Tante Regina und Justus inzwischen ablenken müssen.«

»Soso. Das wird aber sehr intelligent von mir gewesen sein.« Er lächelt mich wieder an und ich werde rot. Das passiert mir dauernd, wenn er in der Nähe ist. Pluvius ist zwar der Bruder meiner Oma, sieht aber wesentlich jünger aus, auch wenn er stets merkwürdige Klamotten trägt. Irgendwie wirkt er . . . zeitlos, ja, das ist das richtige Wort. Vielleicht ist das der Grund, warum ich mich in seiner Gegenwart immer ein wenig befangen fühle. Und ärgerlicherweise ständig rot werde.

Erschöpft lässt Onkel Pluvius sich auf den nächstbesten Stuhl fallen und betrachtet interessiert die Überreste unseres Essens. »Was gab's denn?«

»Nudelauflauf. Aber der ist alle«, sage ich mit einem schuldbewussten Blick auf Rufus, der sich über die Lefzen leckt. »Du kannst noch etwas rote Grütze haben.« Ich schiebe ihm Justus' Schale zu, über die sich mein Großonkel eifrig hermacht.

»WiesdeUle?«, fragt er schließlich zwischen zwei Bissen.

»Wie es in der Schule ist?«

Er nickt.

Wir gehen nicht etwa auf eine besondere Schule: Es gibt keine besondere Schule für Kinder mit Hexendingen, wie viele Menschen jetzt fälschlicherweise annehmen könnten. Schön wär's. Ich gehe in eine ganz normale Schule, so wie Alex auch. Aella bleibt zu Hause bei unserer Mutter.

»Ganz gut. Wir haben Ferien.«

»Unni ünge?«

»Die Sprünge?« Onkel Pluvius meint wahrscheinlich meine Kelleraufenthalte. »Na ja«, mache ich düster.

»Du musst Geduld haben, Ariadne«, sagt mein Großonkel, der inzwischen aufgegessen hat. Er sieht ein wenig besser aus und ist auch nicht mehr ganz so bleich. »So hat es bei mir auch angefangen. Ich bin immer in unserem Baumhaus gelandet. Irgendwann war es dann früher oder später, schließlich vorher und nachher. Und letztendlich habe ich es in den Griff gekriegt.« Er verzieht das Gesicht. »So einigermaßen.«

»Was heißt so einigermaßen?« Das klingt nicht gerade beruhigend, finde ich.

»Na ja.« Er zuckt mit den Schultern. »Man muss sich schon konzentrieren. Und man sollte es nicht übertreiben.« Mehr sagt er nicht dazu.

Ist auch gar nicht nötig: Ich habe ihn, wie gesagt, schon in wesentlich schlechterer Verfassung ankommen sehen und kann mir ungefähr vorstellen, was Zeitreisen bewirken können. Und dass sie kein Spaziergang sind.

»Und was machen wir jetzt mit meinem Neffen?«, fragt Onkel Pluvius. »Sind er und seine Familie schon gegangen?«

»Nein. Sie wollten noch den Nachtisch aufessen.« Mein Blick fällt auf die leere Schüssel, die Onkel Pluvius wieder auf den Tisch gestellt hat.

»Dann werde ich mal lieber wie jeder normale Mensch durch die Tür kommen.« Onkel Pluvius wuchtet sich aus dem Sessel. Er schwankt etwas, hat sich jedoch schnell wieder gefangen.

Dieses Mal ist es leicht: Wir müssen gar nicht viel erklären. Onkel Pluvius schleicht durch den Flur zur Haustür und klingelt, ich mache ihm auf. Da haben wir schon ganz andere Situationen erlebt. Einmal ist er in einer Art langem Unterhemd und mit einer weißen Perücke vor unseren Nachbarn aufgetaucht. Ein anderes Mal hatte er einen toten Biber in der Hand und eine Kriegsbemalung im Gesicht, als meine Mutter gerade dem Postboten eine Quittung unterschrieb. *Das* war schwer zu erklären. Das heute ist nichts dagegen.

Mama und Alex begrüßen Onkel Pluvius überschwänglich und lassen sich nicht anmerken, dass sie von seiner Ankunft wussten.

Die Perrevoorts begrüßen ihn auch, wenn auch nicht gerade herzlich. Ich muss jedes Mal schlucken, wenn ich Onkel Theodor und Großonkel Pluvius zusammen sehe. Theodor sieht im Vergleich zu seinem eigenen Onkel so viel älter aus. Und Pluvius so viel besser. Kaum zu glauben, dass sie miteinander verwandt sind.

»Wo bist du denn gewesen, Pluvius?«, fragt Tante Regina

ihn jetzt. »Bist du etwa durch einen Fluss gewatet?« Sie zeigt auf seine Hosenbeine.

»Allerdings«, sagt Onkel Pluvius liebenswürdig und erklärt, als sei es das Normalste von der Welt: »Ein paar Ritter waren hinter mir her und ich kann dir sagen: Von ›Ritterlichkeit‹ haben die noch nie gehört. In Wirklichkeit sind das betrunkene, streitlustige Vollidioten mit einem ungesunden Hang zur Brutalität. Das einzig Gute ist: Sie sind recht wasserscheu. Muss an ihren Rüstungen liegen.«

Tante Regina starrt ihn mit großen Augen an, Justus auch.

Onkel Theodor runzelt böse die Stirn. »Was du wieder so redest, Onkel Pluvius.«

»Stimmt. Du hast wirklich eine wunderbare Fantasie«, lacht Mama gekünstelt und versucht wie immer, die Situation zu retten. »Wollen wir nicht wieder reingehen und den Nachtisch essen?« Sie schubst Tante Regina und Justus förmlich vor sich her. Onkel Theodor folgt ihnen kopfschüttelnd.

Alex und ich warten, bis Onkel Pluvius seinen Mantel aufgehängt hat.

»Waren wirklich Ritter hinter dir her?«, will Alex wissen.

»Ständig.« Onkel Pluvius zwinkert. Bei ihm kann man nie wissen, ob er es ernst meint oder nicht.

Alex kichert. »Macht nichts. Die Perrevoorts sind eh überzeugt davon, dass du einen Sprung in der Schüssel hast.«

»›Sprung in der Schüssel?‹ Sagt man das so?«, will Onkel Pluvius wissen, der meiner Schwester ins Esszimmer folgt.

Ich sehe ihnen nach. Kann sein, dass Onkel Pluvius von Rittern verfolgt worden ist, kann auch nicht sein. Aber eins weiß ich ganz bestimmt: Onkel Theodor ist keineswegs davon überzeugt, dass Onkel Pluvius einen Sprung in der Schüssel hat.

Ganz im Gegenteil: Man muss ihn nur ansehen, um zu wissen, dass er seinem zeitreisenden Onkel jedes Wort glaubt.

»Du musst dich mehr konzentrieren, Ariadne. Du schaffst das schon.«

Onkel Pluvius hat leicht reden. Er sitzt gemütlich am Frühstückstisch, eine dampfende Tasse Kaffee vor sich, und konzentriert sich kein bisschen. Im Gegenteil: Er wirft ständig einen Blick in die Zeitung, wenn er denkt, ich sehe es nicht.

»Onkel Pluvius«, sage ich anklagend. »Du hilfst mir nicht gerade viel.«

»Was? Oh.« Er schaut von der Zeitung hoch. »Na ja, da kann man auch niemanden großartig helfen, Ariadne. Du brauchst eben einen Auslöser, um in der Zeit zu reisen.«

»Einen Auslöser?«

»So etwas wie deine Spinnen. Mit denen klappt es doch auch.«

»Ja, runter in den Keller.«

Onkel Pluvius trinkt einen Schluck, lässt mich über den Rand seiner Tasse hinweg jedoch nicht aus den Augen. »Das ist doch schon einmal ein Anfang. Und wie geht es dir danach? Ist dir schlecht oder so? Wackelt ein Zahn?«

»Was?« Ich greife mir in den Mund und ruckele an meinen Schneidezähnen. »Natürlich nicht. Warum? Was ist denn mit meinen Zähnen?«

»Nichts, nichts«, versucht Onkel Pluvius zu beschwichtigen. Er stellt die Tasse wieder auf den Tisch neben sich. »Zeitreisen haben auf jeden eine andere Wirkung, das ist alles. Wahrscheinlich ist es bei dir noch nicht so weit. Mir allerdings ging es damals schon schlecht, wenn ich nur im Baumhaus gelandet bin, ohne auch nur eine Sekunde in der Zeit gesprungen zu sein.«

Ich schüttele den Kopf. Schlecht war mir noch nie.

»Das kommt noch«, sagt Onkel Pluvius wenig beruhigend. Er greift wieder nach der Zeitung, doch so leicht lasse ich ihn nicht davonkommen.

»Kann man auch sterben?«, will ich wissen.

»Auf einer Zeitreise?« Onkel Pluvius sieht hoch. »Natürlich.«

»Ich meine nicht durch Ritter oder so. Durch den Zeitsprung an sich.«

Onkel Pluvius lässt die Zeitung sinken. »Ja«, sagt er kurz und knapp.

Das wird ja immer schöner. »Vielleicht sollte ich es dann lieber lassen?«

Onkel Pluvius sieht mich erst ernst an, dann nickt er. »Ja, das wäre sicher das Beste, Ariadne. Aber das tust du eben nicht.«

Aha. Da ist es schon wieder. Durch sein Rumgespringe in der Zeit weiß er natürlich schon viel mehr über mich und meine Familie. Das kann einen verrückt machen, vor allem, weil er mir kein Sterbenswörtchen darüber verrät.

»Ich nehme an, du kannst auch gar nicht anders, solange du deine Fähigkeiten noch nicht unter Kontrolle hast«, fährt Onkel Pluvius fort. »Spinnen gibt es schließlich überall.« Seine Augen blitzen. Er hat unheimlich tolle Augen, und sobald ich das denke, bin ich auch schon rot wie eine Tomate.

Ich sehe runter auf meine Turnschuhe und lasse mir die Haare vors Gesicht fallen, damit das nicht so auffällt. Es wird wieder ruhig, nur der kleine nackte Kerl tickt unerbittlich auf seinem Delfin vor sich hin. Ich muss die Gelegenheit nutzen.

Es gibt nicht viele Momente, in denen ich Onkel Pluvius allein für mich habe und ihn übers Zeitreisen ausquetschen kann.

»Kann ich die Zeit ändern? Wenn ich zum Beispiel in der Vergangenheit irgendetwas tue oder sage, wodurch sich das Leben ändert?«, frage ich.

»Puh.« Endlich gibt Onkel Pluvius es auf und legt die Zeitung weg. »Das ist nicht so einfach zu beantworten.« Er beugt sich vor. »Machen wir einmal einen Test. Als ich gestern zu euch gesprungen bin, da hatte ich doch unheimliches Glück, oder? Ich meine, ich hätte ja auch mitten in das Abendessen mit den Perrevoorts platzen können.«

»Ja«, nicke ich. »Stimmt.«

Onkel Pluvius lächelt. »Siehst du? Gestern noch hast du mir etwas anderes erzählt. Du hast gesagt, ich wäre tatsächlich in das Abendessen geplatzt, dann noch einmal zurückgesprungen und hätte euch gewarnt.«

»Ehrlich?« Ich bin verdutzt. »Und warum weiß ich dann nichts mehr davon?«

»Genau darauf will ich hinaus: Jeder Zeitsprung verwundet die Zeit, Ariadne: Er hinterlässt Spuren. Aber die heilen auch schnell wieder. Du vergisst, was hätte sein können, wenn sich die Geschichte geändert hat. Zumindest das, was an der Oberfläche liegt.«

Halt, einen Augenblick. Das verstehe ich nicht. »Das heißt, ich kann Dinge ändern, die nah an meiner Gegenwart sind, vergesse aber, dass ich sie geändert habe?«

Onkel Pluvius nickt. »Nach einer Weile, ja.«

»Und warum weißt du es dann noch?«

»Ich weiß es nur so lange, wie ich noch außerhalb der Geschichte bin und herumreise. Wenn ich mich erst einmal in ihr niedergelassen habe, werde ich es auch vergessen.«

Das muss ich erst einmal verdauen. »Und was ist mit der tieferen, der vergangenen Vergangenheit?«

»Funktioniert genauso. Deswegen gibt es ja auch Leute, die aufpassen, dass du das nicht tust.«

Mein Kopf schwirrt. »Ist ja auch egal«, sage ich düster. Was interessieren mich Leute, die andere am Zeitändern hindern? »Ich werde es eh nie aus diesem Keller herausschaffen.«

»Oh doch«, beruhigt mich Onkel Pluvius. Er lehnt sich wieder zurück und greift nach seinem Kaffee, der inzwischen wahrscheinlich kalt ist. »Das wirst du, Ariadne. Und ob du das wirst.«

Ich mag Abschiede nicht, vor allem, wenn man denjenigen, der sich verabschiedet, nie wiedersieht. Bei Onkel Pluvius ist das allerdings anders. Er verschwindet und man weiß nie, ob er nicht in den nächsten Minuten wieder auftaucht. Oder schon aufgetaucht ist. Oder ob er einfach weg war und man es nur vergessen hat: Zeitreisen haben auch ihre Vorteile. Sie machen das Abschiednehmen weniger endgültig.

Also ist es auch nicht ungewöhnlich, als Onkel Pluvius seinen schwarzen Reisemantel vom Haken nimmt und »Ich bin dann mal weg« den Flur hinunterbrüllt.

Es ist ja nie für lange.

»Tschüss«, ruft Alex aus ihrem Zimmer im ersten Stock.

Mama und Aella sind auf einem Spaziergang.

Als ich um die Ecke flitze, sehe ich gerade noch, wie er sich vor meinen Augen auflöst. Nicht so wie Aella, die erst blass wird und dann immer mehr verschwindet, sondern sehr plötzlich. Eben noch da und schon weg. Als hätte man ihn geträumt oder so.

Ich habe noch nicht einmal geblinzelt, als ich ein leises Plopp höre und Onkel Pluvius wieder vor mir steht.

»Wow!«, sage ich. »Das war ein Rekord.«

Er sieht nicht gut aus. Gar nicht gut. Sein Haar steht nach allen Seiten ab und auf seiner Wange ist eine lange Schramme. Der schwarze Reisemantel ist verschwunden.

»Onkel Pluvius! Alles in Ordnung?« Natürlich nicht. Das sehe ich ja selbst.

Wie zur Antwort stöhnt Onkel Pluvius und krümmt sich zusammen. Eine Schrecksekunde lang denke ich, er werde sich übergeben, aber das passiert nicht.

»Onkel Pluvius«, sage ich unsicher. Ich lege mir seinen Arm um die Schulter und schleppe ihn ins Wohnzimmer, während Rufus schwanzwedelnd um uns herumtanzt. Es klingelt an der Tür, aber darum kann ich mich nicht auch noch kümmern. »Alex«, schreie ich die Treppe hoch.

Ich schaffe es, Onkel Pluvius in den Sessel am Fenster zu setzen.

Es klingelt noch mal.

»Alex!«

»Jaja, ich komme ja schon«, höre ich meine Schwester die Treppe herunterpoltern, während ich die Wohnzimmertür schließe. Ist sicher besser, wenn niemand Onkel Pluvius so zu Gesicht bekommt.

Der hat die Augen geschlossen und sieht furchtbar bleich aus. Rufus setzt sich vor ihn und leckt seine Hand.

»Wie lange war ich weg?«, fragt Onkel Pluvius, ohne die Augen aufzumachen.

»Bei uns? Nicht mal zehn Sekunden.«

»Gut. Gut.« Er zwingt sich dazu, mich anzusehen. »Ariadne. Schau nicht so erschrocken. Es geht mir gut.«

»Das wirkt aber ganz anders«, erwidere ich mit kläglicher Stimme.

Draußen auf dem Flur sind Stimmen zu hören. Ich kann nur hoffen, dass Alex den Besuch nicht ins Wohnzimmer lässt. »Soll ich dir was holen? Ein Glas Wasser oder so? Tee? Kaffee?«

Onkel Pluvius hebt die Hand. »Warte Ariadne, ich hab nicht viel Zeit. Da ist jemand, nun, ich will nicht sagen, hinter mir her, wie soll ich es mal ausdrücken . . .« Er richtet sich auf. »Also, da ist jemand hinter mir her.«

»Hinter dir her?«

»Kein Grund, sich Sorgen zu machen. Zumindest hoffe ich das.« Er scheint auf die Stimmen im Flur zu lauschen, dann schüttelt er den Kopf. »Ich will ihn aber trotzdem lieber nicht herführen.«

»Ihn herführen?« Meine Stimme schraubt sich höher.

»Genau. Er muss ja nicht wissen, wo ihr seid.«

»Wo wir sind?« Jetzt klingt meine Stimme schon ganz schön schrill.

»Würdest du bitte aufhören, alles zu wiederholen, was ich sage? Ich muss kurz nachdenken.« Pluvius erhebt sich, stützt sich aber noch am Sessel ab. Mit wackeligen Schritten geht er rüber zum Globus, der in Wirklichkeit eine Bar ist: Man kann ihn öffnen. Meine Mutter bewahrt da ihren Likör »für Notfälle« auf und Pluvius eine ganze Sammlung seltener Whiskys. Jetzt nimmt er sich eine Flasche, öffnet sie und schenkt sich einen ordentlichen Schluck der bernsteinfarbenen Flüssigkeit ein.

Sorgfältig schließt er Flasche und Globus wieder, bevor er sich zu mir umdreht. Er lässt die Flüssigkeit in seinem Glas kreisen. »Hör gut zu. Du kennst ja das Haus am Steinbruch, da . . . du kennst es nicht?« Er betrachtet mich erstaunt, überlegt dann. »Es ist vielleicht noch nicht fertig«, sagt er. Mit einem einzigen Schluck stürzt er den Whisky hinunter und stellt das Glas auf den Esstisch. »Es wird wohl gerade erst gebaut. Eine Familie Haußmann wird dort einziehen, soweit ich mich erinnere. Ja, er hieß Haußmann. Moritz Haußmann.« Mein Großonkel verzieht das Gesicht, als sei die Erinnerung daran eher unangenehm. Dann blickt er mich an. »Kannst du mir so weit folgen?«

»So einigermaßen«, quetsche ich raus. Jemand verfolgt ihn, ein Haus wird gebaut, das eine Familie Haußmann bezieht: Also ehrlich, so merkwürdig benimmt er sich normalerweise nie. Aber was heißt schon normalerweise?

»Das muss genügen«, sagt Onkel Pluvius und nickt. »Mehr musst du erst einmal nicht wissen. In diesem Haus wird ein Kästchen versteckt werden, das dieser . . . nennen wir ihn mal Jemand, das dieser Jemand nicht kriegen darf. Unter keinen Umständen. Und das hier ist der Schlüssel dazu.« Er zieht ein kleines samtenes Säckchen aus seiner Manteltasche und gibt es mir. Kaum habe ich etwas Hartes darin erfühlt, umschließt er meine Hand mit der Faust und sieht mich eindringlich an. Er hat dunkelbraune Augen, die um die Iris herum grün schimmern und einen auf eine Art ansehen können, dass einem ganz warm wird. Ich merke schon wieder, wie ich rot werde.

»Auf den Schlüssel musst du gut aufpassen, Ariadne, hörst du? Nur die nächste Zeit. Ich würde es anders machen, wenn ich es könnte, aber . . .« Er bricht ab, lässt meine Hand los und räuspert sich. »Ich muss jetzt los.« Er sieht sich um, lauscht angestrengt. »Kannst du das auch hören?«

Ich spitze die Ohren, höre aber nichts bis auf die Stimmen im Flur. Alex und Onkel Theodor, glaube ich. Und dann ist da noch Rufus, der in der Ecke sitzt und knurrt. Warum knurrt er?

Ich starre auf den Schlüssel in meiner Hand. »Geht es nicht noch ein kleines bisschen genauer, Onkel Pluvius?« Ich muss gestehen, dass ich es jetzt doch mit der Angst zu tun kriege.

»Tut mir leid«, sagt Onkel Pluvius und knöpft seinen Mantel zu. »Du weißt ja: Raum-Zeit-Kontinuum.«

»Ja«, erwidere ich mit Blick auf den Schlüssel. »Äh, nein«, fällt mir siedend heiß ein und ich sehe hoch. »Keine Ahnung. Was soll das heißen?«

»Kurz gesagt: Man darf nicht zu viel wissen über die Zeit, sonst versucht man bloß, sie zu ändern. Und das ist etwas, was sie dir echt übel nimmt.« Er zwinkert mir zu.

Ich finde es völlig unpassend, jetzt zu zwinkern. »Und was soll ich jetzt mit diesem Schlüssel machen?«

»Nur aufbewahren, Ariadne. Es wird ihn jemand abholen, sobald es geht. Das kann in einer Minute sein, einer Stunde oder auch erst in ein paar Tagen. Jemand, den du kennst.« Er sieht mich auf eine Art und Weise an, dass ich es erst recht mit der Angst zu tun bekomme. Als würden wir uns nicht so bald wiedersehen und er wolle sich noch einmal ein Bild von mir einprägen oder so.

»Äh, Onkel Pluvius«, beginne ich unsicher.

»Schon gut«, sagt er. »Es wird schon nichts . . .«

Und dann passiert doch etwas und zwar gleichzeitig und sehr schnell. Aus dem Nichts erscheint ein Spalt aus Licht. Rufus weicht zurück und fängt wie verrückt an zu bellen, ein Arm kommt aus dem Licht, packt meinen Großonkel, es knallt ohrenbetäubend und dann – puff – sehe ich mit einem Mal Regale mit Gläsern voll eingemachter Bohnen, Roter Bete und kleiner Zwiebeln.

Ich bin mal wieder im Keller gelandet.

Panisch betrachte ich das Samtsäckchen in meiner Hand, das mir beweist, dass ich das alles nicht nur geträumt habe. Verstecken, so viel ist mir klar, aber wo? Ich überlege fieberhaft, dann renne ich zum Sofa, das meine Mutter für mich hingestellt hat, falls ich mal länger hier unten gefangen sein sollte, und packe es unter das linke Sofakissen. Nicht gerade das sicherste Versteck, aber fürs Erste muss es genügen. Danach stürze ich die Kellertreppe nach oben, um herauszufinden, was mit Großonkel Pluvius und Rufus passiert ist, und komme gerade rechtzeitig, um Alex »Das war bestimmt nur eine Fehlzündung« sagen zu hören.

Aha, sie ist schon bei den Erklärungen. Mit Onkel Theodor steht sie im Türrahmen zum Wohnzimmer.

»Hallo, Onkel Theodor«, sage ich atemlos und lasse ihn zusammenfahren.

»Ariadne«, sagt er, »da bist du ja. Ich war gerade, äh, zufällig in der Nähe und wollte nur mal sehen, wie es euch geht.«

Uns geht? Er war doch gestern erst hier. Noch jemand, der sich merkwürdig benimmt. »Ich war im Keller«, erkläre ich, obwohl mich ja niemand gefragt hat.

»Und vorher hast du das Zimmer verwüstet?« Onkel Theodor runzelt die Stirn.

Oh nein, verwüstet? Ich drängele mich an ihm vorbei. »Verwüstet« ist zwar übertrieben, denn es sind nur ein paar Topfpflanzen umgefallen und die Bilder hängen allesamt schief, doch Onkel Pluvius ist verschwunden.

»Rufus«, fällt mir ein. Ich stürze ins Zimmer und da hockt er, neben dem Büffet in einer Ecke. Er hat die Ohren angelegt und fiept ein wenig, doch sonst sieht er okay aus. Ich knie mich hin und grabe mein Gesicht in sein Fell.

»Das war der Hund?«, fragt Onkel Theodor misstrauisch. Er sieht sich im Zimmer um, als würde er etwas suchen, und bleibt an dem leeren Glas auf dem Tisch hängen.

»Ja, Rufus war das«, sage ich erleichtert darüber, dass ich dafür jetzt nicht auch noch eine Erklärung brauche, und tätschele ihm den Kopf. »Braver Rufus, ganz braver Hund.« Ich bin so froh, dass er noch da ist und nicht mit Onkel Pluvius zusammen in den Riss gezogen wurde.

Na gut, im Nachhinein sollte das keine so gute Erklärung sein, vor allem, da Onkel Theodor Hunde sowieso nicht mag und Rufus jetzt für gefährlich hält. Zudem arbeitet er bei der Stadtverwaltung und kennt anscheinend jemanden beim Ordnungsamt, der dafür zuständig ist, gefährliche Hunde zu kontrollieren und ihnen einen Maulkorb zu verpassen. Und natürlich konnte niemand zu diesem Zeitpunkt wissen, dass ausgerechnet dieser Mann, der so harmlos aussieht mit seinem Monokel und dem schütteren Haar, also, dass gerade der später ... Aber halt, das darf ich noch gar nicht wissen, von wegen Raum-Zeit-Kontinuum und so. Denn mit einem hatte Großonkel Pluvius wirklich recht: Über die Zeit darf man nicht zu viel erfahren, sonst versucht man nur, sie zu ändern. Und darüber wird sie sehr, sehr böse.

Kapitel 2

Ist ja wohl ganz klar, was jetzt zu tun ist, oder?

Auf jeden Fall nicht meine Mutter davon unterrichten, dass ihr Onkel von einem Arm in ein Lichtloch gezogen wurde und ich einen Schlüssel besitze, hinter dem »Jemand« her ist.

Nein. Ich muss Windeln kaufen. Das ist jetzt zu tun.

»Jetzt trödel doch nicht so.« Alex kann wirklich anstrengend sein!

Früher wäre Mama einfach schnell selbst gefahren, aber seitdem Aella sich auf dem Kindersitz und vor den Augen eines Verkehrpolizisten unsichtbar gemacht hat – der jetzt in Pension ist –, schickt sie lieber uns los.

Alex geht mir ein paar Schritte voraus und tippt gleichzeitig auf ihrem Handy rum, auf das ich echt neidisch bin. Eigentlich ist es ein Notfallhandy, aber sie hat sich eine eigene Karte eingebaut, von der unsere Mutter nichts ahnt. Ich sagte ja: Alex kann anstrengend sein.

Ich habe ihr das von Großonkel Pluvius erzählt, aber sie hat nur gemeint, dass er schon wieder auftaucht. Klar tut er das: Er kommt dauernd reinspaziert bei uns, mal älter, mal jünger, aber sein Gegenwarts-Ich ist ja wohl vor meinen Augen entführt worden! »Du nimmst mich überhaupt nicht ernst.«

»Mmh?«

»Schon wieder! Ich mache mir Sorgen um Onkel Pluvius

und du tippst nur Liebesbotschaften.« Da hab ich wohl ins Schwarze getroffen: Sie wird tatsächlich rot.

»Quatsch. Das sind keine Liebesbotschaften.« Aber wenigstens steckt sie jetzt das Handy weg. »Und ich mache mir auch Sorgen. Vielleicht sollten wir doch mit Mama reden.«

Mama und unsere »Hexendinge«: Das ist ein Kapitel für sich. Heute Morgen musste sie Aella wickeln, obwohl die nur zu riechen war. Sie hat schon genug zu tun mit einer unsichtbaren Zweijährigen, da können Alex und ich sie nicht auch noch belasten.

»Nein«, sagt Alex, als hätte sie meine Gedanken gelesen, und schüttelt ihren Kopf. »Ist wohl keine so gute Idee.« Wir warten an einer Ampel und sie hämmert im Sekundentakt auf den Knopf, bis die Ampel auf Grün springt. »Polizei geht auch nicht. Bleiben also nur noch wir – und was unternehmen wir jetzt?«

»Ich werde nachher mal mit dem Rad am Steinbruch vorbeifahren«, beschließe ich. Irgendwo muss ich ja anfangen.

»Da wird jetzt ein Haus gebaut.«

»Ich weiß. Dort wird ja das Kästchen versteckt.«

Wieder dieser Seitenblick meiner Schwester. »Wie kann Onkel Pluvius wissen, dass dort ein Kästchen versteckt wird, wenn er doch jetzt entführt wurde und sich also die Zukunft geändert hat?«

Ich zucke mit den Schultern. Es gibt Dinge, über die sollte man nicht zu lange nachdenken.

Alex wirft mir einen Seitenblick zu. »Na ja, Hauptsache, du steigst durch diesen Zeitreisenquatsch noch durch.«

Ja, ich weiß, es ist nervig. Noch nerviger ist allerdings, dass alle, die sich mit Zeitreisen und ihren Auswirkungen beschäftigen, nur die eine Frage interessiert: Was passiert eigentlich, wenn man sich selbst begegnet? Daher schon einmal vorweg die Antwort, die Onkel Pluvius mir verraten hat und die wirklich ganz einfach ist: Eines der beiden Ichs fällt in Ohnmacht.

Tja, tut mir leid. So ist es nun mal. Der Rest ist einfach eine Menge Ausreden.

Der Steinbruch ist verbotenes Terrain und daher sehr beliebt bei den Kindern der Umgebung. Auch wir durften früher auf keinen Fall zu nah an die Abbruchkante, von der man einen herrlichen Blick auf das Nachbardorf und die Eisenbahnlinie hat, und natürlich durften wir da nicht klettern, was echt Spaß gemacht hat, und schon gar nicht dort runterrutschen, was weniger Spaß gemacht hat, weil ich mir so das Knie aufgeschlagen habe, das mit sechs Stichen genäht werden musste. Die Narbe davon habe ich immer noch.

Der Steinbruch war also tabu. Und jetzt wird da gebaut!

Meiner Meinung nach steht das neue Haus wahnsinnig dicht an der Abbruchkante, aber ich beneide die Besitzer um die Aussicht. Für die Kinder der Umgebung ist es natürlich schade: Um das Haus haben sie eine Steinmauer gezogen und mit Rutschen und Klettern ist Schluss.

Das Tor in der Mauer steht offen.

Ich überlege gerade, ob ich mit meinem Fahrrad reinfahren und mich näher umsehen soll, als ich eine unmissverständliche Einladung bekomme.

»Willst du da draußen Wurzeln schlagen?«

Ich zucke zusammen und sehe erst jetzt den Mann, der an einem Container lehnt und mich beobachtet. Er trägt einen gelben Bauarbeiterhelm, also nehme ich an, dass er hier arbeitet.

»Kommst du hier aus dem Ort?«

Ich nicke und schiebe vorsichtig mein Rad näher.

»Und dein Name?«

»Ariadne.«

»Soso. Die mit dem Faden.«

Kein Punkt für ihn in Bezug auf eine besonders originelle Bemerkung. Alle reden ständig von einem Faden, sobald mein Name ins Spiel kommt. Hat was mit einer Geschichte aus dem alten Griechenland zu tun, in der eine Königstochter dafür sorgt, dass ihr Geliebter mithilfe eines Wollknäuels wieder aus einem Labyrinth herausfindet. Ein Geliebter, der sie zum Dank dafür auf einer Insel aussetzt. Blöde Geschichte.

Ich betrachte den Mann mir gegenüber. »Arbeiten Sie hier?«

»Ich arbeite hier und bald wohne ich auch hier.« Er streckt mir die Hand entgegen. »Ich heiße Haußmann. Peter Haußmann.«

»Ariadne«, sage ich und werde rot, weil er das ja schon weiß.

»Ich habe einen Sohn in deinem Alter, Moritz. Der würde sich bestimmt freuen, dich kennenzulernen.« Er lächelt. »Und was führt dich zu uns?«

Ein Kästchen, zu dem ich den Schlüssel habe und das in der Zukunft hier versteckt sein wird. Aber das sage ich natürlich nicht. Ich sage: »Wollte nur mal so gucken.« Und dann, tja, dann kracht es gewaltig und ich schwöre, ich sehe kurz Zwiebeln und eingelegte Gürkchen aufblitzen, aber schon ist alles wie vorher, ich stehe auf dem Grundstück am Steinbruch und vor mir steht dieser Mann mit dem Bauarbeiterhelm, der »Himmel« sagt.

»Himmel, hast du mich erschreckt. Hab dich gar nicht bemerkt.«

Ich starre ihn an.

Der Mann lächelt. »Kommst du hier aus dem Ort?«

Was? Hat er das nicht eben schon gefragt?

»Und dein Name?«, schließt er an, als ich ihn nur mit offenem Mund anstarre.

»Ariadne«, sage ich zum dritten Mal. Diese Antwort bringe ich anscheinend automatisch heraus. Schönes Wetter heute – Ariadne. Und wie geht's – Ariadne. Was macht die Schule – Ariadne. Und so weiter.

»Soso. Die mit dem Faden«, sagt der Mann. »Ich heiße Haußmann. Peter Haußmann. Ich habe einen Sohn in deinem Alter, Moritz. Der würde sich bestimmt freuen, dich kennenzulernen.«

»Aha«, mache ich. Ein Zeitsprung? Nervös sehe ich mich nach mir um, aber entweder liege ich schon bewusstlos hinter der Steinmauer, weil ich mich selbst gesehen habe, oder die Gegenwart ist so weit verändert, dass sie sich nicht wiederholt. Oder so ähnlich. Auf jeden Fall keine Spur von mir.

»Und was führt dich zu uns?«, lächelt der Bauarbeitervater.

»Wollte nur mal . . .« Gucken, will ich sagen, aber da kracht es auch schon, nur dass ich dieses Mal darauf vorbereitet bin. Herr Haußmann fährt gewaltig zusammen, ich dagegen zucke nicht mal mit der Wimper.

»Himmel«, sagt Herr Haußmann wieder, dreht sich um und bekommt gerade noch mit, wie die gesamte Vorderwand seines fast fertigen Hauses zusammensackt. Jetzt sieht es aus wie ein gewaltiges Puppenhaus, nur dass es natürlich noch nicht eingerichtet ist. Tapetenreste und Leitungen hängen aus den

Stockwerken, die von einer riesigen Staubwolke verschluckt werden. Oben links baumelt an einem Rohr eine Toilette und schwingt leicht hin und her.

»Du entschuldigst mich . . .«, sagt Herr Haußmann abwesend und lässt mich stehen.

Ich nicke ihm verständnisvoll hinterher. Irgendetwas oder irgendwer scheint mächtig was dagegen zu haben, dass hier in der Zukunft ein Kästchen versteckt sein wird.

»Das Haus ist zusammengebrochen?« Alex reicht mir einen triefend nassen Teller, den ich geschickt zwischen zwei Handtücher packe und abtrockne. »Und du bist gesprungen?«

Ich stapele den Teller auf die anderen, die schon auf dem Tisch stehen. »Aber nur eine Minute oder so.«

»Na, das ist doch mal was.«

Und ob das was ist! Der erste Zeitsprung meines Lebens!

»Und was bedeutet das jetzt für Onkel Pluvius?«

Der nächste Teller rutscht mir fast aus den Händen, ich kriege ihn gerade noch so zu fassen. »Keine Ahnung. Sieht nicht so aus, als wäre das Haus in nächster Zeit bewohnbar.«

»Ist der Schlüssel noch da?«

Ich nicke. Das habe ich natürlich gleich als Allererstes überprüft. Der Schlüssel ist der Beweis, dass sich die Zukunft noch nicht stark verändert hat und dass es tatsächlich ein Kästchen geben wird oder schon gibt. Nur, dass sein Aufenthaltsort praktisch vor meinen Augen pulverisiert wurde.

»Und jetzt?« Alex reicht mir eine Pfanne.

»Jetzt gibt es nur noch eins, was wir tun können: Wir müssen das Kästchen finden.« Ich sage »wir«, obwohl Alex bislang noch rein gar nichts getan hat, um mir zu helfen. Es klingelt und ich sehe Mama mit Aella auf dem Arm zur Tür gehen, während ich die Pfanne auf die Teller stapele.

»Und das Kästchen hat dieser Haußmann?«

»Das weiß ich nicht. So genau hat Onkel Pluvius das nicht gesagt. Aber irgendwas hat der junge Haußmann damit zu tun, der Sohn. Er heißt Max.«

Mama kommt in die Küche. »Da ist Besuch für dich. Irgendein Junge. Er sagt, er kommt vom Steinbruch«, verkündet sie und schaukelt Aella. Zumindest glaube ich, dass sie das tut, denn von meiner kleinen Schwester ist mal wieder nicht das kleinste Fitzelchen zu sehen.

Wenn man vom Teufel spricht! Ich trockne rasch meine Hände ab, dann folge ich Mama.

Im Flur steht ein Junge mit dunkelbraunen, fast schwarzen Haaren und seeblauen Augen und sieht einfach umwerfend aus. Er steuert direkt auf mich zu, obwohl er mich doch gar nicht kennt, lächelt auf mich runter und streckt mir die Hand hin. »Hi, ich bin . . .«

»Max, ich weiß«, sage ich schnell und schüttele sie. Hinter mir höre ich Alex kichern.

»Moritz«, widerspricht der Junge. Sofort beginnt mein Gesicht zu glühen. Dieses Rotwerden ist mein ganz persönlicher Fluch. Zu allem Überfluss scheint es immer häufiger aufzutreten, je älter ich werde. »Äh, klar, äh, Moritz«, stammele ich. Na großartig. Jetzt habe ich auch noch meine Fähigkeit, in ganzen Sätzen zu sprechen, verloren.

»Und Sie sind?«, fragt meine Mutter in diesem Augenblick. Erst jetzt bemerke ich, dass dort noch jemand steht: Ein untersetzter, seltsam altmodisch gekleideter Mann hat sich hinter Moritz in den Flur geschoben. Das Auffälligste an ihm ist zweifellos das Monokel, das er sich ins rechte Auge geklemmt hat.

»Ordnungsamt. Ich bin wegen Ihres Hundes hier.« Der Monokelmann zeigt auf Rufus, der daraufhin mit dem Schwanz wedelt.

Wegen Rufus? Ich nehme den Mann etwas genauer in Augenschein. Er ist klein, das schon, aber er sieht auch irgendwie unheimlich aus. Blass, mit dicken Ringen unter den Augen, einer hervorstechenden Nase und schütterem Haar. Seine Finger, mit denen er sich das Monokel gerade rückt, sind knochig und, was am abstoßendsten ist: Er hat extrem lange Fingernägel.

»Wegen Rufus?«, fragt Mama gerade überrascht, als Alex die Sache mit meinem Besuch in die Hand nimmt.

»Komm doch rein, Moritz. Wir stehen hier nur im Weg.« Sie nickt in Richtung unserer Mutter, deren Stimme schon deutlich lauter geworden ist. »Was soll das heißen, er ist gefährlich? Das ist doch Unsinn«, protestiert sie.

Mir bleibt nichts anders übrig, als den beiden in die Küche zu folgen.

»Also«, beginne ich und schließe die Tür, um Mamas aufgebrachte Stimme auszuschließen. »Dein Vater hat schon gesagt, dass du . . .« Ich stocke. Was hat er denn eigentlich gesagt? Dass Moritz mich bestimmt gern kennenlernen würde? Na ja, das hat er ja jetzt. »Ich meine, mein Onkel, also, eigentlich ist er mein Großonkel, also der hat auch . . .« Ich breche wieder ab. Das kann ich ja noch viel weniger erwähnen! Mit einem teuflischen Grinsen beugt sich Alex vor und raunt mir zu: »Möchte sehen, wie du da wieder rauskommst.«

Moritz runzelt die Stirn und versucht wohl, irgendeinen Sinn in meinem Gestammel auszumachen.

»Wie auch immer«, trete ich die Flucht nach vorn an. »Schön, dass du jetzt da bist. Möchtest du was essen? Was trinken?«

Moritz guckt noch verwirrter. »Nein, danke. Ich wollte dir eigentlich nur dein Portemonnaie wiederbringen, das du bei uns auf dem Grundstück verloren hast.« Er streckt mir mein oberkitschiges, mit einem rosa Glitzerpony verziertes Portemonnaie entgegen. Ich möchte wetten, dass meine Gesichtsfarbe die des Pferdchens gerade bei Weitem übertrifft.

»Das ist nett, ich meine: Woher willst du wissen, dass das meins ist?«, frage ich möglichst gleichgültig. Immer noch besser, ein bisschen Geld zu verlieren, als mit so einem Ding in Verbindung gebracht zu werden.

»Weil deine Busfahrkarte mit deinem Foto und deiner Adresse da drin ist.«

Ach ja, natürlich. Ich reiße ihm das Ding förmlich aus der Hand und murmele etwas von »uralt« und »sentimentaler Wert«.

Alex lehnt mit verschränkten Armen an der Spüle. »Und nun erzähl mal«, sagt sie. »Wie ist das mit eurem Haus passiert?«

»Woher weißt du . . .«, beginnt Moritz, dann fällt sein Blick auf mich. »Ach so, klar, du warst ja dabei. Sieht so aus, als wäre es ein Gasleck gewesen oder so, was merkwürdig ist, weil das Gas natürlich noch gar nicht angestellt war. Aber egal, was es war: Das Haus ist erst einmal unbewohnbar und das heißt für uns, dass wir wohl noch 'ne ganze Weile länger im Hotel bleiben müssen. Falls wir überhaupt hierbleiben.«

»Was?« Das klingt nicht gut. Das klingt so, als sei die Zukunft schon ganz gewaltig dabei, sich zu verändern. Aber was wird dann aus Onkel Pluvius? »Das geht nicht.«

Moritz wendet sich mir zu. »Was geht nicht?«

»Dass ihr jetzt nicht hierher zieht. Das geht nicht. Ich meine, das wäre doch schade. Für euch. Für uns. Für die Gemeinde.« Ich werfe Alex einen hilflosen Blick zu, doch die hat nur wieder ihr spöttisches Grinsen aufgesetzt. »Wir können hier jedes neue Gemeindemitglied gebrauchen.«

Wieder runzelt Moritz die Stirn. »Wofür denn?«, fragt er.

»Ja, wofür denn?«, fragt meine Schwester unschuldig.

»Du weißt ganz genau, wofür«, zische ich ihr zu. Mein Gehirn arbeitet auf Hochtouren. So muss sich meine Mutter immer fühlen, wenn sie die absurdesten Entschuldigungen für Kinder erfindet, die Vorhänge ankokeln, im Keller verschwinden oder erst gar nicht zu sehen sind. »Für unser Krippenspiel, beispielsweise.« Jetzt kommt es auch nicht mehr drauf an. Moritz guckt mich eh schon an, als sei ich frisch aus der Klapsmühle entsprungen. »Da sind wir immer zu wenige und es sieht ehrlich blöd aus, wenn die Engel mittendrin ihre Flügel abschnallen und dann Hirten sind.«

»Krippenspiel? Wir haben Juni.«

»Na ja, das sind nur noch sechs Monate. Wir müssen doch üben.«

Er starrt erst mich an, dann blickt er zu Alex, als könne die ihm sagen, ob bei mir eine Schraube locker ist.

Doch Alex sieht aus wie die Unschuld persönlich und zuckt mit den Achseln. Dann lächelt sie zuckersüß. »Meine Schwester ist sehr engagiert in der Gemeinde, musst du wissen, und das Krippenspiel liegt ihr besonders am Herzen. Sie spielt die Maria.«

Sie scheint das auch noch zu genießen! »Und unser Großonkel Pluvius den Oberhirten«, zische ich, um sie daran zu erinnern, worum es hier eigentlich geht. »Aber nein, fällt mir ein, dieses Jahr wohl nicht. Denn er ist ja ganz überraschend weg-ge-zo-gen.«

Moritz steht anscheinend nicht auf Krippenspiele. »Wie auch immer.« Er räuspert sich. »Ich muss jetzt los.«

Er kommt auf mich zu und bleibt dicht vor mir stehen. Ich überlege gerade, wie ich ihn aufhalten soll, als er an mir vorbei zur Tür zeigt. Stumm lasse ich ihn passieren.

Wir kommen gerade noch rechtzeitig, um Mama mit Schwung die Haustür zuwerfen zu sehen. »Das ist doch ... das ist doch ...«, murmelt sie mit hektischen Flecken im Gesicht. Ihren rechten Arm hält sie in einem unnatürlichen Winkel vom Körper abgespreizt, während sie mit dem linken zum Telefonhörer greift.

Moritz schaut ihr interessiert zu, wie sie sich den Hörer ungelenk zwischen Schulter und Ohr klemmt, dabei den Oberkörper leicht nach links in Richtung Telefon kippt und mit einer Hand die Nummer wählt. Er dreht sich zu mir. »Ist deine Mutter verletzt?«

Da ich ihm jetzt schlecht erklären kann, dass sich gerade meine kleine, unsichtbare Schwester auf ihrem Arm befindet, nicke ich nur. »Hexenschuss«, sage ich knapp.

»Im Arm?« Moritz hebt die Augenbrauen.

»Kann man überall kriegen.«

Moritz, der inzwischen wohl davon überzeugt ist, dass wir alle geistig nicht ganz auf der Höhe sind, hat es mit einem Mal ziemlich eilig. »Also, man sieht sich«, sagt er. Er schiebt sich im größtmöglichen Abstand an Rufus und an meiner Mutter vorbei, die ihm abwesend zunickt, dann winkt er noch einmal verlegen.

»Bis später!«, rufe ich ihm nach und er schlägt rasch die Tür zu. Sieht nicht so aus, als würden er und ich so leicht Freunde werden. Das müssen wir aber, wenn ich rauskriegen will, was mit Pluvius passiert ist. Moritz ist schließlich meine einzige Spur.

»Theodor, hier ist Theresa«, spricht meine Mutter inzwischen in den Telefonhörer und schaukelt mit ihrem abstehenden Arm. »Hast du jemanden von der Behörde auf uns gehetzt, der Rufus beobachten soll? ... Das behauptet der Mann aber, der gerade hier war.«

Inzwischen ist auch Alex aus der Küche gekommen und hört interessiert zu.

»Was soll das heißen: ›Wohl mal kurz fallen gelassen?‹ Du kannst doch wildfremden Menschen nicht einfach erzählen ... Ja, das weiß ich. Aber es ist schließlich unser Wohnzimmer, das verwüstet wurde. Das geht dich gar nichts an.«

Aella erscheint wieder. Sie sieht aus wie ein winziges Gespenst, wie sie da so plötzlich und noch ganz durchscheinend in Mamas Armen hängt, doch sie gluckst vergnügt und zieht meiner Mutter an den Haaren.

Die reagiert nicht darauf. »Was heißt jemand anders? Du meinst doch nicht etwa ... einen *Sammler?*« Sie wirft uns einen hektischen Blick zu und dreht sich von uns weg. »Deswegen bist du gestern also hier gewesen? Du meinst, dass Ariadne, dass sie ...«

Dass ich was?

»Nein, sie ist bislang nicht gesprungen. Nur in den Keller. Und außerdem passt Pluvius immer gut auf, dem kann niemand gefolgt sein.« Kurze Pause.

»Es war bestimmt keiner von denen, das sagte ich doch«,

zischt meine Mutter in den Hörer. »Ja. Wiederhören.« Sie legt auf. Ein paar Sekunden steht sie bewegungslos da und starrt auf die Wand, während Aella mehr und mehr Farbe bekommt. »Ariadne«, wendet sie sich dann an mich. »Hast du in letzter Zeit Fortschritte gemacht? Ich meine: Bist du schon weiter, was dein . . . dein Hexending angeht?«

Das meinte ich: Sie kann es noch nicht einmal sagen, so sehr macht es ihr Angst. »Nein«, erwidere ich und schüttele den Kopf, dass meine Haare nur so fliegen. »Ich bin noch keinen Schritt weiter.« Ich will nicht, dass meine Mutter Angst vor mir hat.

Prompt wirkt sie sehr erleichtert. »Gut. Gut. Also war dieser Mann anscheinend wirklich vom Ordnungsamt.« Sie schaukelt die inzwischen vollständig sichtbare Aella. »Und wer war dieser Junge?«

»Ein Freund«, sagt Alex und wirft mir einen Blick zu. »Ein Freund von Ariadne.«

Ich lasse ihr das dieses Mal durchgehen. Immerhin habe ich auch vor, diesen Moritz zu einem Freund zu machen, einem sehr guten Freund sogar. Ob er will oder nicht.

Kapitel 3

Rufus muss jetzt einen Maulkorb tragen.

Rufus ist ein großer Hund, eine Mischung aus Bernhardiner und etwas noch größerem. Er hat einen weiß-braun gefleckten Kopf und Schlappohren, doch der Rest von ihm ist dunkel, fast schwarz. Er sieht normalerweise nicht gefährlich aus, aber mit diesem Ding über der Schnauze tut er es. Und todunglücklich dazu.

Mama, Alex und ich stehen um ihn herum und bedauern ihn, während er versucht, den lästigen Maulkorb loszuwerden. Er schubbert mit dem Kopf auf dem Teppich, er wälzt sich, er kratzt sich mit den Pfoten.

»Armer Rufus«, sagt Alex zum hundertsten Mal.

Rufus fiept und schüttelt den gewaltigen Kopf.

»Es lässt sich nun mal nicht ändern«, seufzt Mama. »Rufus wird sich schon daran gewöhnen. Dieser grässliche Mann sagt, er würde uns im Auge behalten.«

»Aber doch nicht im Haus, oder?«, will Alex wissen. »Er muss dieses Ding doch nicht ständig tragen?«

»Nein, nein.« Mama zieht sie zu sich heran und strubbelt ihr durchs Haar. Mir fällt auf, dass sie und Alex genau gleich groß sind. »Nur auf der Straße. Und auch nur so lange, bis wir einen Wesenstest mit ihm gemacht haben.«

»In sechs Wochen«, bemerke ich düster.

»Vorher war kein Termin frei«, erklärt Mama. »Offenbar haben sie in der Hundeschule auch gerade Sommerferien.« Es rauscht und piept im Babyfon an ihrem Gürtel und Mama murmelt: »Da hat sie ja nicht lange geschlafen.« Sie lässt Alex los und geht, um sich um Aella zu kümmern.

Alex stürzt sich sofort auf den Hund, um ihm den Maulkorb abzunehmen. »Ich kann es nicht fassen.« Sie schüttelt den Kopf. »Armer, alter Rufus.« Bei so viel Mitleid scheint Rufus mittlerweile zu denken, er sei todkrank. Mit einem schweren Seufzer lässt er sich auf die Seite fallen, während Alex ihn tröstend streichelt.

»Was ist?« Sie sieht zu mir hoch. »Hat es dir die Sprache verschlagen?«

»Ich überlege«, sage ich langsam, »auf wie viele Arten ich Onkel Theodor um die Ecke bringen und es wie einen Unfall aussehen lassen kann.«

Alex seufzt. »Ja, Onkel Theodor nervt. Aber es hat auch sein Gutes.«

»Ach ja? Was denn?«

»Ich denke nicht, dass Mama ihn und die Familie so bald noch mal zum Essen einladen wird.«

Stimmt, das ist ein Trost.

Rufus hat den Schock mit dem Maulkorb noch nicht verdaut. Er schubbert seine Schnauze, als könne er es gar nicht fassen, dass dieses fiese Ding endlich verschwunden ist.

Alex steht auf. »Hast du eigentlich schon einen Plan, was diesen Moritz angeht?«

»Nein.« Ich gehe zum Tisch und angele mir einen Apfel aus der Obstschale. Die letzten Tage sind hektisch gewesen, und obwohl wir ja eigentlich Ferien haben, hat unsere Mutter es geschafft, uns mit jeder Menge Aufträgen auf Trab zu halten. »Ich war damit beschäftigt, die Garage zu entrümpeln, den Rasen zu mähen, einzukaufen, die Wäsche zu waschen, aufzuhängen und zu bügeln und noch einiges mehr, falls du dich erinnern kannst. Und heute habe ich auch noch Küchendienst.«

Mama kommt praktisch zu nichts mehr, seit sie sich um unsere meist unsichtbare Schwester kümmern muss.

»Ich glaube, Aella macht das absichtlich«, sagt Alex düster. Sie schubst ein Kissen herunter, um Platz zu schaffen, und lässt sich aufs Sofa fallen. Rufus streckt sich zu ihren Füßen aus. »Sie kann sich sicher sein, dass sie die ganze Aufmerksamkeit hat, wenn man sie nicht sieht.«

Was ja eigentlich ein Widerspruch in sich ist, aber ich weiß, was Alex damit meint.

Die goldene Uhr mit dem kleinen nackten Kerl auf der Esszimmerkommode gibt ein leises »Pling« von sich. Eine Weile kaue ich nur, genieße die Stille und denke über meine kleine Schwester nach.

Aella ist uns allen ein Rätsel. Und wie bei allen großen Rätseln in unserer Familie, darf man Mama nicht danach fragen. »Sie ist eure Schwester, ihr habt denselben Vater«, war alles, was wir nach langem Betteln, Streiten und Flehen aus ihr herausbekommen haben. Sie will oder kann nicht darüber reden. Es macht sie nur traurig.

»So geht das nicht weiter«, sage ich und stehe auf. »Ich muss etwas unternehmen. Und zwar jetzt.« Ich lege den Apfel mit der angebissenen Seite nach unten in die Schale zurück und wische mir die Hände an der Jeans ab. »Ich werde etwas über diesen Moritz herausfinden und ob er das Kästchen hat. Und dann kann ich damit vielleicht Onkel Pluvius retten.«

Alex runzelt die Stirn. Sie ist immer noch nicht restlos davon überzeugt, dass unser Großonkel gerettet werden muss, auch wenn ich ihr unzählige Male den Riss in der Zeit beschrieben habe. Und den Arm, der Onkel Pluvius hineingezogen hat. »Und wie willst du das anstellen? Willst du ihn beschatten?«

Ich schüttele den Kopf. Im Beschatten bin ich eine Niete. »Ich frage ihn einfach.«

»Du fragst ihn, ob er ein Kästchen besitzt, das er in seinem zukünftigen Haus verstecken wollte und zu dem du den Schlüssel hast?«

»Ich frage ihn, ob er mit mir befreundet sein will. Und finde selbst raus, wo das Kästchen ist.«

Alex verzieht spöttisch das Gesicht. »Als wenn das so leicht wäre.«

Was soll schon schwierig daran sein?

»Und wie genau lautet jetzt noch mal deine Frage?« Moritz steht vor mir und blickt mich stirnrunzelnd an.

Ich finde das cool, dieses Stirnrunzeln, allerdings wäre ich froh, wenn es sich nicht immer auf mich beziehen würde.

Ich habe mich tatsächlich getraut. Bin hingegangen zu dem Hotel, in dem er wohnt, habe mich vom Portier zu seiner Mutter durchgefragt, die übrigens sehr nett ist, und es schließlich bis in sein Zimmer geschafft. Mein Plan war, ihn rundheraus zu fragen, ob er mit mir befreundet sein will. Mit mir abhängen, Zeit verbringen, etwas in der Art: Ich kann ja schlecht fragen, ob er rauskommt zum Spielen. Aber irgendwie verließ mich der Mut, kaum dass er vor mir stand und mich mit seinen seeblauen Augen ansah, und so habe ich nur herausgebracht, dass ich ihn etwas fragen wollte.

»Ist das nicht ein fürchterliches Wetter?« Ich weiß, ich weiß, aber etwas Besseres fällt mir gerade nicht ein.

»Was? Ist das deine Frage?«

»Natürlich nicht. Ich mache Konversation.«

»Aha.« Moritz hat schon wieder diesen Mit-Verrückten-muss-man-vorsichtig-sein-Blick drauf. Seine Augen färben sich dann eine Spur dunkler. »Ich finde das Wetter gar nicht so schlimm. Und wie lautet jetzt deine Frage?«

»Dieser Mann, der gestern mit dir bei uns war . . .«

»Der Typ mit der merkwürdigen Brille?«

»Dem Monokel, ja.«

»Der war nicht mit mir da. Ehrlich gesagt hatte ich nicht einmal den Eindruck, dass er bei euch klingeln wollte: Er hat sich vor eurem Haus im Garten rumgedrückt und euch beobachtet oder so. Als ich dann gekommen bin, hat er so getan, als wollte er euch auch gerade besuchen.«

Ich nicke niedergeschlagen. »Ja, der hat wohl unseren Hund im Visier gehabt. Rufus muss jetzt einen Maulkorb tragen.«

Moritz sieht nicht so aus, als fände er das besonders tragisch. »War es das, was du mich fragen wolltest?«

»Auch nicht.« Ich hole tief Luft und trete die Flucht nach vorn an. »Moritz: Glaubst du an Zeitreisen?« Ich bin eben nicht gut im Pläneschmieden und Taktik und so, außerdem läuft mir die Zeit davon.

Moritz verschränkt die Arme vor der Brust und lächelt spöttisch. »Aber das ist jetzt deine Frage: Ob ich an Zeitreisen glaube.«

»Eigentlich noch nicht, aber sie hängt damit zusammen. Und zunächst muss ich wissen, ob du an Zeitreisen glaubst.«

»Nein«, lautet seine unbarmherzige Antwort. Es ist ihm außerdem anzusehen, was er von Menschen hält, die das tun. Menschen wie mir.

Ich seufze. »Dann muss ich dich erst überzeugen. Erschreck mich.«

»Was?«

»Erschreck mich. Ich kann in der Zeit reisen, aber nur, wenn du mich erschreckst.« Na ja, ich weiß, das ist ein bisschen hoch gegriffen, aber er würde mich immerhin verschwinden sehen. Das mit dem Keller kann ich ihm später immer noch erklären.

Moritz sieht erst verblüfft aus, dann entspannt er sich. Er versucht es auf die ruhige Art. »Hör mal, äh . . .«

»Ariadne.«

»Hör mal Ariadne, du bist bestimmt ein nettes Mädchen und so und siehst echt toll aus, wirklich, aber wenn das eine Anmache sein soll . . .«

»Anmache? Oh Gott, nein. Du sollst mich einfach erschrecken.«

»Mir steht jetzt ehrlich nicht der Sinn danach, dich zu erschrecken. Außerdem funktioniert das so nicht: Wenn man weiß, dass man erschreckt werden soll, dann erschrickt man nicht, weil man das ja weiß, klar?«

Na ja, so einigermaßen. Ich sehe mich um. Das Hotelzimmer ist eines dieser praktischen, in deprimierendem Braun und Gold gehaltenen Zimmer. Es gibt einen Fernseher, zwei Sessel und ein unordentliches, zerwühlt aussehendes Bett, auf dem ein Laptop und jede Menge CDs liegen. Der Fußboden ist übersät mit Klamotten, eine Socke hängt halb über dem Papierkorb.

Moritz ist meinem Blick gefolgt. »Das Zimmermädchen hat

hier Zutrittsverbot«, erklärt er. »Die dumme Pute hat einen angebissenen Toast weggeworfen, der aussah wie Madonna. Den hätte ich locker bei eBay versteigern können.«

Ich sehe mich weiter um.

»Suchst du was Bestimmtes?«

»Ja«, erwidere ich. »Ich suche eine Spinne, die würde genügen.«

Wieder dieses Stirnrunzeln. »Wozu würde eine Spinne genügen?«

»Um mich in der Zeit springen zu lassen. Eine Spinne genügt. Ich finde Spinnen ekelhaft«, setze ich erklärend hinzu.

Moritz grinst. »Ich könnte dir ein altes Käsebrötchen anbieten. Oder meine getragenen Socken.«

»Nein, aber trotzdem danke. Ich denke, es muss schon eine Spinne sein.«

Sein Grinsen verschwindet. »Du meinst das wirklich ernst, was?« Ich nicke und er seufzt. »Na gut, aber wenn ich dir deine Spinne besorge, verschwindest du dann?«

»Klar«, sage ich. Das ist ja der Punkt.

In seinem Zimmer ist nichts, was acht Beine und einen behaarten Körper hat, und gegen getragene Socken und alte Käsebrötchen bin ich tatsächlich resistent. Übrigens auch gegen mit Pistazienschalen gefüllte Saftgläser.

Sonst finden wir nichts.

»Vielleicht im Keller?«, schlägt Moritz vor, der keine Anstalten macht, mir zur Tür zu folgen. »Kannst du nicht schon mal . . . äh, vorgehen? Und wenn du eine Spinne gefunden hast, dann rufst du mich, okay?«

Er will es einfach nicht kapieren. »Wenn ich eine Spinne finde, habe ich keine Zeit mehr zu rufen.«

»Weil du dann in der Zeit reist.«

»Weil ich dann in der Zeit reise, ja.«

Die Hände missmutig in den Taschen seiner tief sitzenden Jeans vergraben, lässt er sich dann doch dazu herab, mir zu folgen.

Nicht, dass das was nützen würde: Wir finden keine einzige Spinne. Nicht mal eine von diesen dünnen, wackelnden, die ja wohl in jedem Haushalt zu finden sind. Hier nicht. Das muss das spinnenfreiste Haus auf dem Kontinent sein. Wir suchen im Speisezimmer, im Treppenhaus, den Gästetoiletten, selbst im Keller. Zumindest in dem Teil, den wir durchsuchen können, bevor man uns erwischt und hinausbittet.

Hinaus: Das ist es. Draußen sind immer Spinnen, immer!

Moritz lächelt breit und diesmal sind sogar zwei Grübchen zu sehen. Habe ich schon erwähnt, dass er einfach umwerfend aussieht, wenn er lächelt? Allerdings sieht er auch gut aus, wenn er seine Stirn runzelt, was er in meiner Gegenwart eindeutig öfter tut. Aber jetzt lächelt er ausnahmsweise. Und zeigt auf die Tür nach draußen. »Endlich mal eine gute Idee.«

»Weißt du«, sage ich ernst, »du magst mich für bescheuert halten, klar, kann ich verstehen. Ich würde das mit dem Zeitreisequatsch wahrscheinlich auch nicht glauben. Und normalerweise würde ich dir jetzt sagen, dass du . . . dass du mich mal kreuzweise kannst, vielleicht würde mir sogar noch was Besseres einfallen. Aber das *ist* nicht normalerweise. Mein Onkel ist weg. Etwas hat ihn in die Zeit hineingezogen und ich muss ihn finden. Und bevor er verschwunden ist, hat er dich erwähnt. Zumindest indirekt.« Ich will ihm jetzt nicht auch noch die Sache mit dem Kästchen zumuten.

Moritz zieht spöttisch eine Augenbraue hoch. »Ach so. Dein

Onkel ist in die Zeit hineingezogen worden und ich soll dir helfen. Warum hast du das nicht gleich gesagt?«

Ich seufze. Wir stehen in der Lobby, mitten unter einem Kronleuchter, dessen Kristalle im Luftzug leise aneinanderklirren. Neben uns steht ein Tisch mit einer gigantischen Vase und Blumen darin, die sehr intensiv duften. Onkel Pluvius hätte gewusst, was das für Blumen sind. Er hat Blumen gemocht. Ich bin sonst keine große Heulsuse, hoffe ich zumindest, aber jetzt steigen mir doch ein paar Tränen in die Augen. Ich versuche, sie wegzublinzeln.

Moritz tritt einen Schritt auf mich zu. »Hey«, sagt er und legt seine Hand auf meine Schulter, »nicht doch, Ariadne, war nicht so gemeint.«

Ich öffne den Mund, um etwas zu erwidern, und da passiert es. Vor der offen stehenden Tür des Hotels startet ein Motor, er röchelt zunächst, dann knallt es laut und . . .

Das war's. Wir stehen dicht beieinander. Es ist dämmerig und ich kann ihn nicht richtig sehen, aber er riecht gut, jetzt kann ich ihn auch riechen, jetzt, wo diese riesigen weißen Blumen verschwunden . . . Was? Sie sind verschwunden?

»Wo sind wir?«, höre ich Moritz fragen, der mich immer noch festhält.

»Oh nein«, flüstere ich. Wir stehen noch in der Lobby, die dieselbe und doch eine andere ist. Die Eingangstür und die Fenster sind dieselben, doch sie scheinen verschlossen zu sein – zugeklebt? – und der Kronleuchter hängt nicht mehr: Er ragt wenige Schritte von uns entfernt halb ausgepackt aus einem Karton, daneben steht eine Leiter. Der Tisch ist noch da, doch die Vase fehlt, die Riesenvase mit den stark riechenden

Blumen. Statt auf Fliesen stehen wir auf Folie. Der Raum scheint leer zu sein, soweit ich das erkennen kann: kein Empfangstresen, keine Sitzecke. Dafür steht irgendwo eine Uhr: Ich kann sie ticken hören.

»Was zum Teufel . . .«, sagt Moritz.

In diesem Augenblick fängt die Uhr an zu schlagen. Moritz lässt mich los, ich greife nach ihm und muss niesen, weil das Licht mit einem Mal wieder viel heller ist. Ich blinzele und sehe mich in der Lobby um, in der wieder alles wie vorher ist. Das heißt, fast alles: Moritz ist weg!

»Was soll das heißen: Er ist weg?«

»Na, eben verschwunden, futsch, nicht mehr da.« Ich schluchze heftiger und Alex reicht mir noch ein Taschentuch. »Er hat mich losgelassen, ich bin zurückgesprungen, aber er nicht.«

Alex reibt sich die Stirn. »Moment. Du hast ihn mitgenommen auf diesen Zeitsprung? So etwas geht?«

Ich putze mir geräuschvoll die Nase, knülle das Taschentuch zusammen und werfe es vom Bett aus in Richtung des Papierkorbs unter Alex' Schreibtisch. »Anscheinend«, sage ich mit Mickymaus-Stimme. »Woher soll ich das wissen? Ich bin bislang nur im Keller gelandet.« Ich breche wieder in Tränen aus. Habe ich je behauptet, ich wäre keine Heulsuse?

Wortlos reicht Alex mir das nächste Taschentuch. »Jetzt reiß dich doch mal zusammen. Also, wenn man dich berührt und du springst in der Zeit, dann wird man mitgerissen –«

»Sag doch nicht ›gerissen‹«, heule ich. »Das klingt so fies.«

»Gut, mit*genommen*. Das ist eine Tatsache.«

Ich nicke. »Anscheinend.«

Alex geht zu ihrem Schreibtisch, setzt sich und kritzelt etwas auf ein Papier. »Was noch?«, fragt sie und dreht sich zu mir um.

»Wie ›was noch‹?«

»Was kannst du mir noch sagen? Ariadne! Jetzt reiß dich bitte mal zusammen, wir haben hier ein echtes Problem.«

Ach nee. Und als nur Onkel Pluvius verschwunden war, hatten wir das nicht? »Wir standen in der Lobby, aber sie war anders.«

»Woher weißt du das?«

»Es roch anders. Und es sah auch anders aus. Es war dunkel. Der Tisch war noch da, aber die Blumen waren verschwunden, die Sitzecke, einfach alles.«

»Woher weißt du dann, dass es dieselbe Lobby war?«

»Der Kronleuchter«, erinnere ich mich. »Den habe ich wiedererkannt. Er lag direkt neben uns, in einem Karton, daneben stand eine Leiter.«

»Kronleuchter, aha.« Alex dreht sich um und schreibt. »Wahrscheinlich wollte ihn gerade jemand aufhängen. Oder hat ihn abgenommen.«

»Nein, er sah nagelneu aus. Die Verpackung war erst halb ab.«

»Also aufhängen, das ist doch schon mal ein Anhaltspunkt. Sonst noch was?«

»Nein, es war alles fremd. Irgendwo stand wohl eine Uhr. Die Fenster waren verklebt: Es war dunkel. Viel dunkler als in der normalen Lobby. Mehr weiß ich nicht. Ich meine, ich war ja nicht mal eine Minute da.«

»Okay.« Alex legt den Stift hin. Sie kommt wieder zu mir herüber, setzt sich neben mich auf ihr Bett und lehnt sich an die

Wand. Wir starren auf ihr Arcade-Fire-Poster gegenüber, ohne es wirklich zu sehen. »Du musst wieder in diese Lobby. Zurückspringen und ihn holen, anders geht es nicht. Weißt du überhaupt, wie man gezielt irgendwohin springt?«

»Natürlich nicht«, erwidere ich und spüre schon wieder Tränen hochsteigen. Meine Nase ist zu und ich habe Kopfschmerzen. »Ich bin noch nie in der Zeit gesprungen, ich meine richtig.«

»Aber Onkel Pluvius muss dir doch erzählt haben, wie das geht. Dich gewarnt haben oder so.«

»Onkel Pluvius erzählt nie etwas, weil er dieses Raum-Zeit-Dingsbums nicht durcheinanderbringen will. Er sagt, das sei gefährlich.«

»Tja«, murmelt Alex neben mir, »das war wohl ein Fehler. Und Onkel Pluvius können wir nicht mehr fragen.« Ein Ruck geht durch ihren Körper. »Dann müssen wir es versuchen, es bleibt uns nichts anderes übrig. Wir versuchen, ungefähr rauszufinden, in welcher Zeit Moritz gelandet ist, gehen zurück in die Hotellobby und du gabelst ihn auf.«

»Wie sollen wir rausfinden, welche Zeit das sein soll?«, schluchze ich.

»Der Kronleuchter«, erwidert Alex. »Wir müssen nur rauskriegen, wann genau der aufgehängt worden ist. So lange kann das nicht her sein, oder?« Sie stupst mich in die Seite. »Ich meine, da hatten wir doch noch Glück. Schließlich bist du nicht in einer Höhle gelandet, in der Menschen mit Fell und langen Haaren sich gerade ihr Säbelzahntigersteak zum Abendessen gebraten haben.«

Ich verziehe das Gesicht. Toller Trost. »Aber selbst wenn wir die richtige Zeit finden, müssen wir, um Moritz zu finden, exakt dieselbe Sekunde erwischen, sonst ist er vielleicht schon sonst wo. Und falls wir . . .«

»Pscht«, macht Alex und hält beide Hände hoch. »Klappe. Eins nach dem anderen. Wir kriegen das schon raus. Und du hörst jetzt bitte auf zu heulen.« Sie blickt zum Papierkorb, um den herum jede Menge Taschentuchbällchen liegen. »Ich glaube, ich weiß auch, womit wir anfangen sollten.«

»Womit denn?«, will ich wissen und ziehe die Nase hoch.

»Du musst unbedingt besser zielen üben.«

»Bist du so weit?« Alex hält mir die Schachtel unter die Nase. »Auf drei. Eins, zwei . . .«

»Nein, warte«, unterbreche ich sie. »Ich war abgelenkt.«

»Konzentrier dich, Ariadne. Wir machen das nicht zum Spaß.«

»Ich weiß.« Ich ziehe mein T-Shirt gerade, schließe die Augen, atme tief durch und konzentriere mich auf die Küche, besser gesagt auf die Küchenspüle, in der sich der Abwasch stapelt, den ich noch nicht gemacht habe.

»Eins, zwei, dr. . .«

»Stopp, stopp«, sage ich und mache die Augen wieder auf. »Und wenn ich nicht wieder zurückkomme?«

»Dafür hast du doch die zweite . . .«

»Ja, schon gut, sag es nicht.« Bei dem Gedanken an die zweite Spinne, die in einer Streichholzschachtel in Mamas paillettenbesetzter Handtasche auf ihren Einsatz wartet, wird mir ganz schwindelig. »Also, noch mal.« Ich halte die Handtasche mit der Spinnenschachtel möglichst weit weg von meinem Körper, atme tief durch, konzentriere mich und öffne bei »drei« die Augen.

Alex hält mir das Glas mit der ersten, der Anfangsspinne, hin, mir wird schlecht und zack . . .

. . . sitze ich im Keller. So ein Mist. Missmutig starre ich auf das Regal voller Gurkengläser vor mir und beschließe, eins mitzunehmen, wo ich schon mal da bin. Mit der Handtasche in der einen und dem Gurkenglas in der anderen stiefele ich wieder nach oben.

»Nicht geklappt?«, fragt Alex enttäuscht.

Anstelle einer Antwort stelle ich die Gürkchen auf ihren Schreibtisch.

»Na ja, war ja auch der erste Versuch. Los, wir machen es gleich noch mal.«

Drei Gläser Gurken und zwei mit eingelegten Zwiebeln später sitzen wir ratlos wieder auf dem Bett und starren Arcade Fire an, als könnten die uns bei unserem Problem helfen.

»Du musst dich besser konzentrieren.«

»Tu ich ja.« Ich bin mal wieder den Tränen nahe. Aber zu Recht, immerhin habe ich ja auch einen Freund, na ja, zukünftigen Vielleicht-Freund dazu verdammt, für immer in der Vergangenheit zu leben.

»Vielleicht liegt es an der Spinne«, überlegt Alex. Sie öffnet die Tasche und holt die Streichholzschachtel heraus.

»Lass das bitte.« Mir ist ganz schwindelig vom vielen In-den-Keller-gebeamt-Werden.

»Vielleicht brauchen wir eine größere.«

»Du sollst das lassen.« Ich stehe auf und greife in dem Moment nach der Tasche, in der Alex die Schachtel öffnet.

»Die ist vielleicht zu . . .«

»Nun gib schon . . .«

»Klein«, sagt sie.

»Her«, sage ich. Wir sehen uns verblüfft an, dann schauen wir uns um.

Wir stehen in unserer Küche, aber irgendetwas stimmt nicht. »Lass bloß nicht die Tasche los«, warne ich Alex, während ich mich umsehe. Nein, es ist unsere Küche, eindeutig, und nicht etwa unsere Küche vor was weiß ich wie vielen Jahren. Und doch ist etwas anders . . .

»Die Spüle«, rufe ich. »Da steht noch überhaupt kein dreckiges Geschirr. Also muss es vor dem Mittagessen sein.«

»Aber nach dem Frühstück«, sagt Alex, die das Ganze erstaunlich gelassen nimmt und auf die Cornflakes zeigt, die noch auf dem Tisch stehen.

»Lass. Die Tasche. Nicht. Los«, zische ich. Ich will nicht noch jemanden suchen müssen. Im Flur sind jetzt Stimmen zu hören und ich kann die Worte »armer Rufus« und Hundefiepen hören. »Schnell, zeig mir die Spinne, los.«

»Oh«, sagt Alex, »die ist weg.«

»Was?« Schritte kommen näher.

»Scherz«, sagt Alex und hält mir die Spinne direkt unter die Nase.

Keine Sekunde später starren wir wieder auf Arcade Fire, die völlig ungerührt auf uns runtersehen. Jede von uns hält immer noch einen Griff der schwarzen Abendtasche fest.

»Es hat geklappt«, flüstere ich und lauter: »Alex, es hat geklappt!«

»Wow!«, sagt meine Schwester beeindruckt. »Und das sogar nahtlos.« Sie zeigt auf die Uhr neben ihrem Bett.

»Daran muss es liegen«, überlege ich aufgeregt, »an dir. Ich bin genau da gelandet, wo ich hinwollte, zu einer Zeit, zu der ich wollte, nämlich vor dem Abwasch.«

»An mir?« Alex sieht mich verständnislos an.

»Ja, an dir. An irgendwem, der bei mir ist. So war es auch im Hotel. Da hatte ich Moritz, der neben mir stand. Nein, mehr noch: Der mich berührt hat. Er hatte seine Hand auf meiner Schulter.«

»Aber beim Zurückspringen warst du allein.«

Ich zucke mit den Schultern. »Vielleicht braucht man nur irgendjemanden am Anfang und das Zurückspringen geht leichter.«

Alex und ich sehen uns an.

»Das ist der erste Schritt«, sagt meine große Schwester feierlich. »Wir sind auf dem besten Weg, deinen Freund zu retten.«

»Und Onkel Pluvius«, ergänze ich.

Kapitel 4

Wir üben noch einige Male und finden zweierlei über das Zeitreisen heraus. Erstens: Man muss sich höllisch konzentrieren. Zweitens: Ich kann es nur, wenn ich jemanden »mitnehme«.

Also machen Alex und ich uns gemeinsam auf ins Hotel. Als Mama sich darüber beschwert, dass wir so spät am Nachmittag noch wegwollen, behaupten wir, dass wir zu einer Geburtstagsparty eingeladen sind, was wir ihr schon hundertmal vorher erzählt haben, was sie wüsste, wenn sie mit ihren Gedanken nicht immer sonst wo wäre. Arme Mama. Sie ist wegen Aella so überfordert, dass sie sich nichts merken kann. Verwirrt streicht sie sich über die Stirn und nimmt den Zettel mit der Telefonnummer und dem Namen einer angeblichen Freundin von Alex entgegen. Zum Anrufen kommt sie eh nicht.

»Schon ein bisschen gemein«, sagt Alex düster auf dem Weg zum Hotel.

»Wenn alles klappt, sind wir in null Komma nichts zurück und sie wird gar nicht merken, dass wir weg gewesen sind«, versuche ich, sie zu beruhigen. Das böse Wörtchen »wenn« lässt meine Stimme allerdings ganz wackelig klingen.

Es ist noch hell, das Wetter angenehm warm. In den Gärten sieht man Familien beim Fußballspielen, die Rasenmäher dröhnen, der Geruch von Gegrilltem hängt in der Luft.

Ich weiß nicht, wie es meiner Schwester geht, aber manchmal sehne ich mich wie verrückt nach unserem Vater. Komischerweise immer, wenn ich Gegrilltes rieche – vielleicht hat er früher öfter ein Barbecue für uns veranstaltet? Ich kann mich nicht wirklich daran erinnern: Unser Vater war oft auf Reisen und hatte eigentlich kaum Zeit für uns. Trotzdem sehne ich mich nach ihm. Entweder das oder mir ist einfach nach einem Steak.

»Okay«, sagt Alex und bleibt so plötzlich stehen, dass ich in sie hineinlaufe. »Das ist doch das Hotel, oder?«

Ich nicke. Wir gehen so unauffällig wie möglich in die Lobby, nachdem mir Alex »tun wir so, als wären wir Gäste« zugeraunt hat. Keine Ahnung, wie man das macht. Auf jeden Fall nicht so wie Alex selbst, die sich viel zu neugierig umsieht.

Ich zeige auf den Tisch in der Mitte, über dem ein riesiger Kronleuchter hängt. »Das ist er.«

»Was du nicht sagst«, erwidert Alex spöttisch.

Wir stellen uns so hinter den weißen Blumen auf, dass man uns weder von der Sitzecke noch vom Empfangstresen aus sehen kann. Hinter uns sind die Fahrstühle, doch solange nicht genau in dieser Sekunde jemand heraustritt, sind wir praktisch unsichtbar.

»Dann mal los«, flüstert Alex.

Wir klammern uns an den Rucksack, durch den wir die auffällige Handtasche ersetzt haben, und ich schließe die Augen. Mein Atem geht schnell, ich spüre mein Herz schlagen. Und denke an die Lobby, an den Kronleuchter und an Moritz. Wie wir zusammenstanden, wie er mich festgehalten hat.

»Eins«, sagt Alex.

Ich atme durch.

»Zwei.«

Ich konzentriere mich auf den Tag, an dem der Kronleuchter aufgehängt wurde. Das genaue Datum haben wir aus dem Internet.

»Drei«, sagt Alex.

Ich öffne die Augen und starre auf die Spinne . . .

Tja. Und das ist dann auch der Augenblick, von dem an alles schiefgeht.

Zunächst einmal landen wir nicht richtig. Wir landen in der Lobby, das schon, und es ist auch Jahre früher, dennoch kommen wir zu spät.

»Oh nein«, höre ich Alex sagen.

Ich brauche erst einmal ein paar Sekunden, um mich zu orientieren, außerdem blendet mich das Licht. Einen Augenblick, das Licht blendet? Bei meinem vorherigen Sprung war es dunkel in der Lobby! Ich blinzele zu Alex, die zur Decke hochsieht, und folge ihrem Blick. Und da hängt er, der Kronleuchter, in seiner ganzen Pracht.

»Keine Spur von Moritz«, sagt Alex, die sich anscheinend schon umgesehen hat. »Und der Kronleuchter ist schon aufgehängt.«

»Aber noch nicht lange.« Ich deute auf eine große Kurbel, anscheinend eine Art Bohrer, der neben einer offenen Werkzeugkiste liegt. »Da haben wir aber . . .«, Glück gehabt, wollte ich sagen, schließlich hätten wir dem fleißigen Handwerker ja auch auf dem Schoß landen können, doch in diesem Moment höre ich ein Geräusch. Jemand pfeift. Panisch sehe ich mich um, blicke dann zu Alex, die mit aufgerissenen Augen zurückstarrt. Die Lobby ist leer bis auf eine Standuhr und den Tisch, neben dem wir stehen.

»Tischtuch«, murmelt Alex und schlüpft darunter.

Ich folge ihr, und das keine Sekunde zu früh, denn plötzlich ist das Pfeifen da, erfüllt den Raum und jemand in dicken Stiefeln geht zu dem Werkzeugkasten und macht sich daran zusammenzupacken.

»Hans?«, ruft eine Stimme.

Das Pfeifen bricht ab. »Ja?«, antwortet der Pfeifer.

»Hast du die Toilettentür schon repariert?«

»Mache ich Montag«, ruft der Pfeifer zurück.

»Mensch, das solltest du doch schon heute erledigen.« Die Stimme klingt jetzt ganz nah; wahrscheinlich steht ihr Besitzer bei den Fahrstühlen.

»Jetzt ist erst mal Feierabend«, erwidert der Pfeifer. »Ist sowieso ein Unding, dass wir heute so lange arbeiten müssen. Noch dazu bei dem schönen Wetter: Ich habe meinen Kindern versprochen, dass wir heute grillen.«

Da sieht man es wieder: Selbst in der Vergangenheit wird den Kindern von ihren Vätern was gegrillt.

Plötzlich, mir bleibt fast das Herz stehen vor Schreck, kommen die dicken Arbeitsstiefel auf uns zu. Sie bleiben so dicht vor uns stehen, dass Alex nur ihre Hand hätte ausstrecken müssen, um sie zu berühren.

»Das Tuch auch mitnehmen?«

Ein entsetzter Blick von Alex.

»Nee, lass mal. Am Montag kommen die Maler und machen die restliche Decke. Ich dreh jetzt den Strom ab.«

»Ist gut.« Der Pfeifer entfernt sich wieder und wir können aufatmen. Der Werkzeugkasten wird hochgehoben. »Was hast du eigentlich mit dem Jungen gemacht, dem von vorhin, der behauptet hat, er würde hier wohnen?«

Die Stimme kichert. »Vor die Tür gesetzt, ist doch klar. Hier wohnen! In ein paar Monaten vielleicht, sobald das Hotel fertig ist. Wenn es denn fertig wird, so langsam, wie du arbeitest.«

»He, das will ich nicht gehört haben.«

Die beiden streiten noch, während sich ihre Stimmen entfernen. Kurze Zeit später geht das Licht aus und meine Schwester und ich sitzen im Dunkeln.

»Jetzt müssen wir nur noch mal zurückspringen und wieder herkommen, dieses Mal früher«, höre ich Alex sagen.

Nur noch. Ich seufze. »Also her mit der Spinne, Alex.«

Geraschel ist zu hören, dann Alex' Stimme. »Hier.«

»Wo hier? Ich kann nichts sehen.«

»Genau hier.«

Wieder Geraschel, dann stöhnt Alex auf: »Oh nein.«

»Was denn?«

Sie antwortet nicht.

»Vielleicht sollten wir versuchen, erst einmal Licht zu machen. So kann ich doch sowieso nichts sehen.«

»Es gibt nichts mehr zu sehen«, erwidert meine Schwester düster.

»Wieso? Was soll das heißen?«

»Ich hab mich draufgekniet auf die Spinne. Denke nicht, dass sie das überlebt hat.«

Ich bin einen Moment lang sprachlos.

»Vielleicht genügt es ja, wenn du die platte Spinne siehst.«

»Aber auch dazu brauche ich ein klein wenig Licht.« Ich krabbele unter dem Tisch hervor und klopfe meine Jeans ab. Unter den zugeklebten Fenstern kommt noch ein schwacher Lichtstrahl durch und ich taste mich vorsichtig in diese Richtung. Leider habe ich nicht gerade tolle Fingernägel, sonst hätte das mit dem Abpulen vielleicht geklappt. Alex versucht es ebenfalls, aber nein, es geht nicht. Wir sind nicht nur eingesperrt, wir sitzen auch noch im Dunkeln.

Die Standuhr gibt ein einziges *Gong* von sich.

»Ariadne?« Alex klingt panisch.

»Was?«

»Ach nichts. Ich dachte nur, du bist vielleicht erschrocken und deshalb verschwunden, wie beim letzten Mal.«

»Nein. Das Geräusch kenne ich ja jetzt.«

»Ich versuche mal die Tür.« Ich höre Alex an mir vorbeigehen.

Die Tür, na klar. Das ist ja wohl wenig wahrscheinlich, dass die Handwerker vergessen haben, die Tür . . .

»Offen!« Alex steht in einem Rahmen aus gleißendem Licht.

Damit hätte ich jetzt nicht gerechnet!

»Wahrscheinlich haben sie vergessen abzuschließen, nachdem sie Moritz rausgeworfen haben«, sagt meine Schwester.

Moritz, um den wir uns schleunigst kümmern sollten. Ich stelle mich neben Alex und blinzele hinaus auf die Straße, die sich kaum von ihrem Pendant in der Zukunft unterscheidet. Die Straßenlaternen sehen anders aus, zugegeben, und vielleicht sind auch die parkenden Autos ein wenig eckiger und haben echt langweilige Farben, aber ehrlich: Wenn ich nicht drauf geachtet hätte, wäre es mir gar nicht aufgefallen, dass ich mich nicht mehr in meiner Zeit befinde. Das Jetzt sieht keineswegs bedrohlich aus.

»Trotzdem«, sagt Alex, als hätte sie meine Gedanken gelesen. »Wir sollten da nicht rausgehen.«

»Moritz kann noch nicht weit weg sein«, entgegne ich. »Wir müssen ihn doch suchen.«

»Entweder ihn oder eine neue Spinne«, seufzt meine Schwester mit Blick auf die zerdrückte Streichholzschachtel in ihrer Hand.

Doch noch bevor wir eine Entscheidung fällen können, sehen wir eine Gestalt auf der anderen Straßenseite: Ein Mädchen ungefähr in meinem oder Alex' Alter schlendert vorbei, schlängelt sich zwischen den parkenden Autos durch und überquert die Straße. Irgendetwas an ihr kommt mir vertraut vor. Sie hat schulterlange rötlich braune Haare und die Hände tief in den Hosentaschen vergraben, dazu trägt sie ein scheußliches Hemd mit grünen Kreisen. Und apropos Hose: Die sieht wirklich ziemlich schräg aus. Sie sitzt oben so eng, dass es ein Wunder ist, wie man da noch seine Hände reinzwängen kann, und ist unten so weit, dass sie bei jedem Schritt schlabbert.

Ich bin so in die Betrachtung der Klamotten versunken, dass ich erst spät merke, dass das Mädchen auf uns zukommt. Und zwar direkt.

»Tür zu«, zische ich.

Alex gehorcht sofort. Es ist wieder stockdunkel. »Und was jetzt?«, flüstert sie.

Ich mache »pst«, schleiche mich an die Tür und drücke mein Ohr dagegen. Was ein Fehler ist, denn wenig später klopft es, und das ist etwas, womit ich nun überhaupt nicht gerechnet habe. Und wie immer bei Sachen, mit denen ich nicht rechne, erschrecke ich und . . .

Vielleicht liegt es daran, dass ich mich schon in der Vergangenheit befinde, auf jeden Fall springe ich nicht weit. Gott sei Dank. Als ich (nach einem verschwommenen Blick auf eingelegte Zwiebeln) wieder klar sehe, stehe ich immer noch im Eingang des Hotels. Ich sehe mich um. Die Tür steht inzwischen offen, ansonsten sieht alles aus wie vorher. Alles außer der Tatsache, dass meine Schwester nirgends . . .

»Sie ist wieder da!«, ertönt ein Aufschrei ganz in der Nähe und im nächsten Augenblick stürmt Alex auf mich zu und umarmt mich so fest, dass ich glaube, ersticken zu müssen. »Gott sei Dank«, sagt sie und presst meinen Kopf an ihre Schulter. Sie klingt wirklich erleichtert.

Ich winde mich aus ihrer Umklammerung. Mir ist immer noch ein wenig schwindelig. »Ja, da bin ich wieder. Was ist passiert?«

Meine ältere Schwester boxt mich gegen den Oberarm. »Du hast mir einen ganz schönen Schreck eingejagt, das kann ich dir sagen. Du bist einfach verschwunden und ich wusste nicht, was ich tun sollte, aber Pluvius hat gesagt . . .«

»Pluvius?«, unterbreche ich sie. *»Großonkel* Pluvius?«

»Na ja«, Alex grinst. »Schon. Aber das hört er gar nicht gerne.« Sie tritt zur Seite und zeigt auf die Person, die ich auf den ersten Blick für ein Mädchen gehalten habe: Die Gestalt in der Schlaghose und dem grün bekreisten Hemd ist bei näherem Hinsehen jedoch tatsächlich ein Junge, auch wenn er lange Haare mit Stufenschnitt und Mittelscheitel trägt. Der Junge kommt die Eingangsstufen hoch, stellt sich vor mich hin und lächelt mich an, und ja, jetzt kann ich es auch sehen: Ich erkenne die dunklen, grün schimmernden Augen auf Anhieb. Das leicht sarkastische, aber warme Lächeln. Er hat ein paar Sommersprossen auf der Nase und sieht einfach toll aus. Mir wird wieder schwindelig und in meinem Magen flattern Schmetterlinge – wahrscheinlich noch die Nachwirkungen des

Zeitsprungs. Ich muss mich am Türrahmen festhalten. »Wow!«, sage ich.

»Hallo, Ariadne«, lächelt Pluvius.

»Wow!«, wiederhole ich idiotischerweise, dann geben meine Knie nach.

Pluvius verhindert, dass ich die Treppe runterfalle, und sorgt dafür, dass ich mich auf die oberste Treppenstufe setze. »Ja«, sagt er, »so geht es mir auch, wenn ich gesprungen bin.« Er setzt sich neben mich. »Alles in Ordnung?«

Ich nicke. Obwohl mir immer noch flau im Magen ist und es mich aus irgendeinem Grund nur noch nervöser macht, dass er so dicht bei mir sitzt. »Was ist denn passiert?«, will ich wissen.

Alex klärt mich auf. »Es hat an der Tür geklopft und du bist verschwunden. Ich hatte nicht den leisesten Schimmer, was ich tun sollte, das kann ich dir sagen, also habe ich einfach aufgemacht und da stand dann Onkel . . .«

Mein Sitznachbar räuspert sich.

»Pluvius«, fährt Alex fort, »und hat mich begrüßt. Er hat gewusst, dass wir kommen, und gesagt, dass ich nur auf dich zu warten bräuchte und du schon bald wieder auftauchen würdest. Das war vor . . .«, sie sieht auf die Uhr, »vor genau zweiunddreißig Minuten.«

»Du wusstest das?«, frage ich den Jungen neben mir. »Woher?«

Er sieht verlegen aus. »Dass ihr kommt, habe ich von jemandem aus der Zukunft erfahren. Und dass du wieder auftauchen würdest, hab ich einfach angenommen. Oder eher: gehofft. Sonst wäre ich, ehrlich gesagt, ganz schön aufgeschmissen gewesen.« Er zwinkert Alex zu, die ihn anstarrt wie vom Donner gerührt.

Mich interessiert etwas anderes jedoch viel brennender: »Von wem aus der Zukunft? Wer hat dir gesagt, dass wir kommen würden?«

Pluvius schüttelt den Kopf. »Kann ich dir nicht sagen, tut mir leid. Du weißt ja: Raum-Zeit-Kontinuum.«

»Nein, weiß ich nicht!«

Er zögert. »Ehrlich gesagt habe ich das auch noch nicht richtig begriffen.« Er wird ein wenig rot bei diesen Worten.

»Und was hat dieser zukünftige Jemand noch gesagt? Was sollen wir jetzt tun?«

Pluvius sieht erstaunt aus. »Keine Ahnung. Ich soll euch nur hier abholen. Was ihr hier wollt, müsst ihr doch wissen?«

Ich überlege. »Welches Jahr haben wir noch gleich?«

»1968«, erwidert Alex. »Neunzehnter Juli. Der Tag, an dem der Kronleuchter aufgehängt wurde. Unser Haus gibt es schon. Und wir wohnen auch schon darin. Also, natürlich nicht *wir*, aber unsere Familie: Uroma Kassandra und Uropa Theodor, unsere Oma Penelope und deren Brüder, Phorkys und Pluvius.«

Sie zeigt auf den Jungen neben mir, der bei den Wörtern »Uroma«, »Uropa« und »Oma« jedes Mal schmerzvoll das Gesicht verzieht.

Mein Kopf schwirrt. Ich habe so viele Fragen. Übers Zeitspringen, dieses Raum-Zeit-Dingsbums, wie man diese Sprünge beherrscht, wie man sie steuert. Pluvius sieht es mir wohl an, denn bevor ich den Mund aufmachen kann, steht er auf.

»Ihr habt bestimmt noch viele Fragen«, sagt er, »die habe ich auch. Aber, und das ist sehr wichtig: Wir dürfen nicht zu viel von uns preisgeben. Ihr dürft mir zum Beispiel nicht sagen, was ich in eurer Zeit mache, was mit meinen Geschwistern ist, meiner Mutter . . .« Er sieht sorgenvoll aus, fast traurig, und streicht sich über die Stirn, als wolle er ein paar nicht existierende Falten wegwischen. Eine Geste, die ich von ihm kenne: Das wird er später ständig machen. »Ich soll euch nur abholen und euch helfen, bis ihr das gefunden habt, was ihr sucht. Es wird auch so schon schwer genug.« Er hält mir die Hand hin, um mir aufzuhelfen, und ich ergreife sie. Und dann passiert etwas Merkwürdiges. Von meinen Fingerspitzen geht ein wohliges Kribbeln aus, das schnell bis in meine Magengrube klettert, wo es liegen bleibt und ein ganz seltsames Gefühl macht: ein bisschen so wie ein sprudeliges, eiskaltes Glas Cola an einem richtig heißen Sommertag.

Überrascht sehe ich zu Pluvius hoch: Auch er scheint das zu fühlen. Mein ungewohnt junger Großonkel lauscht auf etwas, schüttelt dann den Kopf. Abrupt lässt er mich los und tritt einen Schritt zurück.

»Wir sollten gehen«, sagt er mit belegter Stimme. »Wir sind hier viel zu auffällig.« Er schließt zunächst sorgfältig die Hoteltür und geht dann voran.

»Was war das denn eben zwischen euch?«, flüstert Alex mir zu.

Die Straße liegt verlassen vor uns und es beginnt zu dämmern. Wie bei uns zu Hause liegt der Geruch von Gegrilltem in der Luft und ich fühle schon wieder so eine Sehnsucht in mir aufsteigen.

Ich zucke mit den Schultern. »Keine Ahnung. Ich glaube, ich habe etwas gefunden.«

»Was denn?«, will Alex wissen.

Ich schüttele den Kopf. »Wenn ich das mal wüsste.«

Kapitel 5

Unser Haus sieht genauso aus wie immer. Ich erwarte, jederzeit Rufus hinausstürzen zu sehen oder unsere Mutter, die im Garten Wäsche aufhängt. Selbst die Verandastufen sind so krumm und schief, wie sie noch dreiundvierzig Jahre später sein werden, und im oberen Erkerfenster hat eine der Butzenscheiben einen Sprung.

»Ein Versuch mit einem selbst gebauten Bumerang«, sagt Pluvius, der meinem Blick gefolgt ist, und zwinkert mir zu. »Muss ich unbedingt noch reparieren.«

»Vergiss es«, winke ich ab. »Die nächsten Jahrzehnte wirst du dazu nicht kommen.«

Er bleibt stehen. »Siehst du«, sagt er streng, »das ist genau das, was ich meine. Ich darf das nicht wissen, verstehst du? Du darfst mir nichts aus der Zukunft sagen. Zumindest nichts Wichtiges.«

»Das mit dem Fenster war wichtig?«

»Das weiß ich nicht, Ariadne. Vielleicht. Vielleicht auch nicht. Vielleicht repariere ich das Fenster nicht, weil du mir das gesagt hast. Dann bist du der Grund dafür, dass das Fenster so bleibt, wie es ist. Aber wenn ich es jetzt in Ordnung bringe, was ist dann mit dem Fenster in vierzig Jahren, das du gesehen hast? Siehst du: Es ist kompliziert. Und jetzt komm.«

Ich spüre, wie ich rot werde. Klar ist dieses Raum-Zeit-

Dingsbums wichtig, aber das hätte er mir auch anders sagen können, oder? Und etwas befehlen lasse ich mir auch nur höchst ungern. Aber das ist der falsche Augenblick, um zu streiten. Und so gehen meine Schwester und ich die schiefen Verandastufen hinauf zu dem Haus, in dem wir einmal wohnen werden.

Pluvius gibt uns ein Zeichen, leise zu sein. Er steckt den Kopf zur Tür hinein, sieht sich um und winkt uns dann, ihm zu folgen.

Die Diele, die wir betreten, ist uns nur allzu vertraut. Und gleichzeitig auch wieder nicht: Es ist ein komisches Gefühl, in seiner Vergangenheit herumzulaufen. Als wenn ein Einbrecher da gewesen ist, der all deine Sachen verstellt hat. Es ist noch dein Zuhause, aber es ist irgendwie ...

»Unwirklich«, flüstert Alex.

»Umgeräumt«, hatte ich sagen wollen, aber unwirklich trifft es besser.

Die schwarz-weißen Bodenfliesen kennen wir, doch an den Wänden hängen andere Bilder. Die Garderobe steht rechts und nicht wie bei uns links und wir haben auch nicht so einen merkwürdigen Schirmständer. Die Tapete wirkt angegilbt, die Blumen darauf sind verblasst. Es riecht nach Eukalyptus und irgendwo spielt jemand Klavier. Und zwar nicht besonders gut.

»Wer spielt denn da?«, flüstere ich über die stockende, schräge Melodie hinweg, doch dann fällt es mir ein: »Ach ja, natürlich.«.

Uroma Kassandra hat früher ein Klavier besessen: Das kann wohl keiner in unserer Familie je vergessen. Im Pflegeheim, in dem sie jetzt lebt und in dem wir sie alle zwei Wochen besuchen, hat sie Gott sei Dank keins mehr.

»Wir gehen am besten in mein Zimmer«, sagt Pluvius, doch anstatt nach oben, in Richtung Klavierspiel zu gehen, winkt er uns an der Küche vorbei zur Kellertreppe.

»Du wohnst im Keller?«, fragt Alex. »Cool.«

»So kühl ist es gar nicht«, entgegnet Pluvius, der die Tür hinter uns schließt. »Und man hat seine Ruhe.« Er stockt. »Meistens zumindest.«

Wir folgen ihm in den Raum, den ich öfter als alle anderen in unserer Familie gesehen habe, doch anstelle der Regale mit Gurken- und Zwiebelgläsern betreten wir eine Art Höhle mit Postern an den Wänden, einem zottelig aussehenden Teppich und einem Schreibtisch, der unter Papieren und Büchern fast zusammenbricht. An der Wand aufgereiht stehen überall Schallplatten. Eine Matratze liegt auf dem Boden und an der Wand, unter einer Stehlampe mit orangenem Plastikschirm, lehnt eine Gitarre.

Ich zeige darauf. »Du spielst Gitarre?«

»Ein wenig«, erwidert Pluvius. Er nimmt einen Haufen Klamotten vom einzigen Stuhl im Raum und wirft sie in die Ecke.

»Und von Ordnung hältst du auch nicht viel«, stellt Alex fest und lässt sich auf den freigeräumten Platz fallen.

Pluvius lächelt nur.

»Rolling Stones«, sage ich und zeige auf eines der Poster.

»Kennst du die?«, fragt er verblüfft.

»Klar«, sage ich, »die spielen immer noch.«

Pluvius reibt sich die Stirn. »Aus welchem Jahr kommt ihr noch mal? 2011? Dann wären die ja, wären die ja . . .«

»Steinalt«, nickt Alex.

»Aber sie spielen noch«, beharre ich.

»Das ist auch etwas, was ich nicht wissen darf«, sagt Pluvius.

»Dann frag mich nicht.«

»Ich habe dich nicht . . . ach, lassen wir das.«

Ich bleibe stehen und lasse den Blick erneut durch den Raum streifen. Ein wenig erinnert mich die Unordnung an Moritz' Hotelzimmer und der Gedanke daran bringt mich auf den wahren Grund unserer Anwesenheit.

»Wir sind auch nicht hier, um über die Rolling Stones zu quatschen. Wir suchen jemanden. Aber lass mich raten: Das darfst du nicht wissen.«

Pluvius sieht mich an. Er lächelt schief und macht eine einladende Geste in Richtung Matratze. »Setz dich doch erst mal, Ariadne.«

Gibt ja nichts anderes, worauf man sich setzen könnte, also füge ich mich. Und bin doch ein wenig überrascht, als Pluvius sich neben mich fallen lässt.

»Und jetzt erzählt mal. Aber ohne Details.«

Habe ich schon erwähnt, dass er sehr beeindruckende Augen hat? Sie sind braun, sehr dunkel, aber um die Iris herum grün. So dicht neben ihm fällt mir das besonders auf und macht es nicht leichter, mich zu konzentrieren.

»Na ja, angefangen hat es damit, dass du, also dass du . . .« Ich breche verwirrt ab. Er darf doch bestimmt nicht wissen, dass er in der Zukunft in einen Zeitriss gezerrt wird?

Alex kommt mir zu Hilfe. »Eigentlich waren es ja die Perrevoorts, also Onkel Theodor, dein, was ist er noch gleich, dein Neffe . . .«

Pluvius hebt die Hände. »Zu viele Details.«

Alex und ich sehen uns an.

»Ariadne hat einen Freund und ist mit ihm hierher gesprungen«, beginnt Alex dann noch einmal, diesmal vorsichtiger. »Dann ist sie erschrocken und dadurch wieder zurückgekommen, aber dieser Freund nicht. Der ist noch hier und den müssen wir suchen.«

Der Gesichtsausdruck von Pluvius ist nicht zu deuten. »Ich soll also deinen Freund wiederfinden«, sagt er und seine Stimme klingt merkwürdig kühl.

Zunächst will ich Alex verbessern und sagen, dass Moritz nicht mein Freund ist, aber wahrscheinlich sind das wieder zu viele Details. Daher nicke ich nur. »Er heißt Moritz. Und er glaubt nicht an Zeitsprünge.«

»Moritz.« Pluvius spricht den Namen aus, als sei er eine ansteckende Krankheit. »Bist du nicht zu jung für einen Freund?«

»Und bist du nicht zu alt, um mir solche Fragen zu stellen?«

»Zu alt?« Pluvius runzelt die Stirn. »Ich bin vierzehn.«

»Na ja, *jetzt«*, sage ich und ziehe das »Jetzt« genüsslich in die Länge.

»Und du bist *jetzt . . .«*, betont Pluvius mindestens genauso übertrieben.

»Auch so alt. Zumindest fast.«

»Na spitze«, sagt Pluvius.

»Eben«, sage ich. »Und im Übrigen sagt niemand ›spitze‹, *Onkel* Pluvius.«

»Jetzt schon.«

»Äh, könntet ihr mal eben aufhören, ihr zwei?«, unterbricht uns Alex. »Ich meine, die Zeit läuft uns davon. Wir müssen Moritz finden und ihn wieder zurückbringen, und das wird doch wohl schon schwierig genug, auch ohne, dass ihr hier rumstreitet.«

»Wir streiten nicht«, sagt Pluvius düster.

»Eben. Wir suchen Moritz«, sage ich.

Es wird einen Moment lang still.

»Was macht jemand, der hier niemanden kennt, nicht an Zeitsprünge glaubt und daher ziemlich verwirrt sein muss?«, stellt Alex schließlich als Frage in den Raum. »Und das noch, wenn es allmählich dunkel wird.« Sie zeigt auf das schmale Kellerfenster, durch das kaum noch Licht fällt.

»Sich einen Schlafplatz suchen?«, schlägt Pluvius nach kurzem Nachdenken vor.

»Niemals«, schüttele ich den Kopf. »Er wird versuchen, irgendwie Hilfe zu bekommen, jemanden anrufen. Wer weiß, vielleicht hat er sogar sein Handy dabei.«

»Aber das wird hier nicht funktionieren«, entgegnet Alex.

»Sein was?«, fragt Pluvius.

»Zu viele Details«, rufen Alex und ich im Chor.

Was würde unser jugendlicher Großonkel wohl dazu sagen, dass bei uns so ziemlich alle Leute Telefone bei sich tragen, die klitzeklein sind, ungeheuer wenig wiegen und ohne Draht oder Kabel jeden Punkt der Erde erreichen können? Wo sowieso alle neuen wichtigen Erfindungen winzig sind: Nehmen wir allein mal meinen iPod. Die Stereoanlage, die Pluvius in der Ecke stehen hat, nimmt fast ein Viertel des Zimmers ein.

»Nein, ehrlich«, unterbricht Pluvius meinen Gedankengang. »Dein Freund wird bei irgendwem unterkommen.«

Ich tippe mir an die Stirn. »Er ist gerade erst hergezogen, hat keine Familie in der Stadt und wird wohl kaum bei fremden Leuten schlafen wollen. Geld, um ins Hotel zu gehen, hat er nämlich nicht.«

»Warum hat er kein Geld?«, will Alex wissen.

»Währungsreform«, sage ich so knapp wie möglich.

Alex schlägt sich vor die Stirn. »Er hat nur Euros, klar.«

»Ihr habt Geld, das ›Euros‹ heißt? Echt?« Pluvius muss grinsen. »Aber davon mal abgesehen: Hier laufen haufenweise Typen rum, bei denen man pennen kann. In jedem Beatschuppen. Man braucht nur zu fragen.«

»Beatschuppen?« Ich verstehe nur Bahnhof.

»Er meint so eine Art Disco«, übersetzt Alex.

Ich verziehe das Gesicht. »Also, ich würde nicht in so einen Schuppen gehen. Ich würde wahrscheinlich bleiben, wo ich bin. Und hoffen, dass jemand einen Hilfstrupp losschickt oder so.«

»Aber wir waren da«, wendet Alex ein. »Dann hätten wir ihn doch sehen müssen.«

»Wir waren ja nicht sofort an Ort und Stelle. Vielleicht ist er zunächst weggegangen, nachdem die Arbeiter ihn verjagt haben. Aber sobald er gemerkt hat, dass er nirgends hinkann, ist er doch bestimmt zurück zum Hotel.«

Alex sieht skeptisch aus.

Ich mache gerade den Mund auf, um sie zu überzeugen, als mit einem Mal die Tür auffliegt. Und dann geschieht alles gleichzeitig: Ein Schuss fällt, Pluvius greift nach meinem Handgelenk, packt mich . . . und im nächsten Moment sitzen wir . . . – ja, wo sitzen wir eigentlich? Es ist helllichter Tag. Um uns herum sind Äste und Blätter, das ist ein Baum, wir sitzen in einem . . . in einem . . .

»Baumhaus? Wir sind in einem Baumhaus?« Meine Stimme klingt schrill. Ich sehe mich hektisch um.

Mein Großonkel stöhnt. Er liegt neben mir, zusammengekrümmt. Seine Augen sehen unnatürlich groß aus in dem bleichen Gesicht.

»Pluvius?« Ich knie mich neben ihn. »Was ist denn? Sag doch was.«

Er sieht zu mir hoch, ohne Anstalten zu machen, sich aufzusetzen.

Ich lege ihm die Hand auf die Stirn und er macht die Augen zu und lächelt.

»Mmh«, macht er, »das tut gut.«

Ich ziehe die Hand zurück, als hätte ich sie mir verbrannt. »Geht es dir gut, *Onkel* Pluvius?«

Er schlägt die Augen wieder auf. »Du scheinst die Sache mit dem Onkel ja richtig zu genießen. Genau genommen bin ich nicht dein Onkel.«

»Du bist mein Großonkel. Der Bruder meiner Oma.«

Jetzt endlich setzt er sich auf. »Du weißt gar nichts«, sagt er.

»Du doch auch nicht. Oder kannst du mir erklären, warum wir jetzt hier sind?«

»Sicher.« Pluvius reibt sich auf seine ihm eigene Art den Schweiß von der Stirn. »Das war sicherlich Phorkys, mein Bruder. Er liebt große Auftritte.«

»Er hat auf uns geschossen.«

»Er hat nicht auf euch geschossen, er hat auf mich geschossen, und zwar mit einer Schreckschusspistole. Das macht er in letzter Zeit ständig, weil er es lustig findet, dass ich dann springe. Ich wette, er hatte keine Ahnung, dass ihr da seid.« Pluvius reibt sich den Magen und stöhnt.

»Du springst auch, wenn du erschrickst?« Meine Stimme wird milder, meine Laune auch. Er ist schließlich wie ich, ein schreckhafter Zeitreisender.

»Ja. Wenn ich erschrecke und wenn ich Erdbeeren esse.«

»Erdbeeren? Das ist ein Scherz, oder?«

»Keineswegs.« Er sieht auch nicht so aus, als wäre er gerade zu Scherzen aufgelegt. »Ich bin allergisch dagegen. Und dann springe ich. Und im Gegensatz zu dir geht es mir dann immer dreckig.« Er betrachtet mich aufmerksam. »Dir scheint es ja nichts auszumachen.«

»Mir ist ein bisschen schwindelig«, erkläre ich.

»Soso, ein bisschen schwindelig. Mir ist, als hätten sie mir die Eingeweide nach außen gekehrt.« Mit Mühe kommt er auf die Knie. »Und noch etwas unterscheidet uns. Du musst wirklich eine erstaunliche Kraft haben.«

»Wieso?«

»Na, sieh dich doch mal um.«

Das tue ich. Wir sitzen auf einer grob zusammengezimmerten Plattform mit schiefer Balustrade. Durch die Bretter kann ich weit unter mir das Gras sehen. Um mich herum sind Äste mit Blättern, über mir ist ein Vogelnest. Ein leichter Wind bewegt die Zweige und die Sonne scheint mir direkt ins Gesicht.

»Und?«

»Es ist Tag«, erklärt Pluvius. »Wir sind zweifellos nicht nur hoch- sondern auch in der Zeit gesprungen. Und das, meine liebe *Großnichte,* bin ich noch nie.«

Die Leiter, die vom Baumhaus herunterführt, ist festgenagelt.

»Klar ist sie das«, sagt Pluvius, während er mir runterhilft. »Ich lande andauernd hier, Phorkys sei Dank.«

Auf der drittletzten Stufe nehme ich seine Hand und springe herunter. »Und dein Bruder? Hat er auch ein Hexending?«

»Was hat er?«

»So nennt unsere Mutter das. Hexendinge. Sie ist nicht gerade begeistert davon.«

Pluvius runzelt die Stirn. »Nicht? Ich hätte gedacht . . .«

»Was gedacht?«

»Ich dachte immer, dass Zeitreisen von der Mutter vererbt wird.«

Von der Mutter? Das hieße ja, dass Uroma Kassandra auch diese Fähigkeiten gehabt hat. Oder noch hat. Doch noch bevor ich danach fragen kann, streicht sich Pluvius mit einer Hand über die Stirn.

»Ist ja auch egal«, sagt er. Mit der anderen Hand hält er mich immer noch fest und wieder fühle ich wieder dieses wohlige Kribbeln. Dann lässt er mich los und das Gefühl ist verschwunden.

»Wichtig ist jetzt, was wir die restliche Zeit über machen. Die«, er sieht auf seine Uhr, »nächsten sechs Stunden?«

»Nach vorne springen?«

»Bloß nicht. Wir müssten schon genau treffen und ehrlich gesagt ist mir noch von diesem Mal übel.«

Ich rechne zurück. »Es ist jetzt kurz nach drei. Lass mich nachdenken. Um drei Uhr war ich bei Moritz auf seinem Hotelzimmer.«

Pluvius schnauft.

»Dann haben wir nach einer Spinne gesucht, das hat gedauert. Und dann sind wir gesprungen, da muss es vier gewesen sein, nein ganz sicher, da war es vier, denn die Uhr in der Lobby hat geschlagen. Das heißt, wir haben noch Zeit, zum Hotel zu gehen und auf Moritz zu warten.«

»Na spitze«, sagt Pluvius ironisch. Er benutzt ständig so

merkwürdige Ausdrücke wie »spitze« oder »dufte«. »Aber du weißt doch, dass wir dabei verdammt vorsichtig . . .«

»Ich weiß, ich weiß«, unterbreche ich ihn. »Keine Details. Aber wir können ihn wenigstens erwarten und ihm sagen, dass wir ihn wieder mit zurücknehmen.«

Pluvius murmelt etwas, das ich nicht verstehe, scheint sich jedoch geschlagen zu geben. Gemeinsam verlassen wir den Garten und gehen – wieder einmal – in Richtung Hotel. Es ist immer noch ein komisches Gefühl, Onkel Pluvius so jung zu sehen. Gegen meinen Willen muss ich grinsen.

»Warum lächelst du?«, will der Junge neben mir wissen, der mir so vertraut und gleichzeitig so fremd ist.

Sofort schießt mir die Röte ins Gesicht. »Ich, äh . . . musste daran denken, dass wir gerade gleich alt sind.«

»Und das findest du komisch?«

Ich nicke. »Würdest du auch, wenn du mich als alte Tante kennen würdest.«

Wieder sieht er mich an. »Vielleicht tue ich das ja in Zukunft? Vielleicht springe ich irgendwohin, wo du schon alt bist, während ich noch jung bin.«

»Und das geht?« Ich bleibe stehen.

Pluvius auch. Er zuckt mit den Achseln. »Sicher. Sobald ich das mit dem Springen besser draufhabe . . . Aber bestimmt würde das wieder das Raum-Zeit-Kontinuum stören.«

Natürlich. Das berüchtigte Kontinuum. Schweigend gehen wir weiter, während ich die Automarken, die urigen Laternen, Lichtmasten und Briefkästen, vor allem aber die Klamotten der Leute betrachte, die uns begegnen. Ich muss mir auf die Zunge beißen, um nicht über die weiten Hosen und schrillen Farben zu lachen. Wie im Fasching. Da, der Typ, der uns entgegenkommt, trägt eine Fransenweste. Und die Frau dort drüben eine Schlaghose und ein Oberteil, das den Bauch frei lässt. Manche Menschen allerdings machen anscheinend nicht mit beim allgemeinen Verkleiden. Die sehen ganz streng aus in ihren Kostümen und Anzügen und mit ihren großen Brillen, den hochgeklappten Kragen und Monokeln.

Warte mal: Monokel? Hatte der Mann eben wirklich ein Monokel auf? Ich bleibe stehen und starre ihm hinterher. Aber das kann nicht sein, oder? Das kann ja wohl unmöglich der Hundemann sein.

Pluvius ist ebenfalls stehen geblieben. »Starr doch die Leute nicht so an«, sagt er.

»Ich starre nicht, ich gucke. Und außerdem gucken die Leute mich auch an.« Noch einmal drehe ich mich um, doch der Mann ist verschwunden.

»Die gucken, du starrst. Das ist ein Unterschied.«

»Ich starre, weil das alles auch ziemlich ungewöhnlich für mich ist. Aber was haben die denn zu gucken?« Ich trage nichts Besonderes, nur eine Bluse, die mit einem Gürtel über meiner dunkelblauen Röhrenjeans zusammengebunden ist, und dazu knallgrüne Chucks. Eigentlich passe ich gut rein in diese Zeit, finde ich.

Wieder ein Seitenblick von Pluvius. »Vielleicht gucken sie ja, weil du einfach toll aussiehst.«

Jetzt werde ich roter als rot, tomatenrot. So etwas hat mir noch niemand gesagt. Also murmele ich etwas wie, dass das ja noch lange kein Grund ist, und gehe weiter. Obwohl ich besser sagen sollte: Ich schwebe, denn den Rest des Weges lege ich wie auf Wolken zurück. Es würde mich nicht wundern, wenn meine Füße den Boden nicht mehr berührten. Der warme Wind streichelt mein Gesicht, meine Arme, es riecht nach Sommer und ich fühle mich lebendig wie nie. Mama und Aella sind weit weg und irgendwie würde es mir in diesem Moment nichts ausmachen, wenn ich für immer in dieser Zeit bleiben müsste ...

»So. Da sind wir«, holt Pluvius mich wieder auf den Boden der Tatsachen zurück.

Wir stehen gegenüber dem halb fertigen, verrammelten Hotel. Vor dem Gebäude ist ein Container aufgebaut, davor lagern Steine und Sand. Es ist niemand zu sehen, doch im Inneren hört man das Geräusch einer Säge.

Pluvius sieht auf seine Uhr. »Kurz vor vier. Es kann nicht mehr lange dauern.«

»Sollen wir uns verstecken?«

»Nicht nötig. Wir warten einfach, bis er kommt.«

Und das tun wir dann also. Warten. Ich beobachte Pluvius aus den Augenwinkeln. An seine langen Haare muss ich mich erst einmal gewöhnen, doch sie stehen ihm. Sie werden nicht grau im Alter: Das weiß ich, auch wenn ich es ihm nicht sagen darf. Ebenso wie ich weiß, dass seine Mutter noch leben wird in dreiundvierzig Jahren, während seine Schwester ...

»Das muss er sein«, unterbricht Pluvius meinen Gedankengang. Er zeigt auf eine Gestalt, die aus der Tür des Gebäudes stolpert und beinahe die Stufen hinunterfällt. Am Fuß der Treppe bleibt sie stehen. Ich laufe los, bevor sie sich aus dem Staub machen kann, und warte nicht auf Pluvius, der mir langsam und mit den Händen in den Taschen folgt.

»Moritz, warte.« Ein kleiner Sprint und ich bin bei ihm.

Moritz sieht erbarmungswürdig verwirrt aus. Er macht keine Anstalten, irgendwohin zu gehen, und sieht mich so entsetzt an, dass ich befürchten muss, er hat einen Schock.

»Moritz?« Ich wedele mit meiner Hand vor seinem Gesicht herum. »Erkennst du mich?«

»Erkennen?« Seine Stimme klingt heiser. »Erkennen? Eben noch hast du neben mir gestanden und dann plötzlich nicht mehr. Du hast dich vor meinen Augen in Luft aufgelöst. Und mit einem Mal kamen diese Männer und dann . . .« Sein Blick fällt über meine Schulter. »Und wer ist das?«

»Das ist mein . . . ich meine, das ist Pluvius.« Ich drehe mich halb um. »Pluvius, das ist Moritz.«

»Hätte ich mir fast gedacht«, murmelt mein jugendlicher Großonkel.

»Pluvius? Ist das etwa ein Name?«, fragt Moritz wenig charmant.

»Na ja, dass ›Moritz‹ einer ist, das wissen wir ja spätestens seit Wilhelm Busch«, entgegnet Pluvius in demselben Tonfall. »Ist Max auch mitgekommen?«

Die beiden Jungen starren sich an. Sie sind gleich groß, und da ich genau zwischen ihnen stehe, komme ich mir vor wie ein Zwerg.

»Wunderbar, jetzt haben wir uns also alle kennengelernt«, sage ich nervös. »Moritz, wir müssen mit dir reden. Komm.« Ich will ihn am Arm packen, um ihn von der Auffahrt fortzuziehen, wo uns jeder sehen kann, doch er macht sich frei.

»Ich gehe nirgendwohin, bevor ihr mir nicht erklärt habt, was hier läuft.«

»Das wollen wir ja, aber können wir dazu ein paar Schritte weiter weg gehen? Hinter den Container, beispielsweise?«

Widerstrebend folgt Moritz meiner Bitte und auch Pluvius schlendert so langsam in Deckung, als ginge ihn das alles gar nichts an.

»Moritz«, beginne ich, »reg dich nicht auf. Wir sind in der Zeit gesprungen und befinden uns jetzt im Jahr 1968. Das war ein Versehen. Wir werden so bald wie möglich zurückspringen, aber nicht jetzt. Dafür müssen wir noch ein paar Stunden warten und meine Schwester abholen.«

Da ist er wieder, der Die-hat-eindeutig-einen-Socken-schuss-Blick, auch wenn er einfach umwerfend aussieht, wenn er so guckt. »Du willst mich verarschen, oder?«

»Verarschen?« Pluvius zieht die Augenbrauen hoch.

»Nein, will ich nicht«, sage ich. »Überleg doch mal. Das Hotel hat sich verändert, die ganze Gegend hat sich verändert. Guck dich um. Und bitte, bitte flipp jetzt bloß nicht aus.«

»Was soll er nicht? Flippen?«, will Pluvius wissen.

Es gibt jetzt wohl Wichtigeres als unsere Verständigungsschwierigkeiten, daher ignoriere ich seine Frage.

Moritz reibt sich die Augen und betrachtet dann den Container.

»Der sieht so aus wie immer, Moritz. Konzentrier dich bitte und sieh dich *in der Gegend* um.«

Moritz tut, wie ihm geheißen, während Pluvius »flippen« vor sich hin murmelt. »Und wie war noch mal das andere Wort? Verar. . .«

»Bitte, Pluvius«, versuche ich, meinen Großonkel davon abzuhalten, meine Zeitgeisel in ihrer Betrachtung zu stören. Es wird ruhig. Selbst die Säge im Inneren des Hauses ist verstummt.

»Okay«, sagt Moritz nach einer ganzen Weile, »die Autos sind wirklich von gestern. Und der Typ hier«, er zeigt auf Pluvius, »der sieht aus wie ein früher Mick-Jagger-Verschnitt.«

»Verschnitt?« Pluvius' Stimme klingt nicht so, als habe er

besonders viel Verständnis für die Verwirrung, in der sich Moritz befinden muss. »Was soll das heißen, Verschnitt?«

»Und so richtig viel checkt der auch nicht gerade, oder?«

»Kann der auch richtig sprechen?«, zeigt im Gegenzug Pluvius auf Moritz.

»Ihr hört jetzt beide auf und konzentriert euch auf unser Problem. Wir müssen zurückspringen. In ungefähr fünf Stunden. Und *wir* dürfen *uns* nicht sehen.« Das Letzte sage ich zu Pluvius, denn schließlich wird der über kurz oder lang hier auftauchen und Alex und ich dann dort oben auf dem Treppenabsatz stehen . . .

»Du hast recht«, sagt Pluvius. »Wir sollten gehen. Und zwar dorthin, wo ich heute nicht sein werde.« Er überlegt. »Okay, ich hab's. Kommt mit.«

Ich folge ihm, dann drehe ich mich zu Moritz um, der sich noch keinen Zentimeter bewegt hat. »Moritz, es ist wirklich wichtig. Und wenn du heute noch nach Hause willst, dann solltest du uns glauben.«

Moritz sieht zu Pluvius, der stehen geblieben ist, um auf uns zu warten, dann wieder zu mir. »Und du meinst, wir können diesem Hippie da trauen?«

Ich seufze. »Ganz sicher. Ich kenne ihn schon mein Leben lang.«

»Was ja so lang nun auch wieder nicht ist«, murmelt Moritz, aber wenigstens setzt er sich jetzt in Bewegung.

In einer Art Gänsemarsch verlassen wir das Hotelgelände. Pluvius läuft im Eilschritt voraus, ich folge, so gut ich kann. Moritz kommt uns eher zögernd nach.

Wer uns so sieht, muss denken, wir sind Indianer auf der Pirsch oder so. Aber was kümmert es mich, was die Leute denken? In ungefähr fünf Stunden sind wir eh von hier weg. Jahrzehnte weit weg.

Erst zwei Blöcke weiter hole ich auf. Pluvius hat die Hände tief in den Hosentaschen vergraben und den Kopf eingezogen.

»Stimmt was nicht?«

Er grunzt nur.

»Bitte nicht so schnell: Moritz kommt nicht mit.«

»Und das wäre natürlich echt tragisch«, erwidert Pluvius sarkastisch.

»Was hast du eigentlich gegen ihn?«

»Nichts. Ich kenne ihn ja nicht mal.« Pluvius schnaubt. »Und außerdem ist er kaum zu verstehen, dein Freund.«

»Er ist nicht mein Freund.«

»Nicht?« Pluvius wird langsamer.

»Nein. Ich wollte mich mit ihm anfreunden, weil . . . weil . . .« Weil ich dich retten muss. Aber das kann ich ja schlecht sagen.

»Weil du für ihn schwärmst«, ergänzt Pluvius für mich.

»Für ihn schwärmen? Ach so, du meinst, ich steh auf ihn. Nein. Nicht wirklich, ich meine, ich kenne ihn ja kaum . . .«

Jetzt bleibt Pluvius stehen. »Nicht *wirklich*, aha.« Er wirkt immer noch nicht fröhlicher.

»Was ist los?« Moritz hält eine Art Sicherheitsabstand zu uns ein. »Etwas passiert?«

»Wir warten auf dich, das ist passiert. Und das ist wirklich idiotisch.« Pluvius dreht sich um und stapft weiter.

Nach einem genervten Blick auf Moritz renne ich meinem Großonkel hinterher. Ich kann kaum mit ihm Schritt halten, so eilig scheint er es zu haben. »Wohin gehen wir überhaupt?«, keuche ich. »Ich meine, nur falls ich das Gejogge nicht weiter durchhalten sollte . . .«

»Gejogge?«

»Vergiss es.« Ich muss meinen Atem sparen.

»Wir gehen zu Penelope und warten da.«

Ich bleibe so plötzlich stehen, dass Moritz, der ebenfalls in Trab verfallen ist, mich beinahe umrennt.

»Hoppla«, sagt er und hält mich fest.

Pluvius merkt erst einige Meter weiter, dass wir nicht mehr hinter ihm sind, und kommt zurück. »Was ist denn?«

»Penelope? *Oma* Penelope?«

»Ja, sicher.« Pluvius sieht wütend aus. »Vielleicht könntest du es ihr gegenüber unerwähnt lassen, dass sie deine Oma sein wird.«

»Aber Oma, ich meine, Penelope ist . . . sie wird . . .«

»Nein!« Pluvius schreit es fast. »Du sagst jetzt kein Wort mehr, verstanden? Penelope ist meine Schwester, sie ist neunzehn und hat ihre eigene Bude. Sie versteht sich nicht gerade rosig mit unseren Eltern, darum ist sie ausgezogen. Sie wird ihnen gegenüber nicht erwähnen, dass ich da bin, und das ist gut so, weil ich ja eigentlich zu Hause bin, verstehst du?«

Ich nicke. Tränen schießen mir in die Augen.

Pluvius beruhigt sich augenblicklich. »Tut mir leid, Ariadne.« Er tritt einen Schritt auf mich zu und legt mir eine Hand an die Wange. Sofort ist es wieder da, dieses Kribbeln, wenn auch nur schwach. »Nicht weinen. Es ist alles ein wenig kompliziert, ich weiß. Aber wir stehen das schon durch. Wir bringen ihn«, er nickt Richtung Moritz, »schon rechtzeitig nach Hause, versprochen.« Sein Blick fällt auf meinen Arm, den

Moritz immer noch festhält, und er lässt die Hand sinken. »Und jetzt sollten wir uns beeilen. Wir sind fast da.«

Diesmal geht er so langsam, dass Moritz und ich ihm bequem folgen können. Moritz hält mich untergehakt, als müsse er mir beim Laufen helfen, und ich lasse es zu. Ich brauche jetzt jede Unterstützung, die ich kriegen kann.

»Und diese Penelope ist wirklich deine Oma?«

Ich nicke und wieder schießen mir Tränen in die Augen. »Sie wird es werden«, schniefe ich.

»Und was ist daran so traurig?« Moritz spricht leise, damit Pluvius uns nicht hören kann.

Ich schüttele den Kopf. Darüber will ich jetzt wirklich nicht sprechen. Abgesehen davon, dass wir gerade angekommen sind und Pluvius auf uns wartet, kann ich schon unter normalen Umständen nicht darüber sprechen. Darüber, was mit Oma Penelope passiert ist.

Kapitel 6

Das Mädchen, das uns öffnet, sieht älter aus als neunzehn. Sie hat lange blonde Haare, die sie locker mit einem Tuch zurückgebunden hat, und trägt eine Rüschenbluse und einen wallenden Rock. Sie ist barfuß.

»Hey«, sagt sie und reißt die Tür weiter auf. »Das ist ja eine Überraschung. Kommt rein, kommt rein.«

Sie ist mir auf Anhieb sympathisch.

Pluvius küsst sie auf beide Wangen, dann umarmt sie erst mich und dann Moritz, wobei sie sich bei den Jungs auf die Zehenspitzen stellen muss. »Und ihr seid Freunde von meinem Bruder?«, fragt sie, während sie uns in die Küche führt.

Pluvius sieht aus, als hätte man ihm einen Zahn gezogen. »Ja, Freunde«, sagt er. »Das ist Ariadne und das da . . .«, kleine Pause, »Moritz.«

»Wunderbar. Setzt euch. Wollt ihr Tee? Kekse? Was zu rauchen?«, fragt Penelope, die schon dabei ist, den Schrank aufzureißen.

»Pen«, sagt Pluvius gequält.

»Was denn? War ja nur 'ne Frage.«

Ohne unsere Antwort abzuwarten, setzt sie Wasser auf und stellt drei weiße, mit Goldrand verzierte Tassen vor uns auf den Tisch, denen allen der Henkel fehlt. Meine hat noch dazu einen Sprung.

Es ist blitzsauber in der Küche, aber ich habe noch nie zuvor solch ein Durcheinander an Farben gesehen. Die Schränke sind pink grundiert und mit Blumen bemalt, die Wände lila mit verschlungenen goldenen Ornamenten. Von der ohnehin schon knallig roten Lampe an der Decke hängen orangene Girlanden und die Vorhänge sehen aus, als hätte jemand seinen Tuschkasten darauf ausprobiert. An der Wand über dem Tisch hängt ein Poster mit einem Soldaten, dem anscheinend gerade in den Rücken geschossen wurde und der die Arme hochreißt. Darüber steht »why?«.

»Das Poster kenne ich«, sagt Moritz plötzlich. »Das ist in unserem Geschichtsbuch.«

»Ehrlich?«, fragt Penelope überrascht und dreht sich um, einen Löffel in der Hand.

Ich trete Moritz unter dem Tisch gegen das Schienbein. »Tolle . . . äh . . . Lampe«, versuche ich abzulenken und zeige auf das rote Ungetüm über uns, das eher einem verunglückten Raumschiff gleicht.

»Ja, nicht wahr? Habe ich im Müll gefunden. Was die Leute so alles wegschmeißen.« Penelope dreht sich wieder um und schaufelt weiter Tee in die Kanne.

Ich werfe Moritz einen vielsagenden Blick zu und der zuckt mit den Schultern.

»Nun erzählt mal«, sagt meine zukünftige Oma, zieht sich einen Hocker heran und setzt sich zu uns. »Was führt euch her?« Sie zieht ein Bein hoch und legt das Kinn auf ihr Knie.

Pluvius übernimmt das Reden: »Wir waren in der Nähe«, erklärt er, »und wollten dich besuchen. Das war's.«

»Ehrlich? Da steckt doch mehr dahinter, wenn du hier aufkreuzt, oder?« Penelope beobachtet ihren Bruder. »Wieder Ärger mit den Eltern gehabt? War's schlimm?«

Pluvius wird rot. »Nein, ehrlich, nichts passiert. Wir kommen nur so mal vorbei. Auf einen Tee.«

Sie betrachtet ihn besorgt. »Du weißt ja, dass du hier pennen kannst, wenn meine Mutter wieder . . .«

»Schon klar«, unterbricht Pluvius sie, »schon klar. Darum geht es nicht. Wir wollten nur eine Tasse Tee.« Er wird, wenn möglich, noch roter.

Meine Mutter? Hatte sie *meine* gesagt?

In diesem Moment pfeift der Teekessel und Penelope erhebt sich.

Ich werfe Pluvius einen Blick zu, doch der dreht die Tasse in seinen Händen und sieht nicht hoch.

»Und du, Ariadne? Kennen wir uns nicht irgendwoher?«, fragt Penelope, die mit der vollen Kanne zurück ist und einzuschenken beginnt. »Du kommst mir irgendwie bekannt vor.«

»Kann nicht sein«, beeile ich mich zu versichern. »Ich bin nicht von hier.«

»Ariadne ist so ein schöner Name«, fährt sie fort. »Er kommt aus dem Griechischen und bedeutet so etwas wie ›die den Ausweg findet‹.« Sie lächelt. »Suchst du denn einen Ausweg?«

Ich starre sie an. »Nein«, erwidere ich nicht gerade schlagfertig.

»Das ist gut.« Penelope nickt. »Denn schließlich würde das bedeuten, dass du uns verlässt, nicht wahr?«

Dazu fällt mir erst recht nichts mehr ein.

»Penelope kennt sich gut aus mit Namen«, springt Pluvius ein. »Kein Wunder. Unsere Namen hat sie sicher schon an die hundert Mal erläutern müssen.«

»Penelope war die Frau von Odysseus«, erklärt Penelope

prompt. »Ihr Name setzt sich zusammen aus ›Gewebe‹ und ›abreißen‹. Während sie auf ihren Mann wartete, webte sie ein Totenhemd, das sie immer wieder auftrennte.«

Mir läuft es kalt den Rücken hinunter.

»Pluvius ist der Aufheiternde, Lichtbringende, Phorkys ein Meeresgott. Unsere Eltern hatten es eben mit der römischen und griechischen Mythologie.« Sie lächelt entschuldigend.

»Und was bedeutet Moritz?« Ist mir eigentlich egal, aber ich muss mich ablenken von dem Bild, das sich mir aufdrängt. Das Bild von Penelope in einem Totenhemd.

»Moritz kommt von Mauritius, und der wiederum stammt auch vom Griechischen ab. Maurós heißt einfach schwarz. Genau genommen sitzt du also zwischen dem Lichtbringer und dem Schwarzen.«

Pluvius lächelt: Das scheint ihm zu gefallen. Moritz hingegen starrt in seinen Tee und sieht eher unbeteiligt aus.

»Ich kenne das«, plappere ich drauflos, um das Gespräch am Laufen zu halten, »in meiner Familie ist das mit den alten Namen auch Brauch. Meine ältere Schwester heißt Alexandra, meine jüngere Schwester Aella.«

»Aella, der Wirbelwind, wie schön«, sagt Penelope.

Pluvius verzieht das Gesicht. »Na ja, ›schön‹. Für die Eltern vielleicht, aber mir wäre ein etwas weniger ungewöhnlicher Name echt lieber gewesen.«

»Frag mich mal«, sage ich düster.

»Da beißt die Maus keinen Faden ab«, lacht Penelope.

Ich zeige auf sie. »Siehst du?«

»Zumindest hat man uns nicht verwechselt.« Meine zukünftige Großmutter lässt sich die gute Laune nicht verderben. »In meiner Klasse gab es fünf Brigittes.«

»In meiner sind es die Wolfgangs«, ergänzt Pluvius, »aber Penelope ist schließlich auch nicht ganz so schlimm.«

Wir unterhalten uns noch weiter über Namen, deren Häufigkeit und Bedeutung, während Moritz auffällig still bleibt. Ich versuche, ihn in unser Gespräch mit einzubeziehen, doch er reagiert kaum. Aber klar, er hat ja auch einiges zu verarbeiten.

Alles in allem sind es schöne Stunden mit meiner Oma, die ja noch eine junge Frau ist. Wir können wunderbar miteinander reden und ich bin natürlich begierig auf alles, was sie mir über ihre Familie zu erzählen weiß. Meine Vorfahren, wenn man so will. Sie zeigt mir einen Ring ihrer Großmutter, den jetzt meine Mutter trägt und der irgendwann Alex gehören wird, und eine alte Spieluhr, die kaputtgegangen ist und die Pluvius verspricht zu reparieren. Dazu trinken wir literweise Tee: Der Kessel ist praktisch ununterbrochen am Sprudeln.

Schon in drei Jahren wird sie meine Mutter bekommen. Eine seltsame Vorstellung. Und eine Angst einflößende: Was, wenn wir durch unser Auftauchen diese Zukunft verhindern? Was, wenn Penelope, statt überraschend Besuch zu empfangen, auf den Markt gegangen wäre und da ihren zukünftigen Liebhaber, meinen Opa getroffen hätte? Was, wenn sie sich jetzt verpassen? Löse ich mich dann auf?

Moritz hat diese Probleme nicht. Er scheint recht entspannt zu sein, vor allem, weil Penelope wirklich nett zu ihm ist. Und während Pluvius und mir die Aufregung auf den Magen geschlagen ist, greift Moritz beherzt zu und isst mit Appetit ihre selbst gebackenen Kekse.

Dann wird es Zeit zu gehen: Pluvius sieht auf seine Uhr und gibt mir ein Zeichen. Ich bedanke mich für den Tee, Penelope umarmt mich. Ich soll jederzeit wiederkommen, gibt sie mir mit auf den Weg, und als sie mir sagt, dass wir uns sicher wiedersehen, das hätte sie im Gefühl, muss ich mühsam einen dicken Kloß runterschlucken.

»Moritz, kommst du?« Ich versuche, mir nichts anmerken zu lassen.

Moritz steht auf, kichert und lässt sich wieder auf den Stuhl fallen.

Pluvius und ich blicken uns an.

»Was hast du denn? Ist dir schlecht?« Ich knie mich neben ihn. Vielleicht doch noch ein Nervenzusammenbruch?

»Nicht die Bohne«, sagt Moritz träge. »Mir geht es saugut. Oder wie sagt ihr immer? Dufte. Mir geht es dufte.« Er lacht merkwürdig.

»Ich glaube, er flippt«, sagt Pluvius.

»Flippt aus. *Aus.* Ja schon, aber warum?«

Pluvius beugt sich nach vorne und sieht Moritz in die Augen. »Groß wie Untertassen«, murmelt er. »Oh nein.«

»Was heißt das? Ist das schlimm? Ist das eine Krankheit?«

»Pen? Kannst du mir das erklären?« Pluvius deutet auf Moritz, der den Kopf auf die Tischplatte gelegt hat.

»Sag Mick Jagger, er soll nicht so schreien«, murmelt er und schließt die Augen.

»Nein«, rufe ich, richte mich auf und rüttele ihn an der Schulter. »Du kannst jetzt nicht schlafen! Er schläft. Das darf doch nicht wahr sein. Er schläft tatsächlich!«

Pluvius fährt sich durchs Haar. »War da was in den Keksen, Pen?«

»Nein, ehrlich nicht. Die waren ganz harmlos. Die anderen habe ich hier.« Sie geht zum Fensterbrett, öffnet eine Blechdose und schaut hinein. »Upps«, sagt sie.

»Upps? Was heißt upps?«, will Pluvius wissen.

Kichernd dreht sie sich zu uns um. »Tatsächlich. Sind keine mehr drin. Ich hab wohl aus Versehen alle Kekse in eine Schachtel getan.«

»Oh nein.« Pluvius lässt sich wieder auf den Stuhl fallen und stützt den Kopf in die Hände.

»Nun sei doch nicht so spießig, Pluvius. Können höchstens noch zwei, drei gewesen sein.«

»Zwei, drei was?« Ich verstehe kein Wort.

»Er ist bekifft«, stöhnt Pluvius. »Er hat Pens Haschplätzchen gegessen.«

»Echt?« Ehrlich gesagt habe ich keine Ahnung, was für Konsequenzen das hat. Ich meine, klar kenne ich Haschisch, also vom Hörensagen, aber ich wusste nicht, dass man das auch essen kann. »Und jetzt?« Noch bin ich nicht panisch, nur besorgt.

»Jetzt schläft er. Das siehst du doch selbst.« Er deutet auf sein Gegenüber.

»Dann müssen wir ihn aufwecken. Wir müssen los.« Ich rüttele wieder an seiner Schulter. »Hey, Moritz, aufwachen. Wir müssen zurück, weißt du nicht mehr? Nach Hause.«

»Ich geh nicht mit dir«, murmelt er auf die Tischplatte. »Ich bleibe bei deiner Oma.«

»Bei deiner was?«, lacht Penelope. Sie steht neben der Spüle und beobachtet uns amüsiert.

»Mist, Pluvius«, sage ich, ohne auf sie zu achten, »tu doch was.«

Er hebt die Schultern. »Da kann man nicht viel tun. Er muss erst seinen Rausch ausschlafen. So ist er viel zu auffällig.«

»Er kann hier pennen«, bietet Penelope an.

»Er muss nach Hause, verdammt.«

»Ganz ruhig, Bruderherz. Wir rufen seine Eltern an und sagen ihnen, dass er bei dir schläft. Morgen ist Samstag, da ist doch keine Schule.«

»Das ist nicht das Problem.« Pluvius kaut auf seiner Unterlippe.

»Und was ist dann das Problem?«

»Wir verpassen . . . unseren Zug. Seinen Zug. Seinen und den von Ariadne. Sie müssen zurück.«

»Da werden doch wohl noch mehr Züge fahren. Nehmt ihr eben den morgen.« Sie lächelt mich freundlich an. »Du kannst auch gerne hier schlafen, Ariadne.«

Ich sehe zu Pluvius, der sich wieder die Stirn reibt. »Nein, nein«, sagt er schnell, »Ariadne kommt mit zu mir. Und dann sehen wir weiter.«

Penelope legt ihren Arm um meine Schulter. »Das ist deine Entscheidung, Ariadne. Der weiße oder der schwarze Prinz.« Sie zwinkert mir verschwörerisch zu.

Pluvius steht auf. »Lass das, Pen.«

»Oh, oh, so ernst.« Sie verdreht gespielt die Augen. »Aber wirklich: Ihr braucht euch keine Sorgen zu machen. Wir legen euren Freund drüben aufs Sofa und morgen früh holt ihr ihn ab.«

So machen wir es schließlich, was bleibt uns auch anderes übrig: Moritz ist durch nichts und niemanden dazu zu bewegen, mit uns zu kommen. Also schleppen wir ihn, der inzwischen laut und vernehmlich schnarcht, ins angrenzende Zimmer und legen ihn auf drei große, karierte Kissen neben dem Schreibtisch, die Pen als »Sofa« bezeichnet.

Und dann müssen wir los: Es wird höchste Zeit.

»Macht euch keine Sorgen«, wiederholt Penelope an der Tür, als sie erst mich und dann ihren Bruder umarmt. »Ihm wird schon nichts passieren.« Wir sind schon halb die Treppe herunter, als sie die Tür noch einmal aufreißt: »Du hast die Spieluhr vergessen, Pluvius. Die, die du reparieren wolltest.«

Pluvius stöhnt. »Später, Pen. Gib sie mir einfach morgen mit.«

Wir müssen uns wirklich beeilen.

Wir sind schon im Haus, als wir ankommen – okay, ich weiß, wie das klingt. Pluvius zeigt auf das Licht im Keller. »Da sind wir, in meinem Zimmer. Und Phorkys darf uns beide jetzt auf keinen Fall sehen, sonst schießt er nicht und wir springen vielleicht nicht.«

»Und dann? Gibt es uns dann doppelt?«

»Keine Ahnung.« Pluvius zuckt mit den Schultern. »Aber ich möchte es auch nicht ausprobieren.«

Wir nehmen einen anderen Weg, den ums Haus herum, um sicherzugehen. Pluvius hat einen Schlüssel für die Kellertür und lässt mich vorangehen. Ich kann die Umrisse einer Wanne sehen, die auf einem Stuhl steht, und unter der Decke hängen Bettlaken. Ich nehme mal an, wir befinden uns in der Waschküche.

Pluvius schließt leise die Tür hinter sich und lauscht. »Aus meinem Zimmer kann man von hier aus nichts hören. Aber wir müssen aufpassen: Phorkys ist irgendwo in der Nähe.«

»Und zwar bewaffnet«, murmele ich. Meine größte Sorge ist, dass ich durch den Knall noch mal erschrecke und dann mutterseelenallein im Sonstwo lande. »Könntest du vielleicht meine Hand nehmen?«, flüstere ich. Wenig später spüre ich, wie seine warme Hand meine umschließt, und sofort fühle ich mich sicherer.

Wir stellen uns hinter die Tür, die Pluvius einen Spaltbreit öffnet, gerade so weit, dass wir hören können, was draußen passiert. Es ist dunkel und absolut still. Ich meine, mein Herz pochen zu hören, aber wahrscheinlich ist das nur Einbildung. Es riecht nach feuchter Wäsche und Waschpulver. Ich rücke so nah an Pluvius heran, dass meine Nase fast seine Schulter berührt. In meinem Bauch purzeln eine Million Schmetterlinge wild durcheinander.

Pluvius drückt meine Hand und dann höre auch ich es: Eine Schiebetür wird mit einem leisen Quietschen aufgeschoben, jemand schleicht den Flur entlang. Wieder drückt Pluvius meine Hand und wir folgen dem Geräusch. Bloß nicht stolpern, bloß nirgends gegenrennen, um Phorkys nicht auf uns aufmerksam zu machen. Und vor allen Dingen: Bloß nicht erschrecken.

Wir sind schon dicht hinter der Gestalt, die mit einem Mal die Tür aufreißt und ohne zu zögern einen Schuss abgibt. Ich höre Alex aufschreien. Pluvius tritt einen Schritt nach vorn, wobei er mich mitzieht, und sagt laut und deutlich: »Buh!«

Phorkys fährt herum, und hätte er die gleichen Fähigkeiten wie Pluvius und ich, er wäre jetzt wohl in der Steinzeit gelandet. Mit schreckensweiten Augen starrt er uns an. Die Pistole fällt scheppernd zu Boden. »Was ist . . . ich meine, wo kommst du . . .«

»Tja«, sagt Pluvius lässig und schiebt sich und mich an ihm vorbei, »das möchtest du sicher gerne wissen.« Wir betreten sein Zimmer, in dem Alex totenbleich sitzt und uns ebenso fassungslos anstarrt.

»Alles in Ordnung«, sage ich. »Das war nur einer von Phorkys' Scherzen.«

Alex steht der Schreck deutlich ins Gesicht geschrieben. »Phorkys?«, sagt sie mühsam. »Omas Bruder?«

»Pscht«, mache ich und nicke mit meinem Kopf in Richtung Tür.

»Willst du nicht hereinkommen und dich vorstellen, Phorkys?«, fragt Pluvius. »Beliebt gemacht hast du dich ja schon.«

Zögernd tritt ein Junge ins Zimmer, der kaum jünger aussieht als Pluvius und dieselben blonden, lockigen Haare wie seine Schwester Penelope hat. Er trägt eine kurze Hose und ein Oberhemd, das ihm ein wenig zu weit ist, dazu eine Krawatte.

»Konnte ja nicht wissen, dass du Besuch hast«, murmelt er. Verlegen wirkt er nicht, eher verblüfft.

Alex' Augen verengen sich zu Schlitzen. »Du bist wohl völlig übergeschnappt, was? Wir hätten tot sein können.«

»War nur 'ne Schreckschusspistole«, sagt Phorkys und reibt sich die Brust, als hätte er dort Schmerzen. Schweißtropfen stehen ihm auf der Stirn. »Nun dreh mal nicht durch.«

»Eben«, sage ich und beobachte sorgenvoll meine ältere Schwester.

»*Aus*flippen«, grinst Pluvius. Er scheint diesen Ausdruck wirklich zu mögen. Lässig, die Hände in den Taschen, lehnt er sich gegen die Wand und zwinkert mir zu. »Das«, sagt er, »ist mein lieber Bruder Phorkys. Phorkys, das sind Ariadne und Alex.«

Ich lasse den Blick nicht von Alex, die vor Wut bebt. »Ruhig bleiben. Durchatmen«, sage ich leise und sie schlägt die Augen nieder. Ich blicke zu Phorkys und kann Rauch von seiner Krawatte aufsteigen sehen. »Deine Krawatte brennt«, warne ich ihn.

»Meine ... was? Oh. Verdammt.« Phorkys reißt sie sich vom Hals, als sei sie eine giftige Schlange. »Wie ... wie konnte das passieren?« Fassungslos betrachtet er die angesengte Krawatte zu seinen Füßen.

»Hat wahrscheinlich was mit deiner Pistole zu tun«, sage ich. »Rückschlag oder so.«

Pluvius, immer noch gegen die Wand gelehnt, blickt interessiert von mir zu Alex und wieder zurück. Er pfeift leise zwischen den Zähnen hindurch. »Hexendinge«, murmelt er.

»Was?« Sein Bruder hat nur Augen für seine Krawatte. Er stupst vorsichtig mit der Schuhspitze dagegen.

»Rührt sich nicht mehr. Ist wohl tot«, bemerkt Pluvius trocken.

»Sehr witzig«, erwidert Phorkys.

Großonkel Phorkys. Das ist er also. Wir hatten ja nicht viel Gelegenheit, ihn kennenzulernen, dafür kennen wir seinen Sohn umso besser: Onkel Theodor, den Hundeverräter. Und natürlich seinen Enkel Justus.

Alex scheint sich beruhigt zu haben. Sie atmet tief und gleichmäßig. Ich kann förmlich sehen, dass ihr eine Million Fragen unter den Nägeln brenn2n. Wir sollten Phorkys so schnell wie möglich loswerden.

Das denkt wohl auch meine Schwester. »Phorkys?«, fragt sie mit zuckersüßer Stimme.

Der Junge lässt endlich die Krawatte in Ruhe und sieht auf.

»Meinst du, du könntest ein Pizzataxi rufen, die Mikrowelle anschmeißen oder so?«

»Pizzataxi? Mikro-was?«

Alex lächelt ihn geduldig an. »Schon klar, nicht deine Zeit. Uns etwas zu essen besorgen, meine ich: Wir sind am Verhungern.«

»Ach so.« Phorkys sieht unsicher zu seinem Bruder.

»Ja, los, mach schon.« Pluvius macht eine Ksch-ksch-Handbewegung. »Und nimm das da«, er zeigt auf den Boden, »mit.«

Mit seiner Krawatte am ausgestreckten Arm verlässt Phorkys den Raum.

Kaum hat sich die Tür hinter ihm geschlossen, platzen Alex und Pluvius gleichzeitig mit ihren Fragen heraus.

»Wo wart ihr?«

»Waren das Hexendinge?«

»Immer der Reihe nach«, sage ich und lasse mich erschöpft auf den zotteligen Teppich sinken. Und dann erzählen wir, Pluvius und ich, von unserem Sprung, dem Tee bei Oma Penelope und den verhängnisvollen Plätzchen.

»Ihr hattet Moritz schon und habt ihn wieder verloren?« Alex sieht fassungslos von mir zu Pluvius.

»Verloren ist nicht ganz richtig«, erwidert der. »Schließlich wissen wir ja, wo er ist. Und jetzt bin ich dran. Was sind das für Hexendinge?« Dieses Mal erzählen Alex und ich und Pluvius betrachtet fasziniert meine große Schwester. »Das ist ... wie sagt ihr noch gleich? Cool, genau. Das ist cool.«

Merkwürdigerweise versetzt mir das einen kleinen Stich. *So* cool ist das nun auch wieder nicht. Es kommen schließlich keine silbernen Blitze aus ihren Fingerspitzen oder so.

»Wir haben die auch, diese Hexendinge, aber nicht so ausgeprägt«, fährt Pluvius fort. »Penelope kann in die Zukunft sehen, aber leider nur wenige Augenblicke, bevor es so weit ist. Und sogar das klappt nicht immer, also ist diese Fähigkeit eher unnütz. Phorkys kann auf die Sekunde genau die Uhrzeit bestimmen, auch nicht gerade weltbewegend.«

»Dann hätte Oma ... äh, deine Schwester das mit den Plätzchen ja voraussehen können«, wendet Alex ein.

Pluvius verzieht das Gesicht. »Wer weiß. Sie hat neben ihrer Fähigkeit auch eine recht eigene Art von Humor.«

Wir schweigen eine Weile, während wir, jeder für sich, unseren Gedanken nachhängen. Ich kann zwar nicht für meine Schwester sprechen, aber es würde mich wundern, wenn sie nicht an Oma Penelope denken würde. Eigene Art von Humor: Oh ja, wir wissen, wovon die Rede ist.

»Morgen werden wir ganz früh losgehen und Moritz holen«, verspricht Pluvius schließlich. »Und dann springt ihr zurück.«

»Und wenn wir Glück haben, hat Mama gar nicht gemerkt, dass wir so lange weg waren«, sagt Alex.

Pluvis schüttelt den Kopf. »Dazu seid ihr zu lange hier.«

»Was?«, sagen Alex und ich wie aus einem Mund.

»Wenn ich eins über Zeitreisen weiß, dann dass man nur nahtlos an den eigenen Lebenslauf anschließen kann, wenn man sich nicht lange in einer anderen Zeit befindet. Je länger ihr hier seid, desto weniger wahrscheinlich wird es, dass ihr zu dem Zeitpunkt zurückkommt, an dem ihr gestartet seid.«

»Woher weißt du das?«, will Alex wissen.

Pluvius wird rot und schlägt die Augen nieder. »Das hat mir dieselbe Person verraten, die mich auch zum Hotel geschickt hat. Jemand, der sich mit Zeitreisen auskennt.«

Ist schon klar, dass es derselbe sein muss, der ihm auch von unserer Ankunft vor dem Hotel erzählt hat. Ich meine: Wie viele Zeitreisende kennt Pluvius wohl? Allerdings ist es schon nervig, dass er nicht bereit ist, uns zu sagen, wer das ist.

Dieses Mal wird erst sacht an die Tür geklopft, bevor Phorkys mit einem Tablett hereinkommt. »Ich hab was zu essen für euch«, sagt er und stellt Butterbrote, ein großes Stück Zuckerkuchen und eine Flasche Sinalco-Brause auf dem Schreibtisch ab.

Alex und ich stürzen uns darauf wie ausgehungerte Löwen.

»Weißt du was«, sagt Alex kauend, »du bist doch gar nicht so verkehrt. Du solltest allerdings nicht heiraten und Kinder in die Welt setzen.«

»Wie bitte?« Phorkys sieht sie verständnislos an.

Ich schlucke. »Zu viele Details, Phorkys«, winke ich ab. »Viel zu viele Details.«

Kapitel 7

Was soll das heißen: Der ist schon weg?«

»Dass Moritz schon gegangen ist.« Penelope summt eine Melodie, während sie Wasser in den Kessel laufen lässt. »Und ihr seid sicher, dass ihr keinen Tee wollt?«

»Nein, danke«, erwidere ich automatisch. Alex wartet unten im Hausflur auf uns. Je weniger Leute aus der Zukunft mit seiner Schwester Kontakt haben, desto besser, fand Pluvius. Was meiner Schwester alles andere als gefallen hat. Alex hätte Oma Penelope gerne »wieder«-gesehen.

»Und wo wollte er hin?« Pluvius reibt sich die Stirn, als hätte er Kopfschmerzen. Hat er wahrscheinlich auch, nach der letzten Nacht: Er hat auf dem Stuhl geschlafen und mir und meiner Schwester sein Bett überlassen.

»Er wollte euch entgegengehen.« Penelope zündet den Gasherd an und setzt den Kessel auf. »Er ist sehr früh aufgewacht und wusste im ersten Moment gar nicht, wo er war. Wollte immer ein ›Händchen‹ benutzen, um zu telefonieren oder so.« Sie kichert. »Na ja, waren wahrscheinlich Nachwirkungen der Kekse. Ich müsste vielleicht noch mal das Rezept . . .«

»Pen«, ermahnt Pluvius sie.

»Schon gut. Wie auch immer. Dann hat er geduscht und gefrühstückt, sich bedankt und ist gegangen. Er wüsste ja, wo du wohnst, Pluvius, weil er da schon mal gewesen sei, hat er noch gesagt.«

»Stimmt«, nicke ich. »Das weiß er.«

»Und das war's, mehr ist nicht passiert. Er hätte euch eigentlich begegnen müssen.«

Pluvius schüttelt den Kopf. »Der Idiot«, murmelt er. »Jetzt spaziert er hier in der Weltgeschichte herum und richtet noch Unheil an.« Er streckt sich. »Wir müssen los, Pen. Ich komme nachher noch mal vorbei.«

»Mmh, da bin ich nicht da«, nuschelt Penelope mit vollem Mund. Sie hat sich inzwischen ein Brötchen genommen und hineingebissen. »Da wollte ich auf einen Sprung zu einem Freund, der eine riesige Plattensammlung hat. Moritz hat gesagt, ich soll mir mal eine gewisse Janis Joplin anhören. Die sei echt . . . wie nannte er es noch mal? Kuhl, genau. Die sei echt ›kuhl‹. Und dann hat er mir eine Melodie vorgesummt von einem Lied, das sie angeblich noch schreiben wird. Irre was? Ich sag ja, ich muss unbedingt noch mal das Keksrezept überdenken.«.

Pluvius wirft mir einen wütenden Blick zu. Ich zucke mit den Schultern. Ist ja nicht meine Schuld, dass Moritz so eine Plaudertasche ist!

Wir verabschieden uns und Penelope begleitet uns noch zur Tür. So werde ich sie jetzt wahrscheinlich immer vor mir sehen, den Rest meines Lebens: barfuß, mit wirrem Haar und geröteten Wangen, ein Brötchen in der Hand. Sie sieht so schön und so lebendig aus, dass es wehtut.

Pluvius ist schon ein paar Stufen vor mir, als mir etwas einfällt. Ich weiß, man darf nicht versuchen, die Vergangenheit zu verändern, weil sonst das Raum-Zeit-Dingsbums sauer wird. Aber ich kann einfach nicht widerstehen. Ich drehe mich noch einmal um. »Äh, Penelope?«, sage ich leise.

»Ja?«, erwidert sie kauend.

»Halte dich von Klavieren fern, okay?«

»Ariadne!«, ruft Pluvius, der einen Treppenabsatz weiter unten auf mich wartet.

Penelope sieht mich nur verständnislos an.

»Keine Klaviere, okay?«, flüstere ich ihr zu, dann drehe ich mich um und folge Pluvius.

»Und? Wie ist sie? Ich meine, wie war sie?« Alex läuft neben mir her und will alles genau wissen. Jede Äußerung, jedes noch so kleine Detail.

»Schön, jung. Mit langen blonden Haaren. Sie trinkt eine Menge Tee.«

»Das sagtest du schon. Und weiter?«

»Nichts weiter.« Ich sehe mich um. »Pass auf, Alex, ich erzähle es dir, wenn wir zu Hause sind, okay? Aber jetzt müssen wir Moritz finden.« Und ihn seiner gerechten Strafe zuführen, ihn martern und häuten und sonst was für grässliche Dinge mit ihm anstellen. Einfach abzuhauen, also ehrlich: Immerhin sind wir seinetwegen hier. »Wir sollten einfach zurückspringen und ihn hierlassen.« Dann entgeht er zumindest meiner Rache.

»Nichts da.« Pluvius hat meine letzte Bemerkung gehört. »Ich will den auch nicht behalten.«

Drei Straßenecken weiter finden wir ihn schließlich. Moritz bummelt an den Geschäften vorbei und betrachtet in Seelenruhe die Auslagen.

»Moritz«, winkt ihm Alex. »Wir haben schon nach dir gesucht.«

»Oh, ehrlich?« Moritz dreht sich zu uns um und begrüßt uns lächelnd. »Hallo Ariadne, hallo Alex. Und hallo ... äh, *Großonkel.*«

Pluvius wirft ihm einen wütenden Blick zu.

»Was denkst du eigentlich, was du hier tust?«, fauche ich. »Wir müssen zurück, je eher, desto besser. Schließlich wollen wir so zeitnah in unserer Gegenwart landen, wie möglich.«

Moritz nickt ungerührt. »Dann mal los.« Er macht eine einladende Handbewegung in Richtung Hotel.

»Na super«, zische ich und gehe voran, ohne mich noch einmal umzusehen. Es ist doch wirklich unglaublich. Keine Erklärung, keine Entschuldigung. Scheint einfach so, als hätte Moritz es nicht eilig, nach Hause zurückzukehren.

Pluvius holt mich ein. »Meinst du«, fragt er leise, »dein Freund hat etwas ausgeheckt?«

»Wie meinst du das, ›ausgeheckt‹?«

»Irgendetwas mitgenommen, eine Wette abgeschlossen, was weiß ich. Er kennt immerhin unsere Zukunft. Er könnte versuchen, Nutzen daraus zu ziehen.«

»Du meinst, indem er zum Beispiel auf ein Pferd setzt, von dem er weiß, dass es gewinnen wird? Nein.« Ich überlege kurz, dann schüttele ich den Kopf. »Dazu liegen unsere Zeiten zu weit auseinander. Und so schnell hätte er das auch gar nicht hingekriegt.« Denke ich zumindest, auch wenn mich sein Verdacht beunruhigt.

Pluvius nickt zögerlich. »Wahrscheinlich hast du recht.«

»Und er ist nicht mein Freund.«

»Sicher«, erwidert Pluvius spöttisch. »Du hast ja auch *nicht wirklich* Interesse.«

»Nein, habe ich nicht.«

»Aber unwirklich schon.«

»Sicher nicht, wenn er sich so dämlich benimmt.«

»Aber wenn er sich nicht so dämlich benehmen würde . . .«

»Pluvius!« Was zu weit geht, geht zu weit. Er ist schließlich immer noch mein Großonkel, äh, zukünftiger Großonkel. Und außerdem freunde ich mich doch seinetwegen mit Moritz an. Schließlich ist er es, der wirklich verschwunden ist. Verschwinden wird. Verschwinden werden wird oder so.

Und dann ist es so weit: Wir stehen hinter dem Container, geschützt vor den neugierigen Blicken der Nachbarn. Das Hotel sieht verlassen aus, niemand arbeitet am Wochenende. Es weht ein erfrischend kühler Wind, der Himmel ist wolkenlos. Ich hoffe, dass das Wetter in unserer Zeit ebenso schön ist, auch wenn das wohl meine geringste Sorge ist. Meine größte ist es, an den richtigen Ort zu springen.

»Du musst dich konzentrieren, Ariadne, entspann dich. Es wird alles gut. Du kannst das, das hast du mehr als einmal bewiesen.« Pluvius legt seine Hand auf meine Schulter, was wie immer eher nicht zu meiner Beruhigung beiträgt. Und zu meiner Konzentrationsfähigkeit auch nicht.

»Entspannen, gut«, murmele ich trotzdem und schließe die Augen.

»Denk an das Jahr, den Tag, den Ort. Stell dir das Innere des Hotels vor. Den Platz, von dem ihr losgesprungen seid. Tust du das?«

Ich nicke.

»Gut«, höre ich Pluvius' Stimme. »Und ihr beide solltet schon mal den Rucksack festhalten. Wartest du auf eine Extraeinladung, Moritz? Gut. Alles klar. Bist du so weit, Ariadne?«

Ich nicke.

»Dann gib mir mal die Schachtel.«

Ich höre Geraschel, als wahrscheinlich Alex ihm die Spinne gibt, die sie heute Morgen aus ihrem Netz herausgeklaubt hat. Arme Spinne. Sie wird sich, wenn alles gut geht, in dreiundvierzig Jahren ein neues bauen müssen.

»Dann wollen wir mal«, sagt Pluvius. Er steht dicht neben mir und ich kann nicht vermeiden, durch meine Wimpern zu lugen. »Augen zu«, sagt er.

»Wir haben uns noch nicht verabschiedet«, murmele ich.

»Das müssen wir auch nicht. Wir sehen uns ja ständig wieder.« Die Stimme wird zu einem Wispern dicht an meinem Ohr. »Und darauf freue ich mich.« Ich spüre einen Finger, der über meine Wange streicht. Dann ein Räuspern (Moritz? Alex?), doch die Berührung bleibt bestehen. »Ich zähle bis drei«, sagt Pluvius laut. »Eins, zwei . . . drei.«

Ich öffne die Augen und starre auf die Spinne. Eine Stimme in mir schreit, dass ich nicht bereit bin, dass ich mich doch verabschieden will, während ich gleichzeitig versuche, mir das Hotel vorzustellen, den Kronleuchter, Moritz' Zimmer, Mama, Aella, den Tisch mit den Blumen, die Kälte . . .

Die Kälte? Warum sollte es kalt sein in meiner Vorstellung? Nein, die Kälte ist wirklich, sie ist um uns herum, denn als ich hochsehe, stehen wir alle vor dem Hotel. Und ich meine alle: Niemand fehlt, nicht einmal Pluvius.

»Verdammt«, sagt er und zieht schuldbewusst seine Hand zurück.

»Jetzt hör endlich auf zu meckern, Moritz. Ich muss mich konzentrieren.« Ich puste in meine Hände, um sie warm zu kriegen, und trete von einem Fuß auf den anderen. Es schneit große, watteartige Flocken, ein paar Meter weiter grinst uns ein Schneemann an.

Moritz tritt ebenfalls auf der Stelle und schnaubt. »Das hat ja auch beim letzten Mal so hervorragend funktioniert, die Konzentration.«

»Nun lass sie endlich in Ruhe.« Pluvius ist der Einzige, den die Kälte nicht interessiert, dafür ist er viel zu sehr mit seinem Magen beschäftigt. »Oh Mann«, stöhnt er. »Ich hasse Zeitreisen.« Schon merkwürdig, dass Pluvius das Springen so viel ausmacht, wo ausgerechnet er es doch ist, der ein »echter« Zeitreisender ist. Oder es zumindest werden wird.

»Frag mich mal«, murmelt Moritz.

Immerhin sind sie sich ausnahmsweise einmal einig. Ich versuche, nachzudenken und nicht auf die Kälte und Nässe zu achten, die meine Stoffschuhe durchdringen. Was ist nur schiefgelaufen?

»Könntest du dich bitte beeilen?« Alex zittert erbärmlich in ihrem dünnen T-Shirt.

»Wir sollten reingehen«, sagt Moritz. »Wir holen uns hier noch den Tod.«

»Wir erregen viel zu viel Aufsehen«, entgegnet Pluvius.

»Ach, Quatsch. Ich wohne schließlich da.«

»Du *hast* da gewohnt oder *wi-wirst* da wohnen«, klappert Alex mit den Zähnen. »Kommt dra-drauf an, welches Ja-Jahr wir haben.«

»Okay, so geht das nicht«, entscheide ich. »Wir gehen jetzt rein. Ich muss in Ruhe nachdenken und bei der Kälte und eurem Gequatsche geht das nicht. Wir tun ganz normal und stellen uns hinter den Tisch mit den Blumen. Da sehen uns nicht so viele.« Kein toller Plan, zugegeben, aber alle sind nur zu froh, aus der Kälte zu kommen, sodass niemand widerspricht.

Wir marschieren ins Hotel, als sei es das Selbstverständlichste von der Welt. Moritz vorweg, dann ich, Pluvius und Alex.

Die Drehtür entlässt uns in eine warme, weihnachtlich geschmückte Lobby. Musik rieselt aus dem Lautsprecher, es duftet nach Kaffee und Parfüm. Doch der Tisch mit der Blumenvase ist nicht mehr da: Unter dem Kronleuchter steht nun ein überdimensionaler Weihnachtsbaum. Auch gut, das sollte als Deckung reichen. Ich winke den anderen, mir zu folgen.

Hinter dem Baum versammeln wir uns alle, das heißt fast alle, denn Moritz fehlt. »Wo ist denn Moritz schon wieder?«, zische ich.

Kaum habe ich es ausgesprochen, biegt er auch schon um die Ecke. »Wir befinden uns im richtigen Jahr«, sagt er. »Du hast also gar nicht so sehr danebengelegen.«

»Woher weißt du das?«, will Alex wissen.

»Ich habe den Portier gefragt.«

»Du hast was?« Pluvius sieht aus, als hätte man ihn geohrfeigt. »Bist du jetzt völlig durchgedreht?«

Moritz Augen verengen sich zu dünnen Schlitzen. »Ariadne brauchte das Datum, damit sie uns wieder zurückbringt, oder? Jetzt weiß sie, dass es sich nur um ein halbes Jahr handelt, das sie zurückspringen muss.«

»Das hätte man auch anders rauskriegen können, als den Portier auf uns aufmerksam zu machen.«

»Ach ja? Wie denn?«

»Auf eine der Zeitungen gucken, die hier ausliegen, zum Beispiel.«

»Gebt euch keine Mühe«, mischt sich Alex in den Streit ein. »Wir haben durch unsere Aufmachung eh schon für Aufsehen gesorgt.« Sie winkt und lächelt einer Frau im Pelzmantel zu, die entgeistert stehen geblieben ist, um uns anzustarren. Die Frau dreht sich rasch um und geht weiter, wirft uns jedoch immer wieder neugierige Blicke zu, während sie auf den Lift wartet. Endlich steigt sie ein, die Fahrstuhltüren schließen sich.

»Also los, weiter jetzt«, raunt meine Schwester mir zu. »Wir haben sicher nicht mehr viel Zeit.« Sie schiebt einen Tannenzweig zurück, der ihr ins Gesicht ragt.

»Ein halbes Jahr«, murmele ich. Das wird ja wohl zu schaffen sein.

»Da kommt übrigens der Portier«, warnt uns Moritz. »Er kommt direkt auf uns zu.«

»Schnell«, flüstert Pluvius. »Und gut festhalten.« Mit der einen Hand greift er nach dem Rucksack, so wie die anderen, mit der anderen nach der Streichholzschachtel. »Konzentrier dich. Eins, zwei . . .«

»Mach schon«, sagt Alex eindringlich.

»Drei«, sagt Pluvius und hält mir die Spinne hin.

Sie ist klein, schwarz und wirkt wie tot, zumindest liegt sie auf dem Rücken und hat ihre Beine angewinkelt. Machen Spinnen so was? Bislang habe ich keine lange genug betrachten können, um das herauszufinden.

»Äh, kann ich Ihnen helfen?«, fragt eine Stimme und wir fahren herum. Das wird dann wohl der Portier sein, den Moritz nach der Jahreszahl gefragt hat. »Sind Sie Gäste des Hotels?«

Moritz räuspert sich. »Natürlich sind wir das, das heißt, ich bin es. Das hier sind meine Freunde.«

»Und Ihr Name?« Der Portier ist ein kleiner Mann mit Stirnglatze, auf der Schweißtropfen stehen. Er lächelt zwar, aber seine Augen strafen dieses Lächeln Lüge. Die gleichen eher denen einer Katze, die eine Horde Mäuse gesehen hat. Frierende Mäuse. In Sommerkleidung.

»Moritz Haußmann. Zimmer dreihundertsechzehn, Sie können gern nachsehen.«

Der Portier lächelt gefährlich und nickt. »Einen Augenblick«, sagt er und dreht sich um.

»Und wenn Sie schon dabei sind, können Sie dem Zimmermädchen gleich sagen, dass ich noch ein zweites Kissen brauche«, ruft Moritz ihm nach. »Und jetzt schnell«, raunt er mir zu. »Wir haben nicht mehr viel Zeit. Außer natürlich, ich wohne im Winter tatsächlich immer noch in diesem Hotel.«

Pluvius schüttelt die leblose Spinne. »Was ist, Ariadne? Warum klappt es nicht?« Er haucht die Spinne an, falls sie nur ein bisschen eingefroren sein sollte oder sich tot stellt, aber sie rührt sich nicht mehr.

»Keine Ahnung.« Ich zucke mit den Schultern. »Vielleicht habe ich mich nach dem vielen Hin- und Hergespringe inzwischen an die Spinnen gewöhnt. Ich brauche etwas Ungewöhnliches, Neues . . .«

»Ich glaube, er kommt zurück«, sagt Alex, die sich nach hinten gebogen hat und um den Weihnachtsbaum herumlugt. »Ja, er kommt.«

Ich starre noch einmal auf die Spinne, fokussiere sie, sauge sie förmlich mit Blicken auf, aber nichts passiert. Hilflos sehe ich hoch.

Es ist Moritz, der reagiert. »Bloß nicht den Rucksack loslassen«, sagt er. Er selbst macht jedoch genau das. Er beugt sich zu mir herüber, nimmt mein Gesicht in beide Hände und dann küsst er mich. Und zwar richtig. Ich schließe die Augen und bin überrascht, wie gut sich das anfü. . .

»Ähem, es reicht jetzt. Ihr könnt aufhören, ihr zwei: Es hat funktioniert«, ertönt Alex' Stimme neben meinem Ohr.

Moritz tritt einen Schritt zurück.

Ich blinzele, fühle mich wie betäubt. Meine Knie sind weich, mein Magen vollführt immer noch Salti: Sind wohl Nachwirkungen des Zeitsprungs. Es ist hell, ich höre Musik, aber es ist nicht mehr die nervtötende Weihnachtsmusik, sondern einfach nur dudelige Hotellobbymusik. Und es duftet wieder, endlich kann ich die Blumen riechen, die riesig und weiß über mir thronen. Der Kristallleuchter blitzt auf uns herunter. Der Tresen, die Bar und Sitzecke: Alles wieder da.

»Haben wir es geschafft?«, will ich wissen.

»Sieht so aus«, sagt Alex. »Es ist dunkel draußen, also ist es später. Aber das ist ja nur von Vorteil: In der Lobby ist kein Mensch. Und der Kalender da drüben zeigt, dass wir richtig gelandet sind. Ja, du hast es geschafft, Ariadne. Wir sind wieder zu Hause.«

Alex und ich lächeln uns an. Dann fällt mir Pluvius ein. Ich blicke mich suchend um.

Ja, da steht er, ein wenig abseits. Eine Welle der Erleichterung überkommt mich, während er alles andere als glücklich wirkt: Wahrscheinlich spürt auch er noch die Nachwirkungen des Sprungs. Sein Lächeln wirkt gequält, als müsse er sich dazu zwingen. »Glückwunsch auch von mir«, murmelt er.

Ich merke, dass ich mir mit dem Handrücken über die Lippen reibe, und lasse es bleiben. Mir fällt nichts ein, was ich erwidern könnte.

»Tja, Leute«, sagt Alex und sie klingt erleichtert. »Das wäre überstanden. Und wir können für die Zukunft auch noch eine wichtige Lehre ziehen.«

»Ach ja?« Moritz zieht die Augenbrauen hoch. »Welche denn?«

»Wir werden diesen Winter wirklich warme Klamotten brauchen.«

Überstanden? Nichts ist überstanden.

Zunächst einmal haben wir Moritz im Hotel gelassen, damit er seine Mutter beruhigen kann, die kurz davor stand, eine Vermisstenanzeige aufzugeben und, gelinde gesagt, stinkwütend war.

Wütend scheint auch Pluvius zu sein. Er redet nicht mehr mit mir, sondern gibt auf meine Fragen nur noch Grunzgeräusche von sich. Als sei es meine Schuld, der Kuss von Moritz. Ich weiß gar nicht, was er mir vorwirft: Immerhin war der ja erfolgreich, oder?

Doch darum kann ich mich im Moment wirklich nicht kümmern. Ich zerbreche mir den Kopf, wie wir Pluvius in seine Zeit zurückbekommen. Und prompt muss ich ein Bild daraus verscheuchen, in dem Pluvius mich so küsst wie vorhin Moritz und wir gemeinsam durch die Zeiten schweben . . .

Aber damit beginnen unsere Probleme erst, denn nehmen wir mal an, Pluvius ist – wie auch immer – zurück in seiner Zeit, dann bleibt die Tatsache, dass ihn dreiundvierzig Jahre später ein Arm wegreißen wird. Und ich einen Schlüssel besitze, der zu einem Kästchen passt, das sich garantiert *nicht* im Haus am Steinbruch befindet.

Doch von alldem ahnt Pluvius natürlich nichts. Mein jugendlicher Großonkel schaut kaum hoch, während wir nach

Hause gehen. Er sieht erst auf, als wir genau vor unserem (und seinem) Haus stehen. Sein Blick sucht das Fenster mit dem Sprung, dem Sprung, den er verursacht hat, doch es ist zu dunkel, um zu erkennen, ob er noch da ist. Als Alex die Tür aufschließt, bleibt er auf der Veranda stehen. »Was sagen wir, wenn wir eure Mutter treffen?«

Alex sieht ihn verständnislos an. »Na, was wohl?«

In diesem Augenblick ertönt ein Ruf von innen. »Alex? Seid ihr das, ihr beiden?« Mama kommt an die Tür, ein Glas Wasser in der Hand. Sie war offenbar noch nicht im Bett, denn sie trägt noch ihre verwaschene Jeans und das T-Shirt mit dem Aufdruck »Mrs Sunshine«, das sie heute Morgen schon anhatte. Kein Wunder, schließlich sind wir in unserer Zeit gerade mal ein paar Stunden weg gewesen. »Wolltet ihr nicht bei eurer Freundin übernachten, dieser . . .«, mit der freien Hand kramt sie in ihrer Jeans, »dieser . . . herrje, ich kann deinen Zettel nicht finden, Alex.«

»Ja, wollten wir«, sagt Alex und sieht hilflos zu mir.

»Aber dann ist uns was dazwischengekommen«, ergänze ich nicht gerade einfallsreich.

»Ach, und was?«

Anstelle einer Antwort greife ich nach Pluvius und ziehe ihn ins Licht.

»Und wer ist . . .«, beginnt Mama, dann lächelt sie. »Pluvius, mein Gott, wie jung du bist. Was für eine schöne Überraschung. Komm rein.«

Verdattert lässt sich Pluvius von mir nach drinnen schieben.

»Wir haben ihn getroffen und sind dann nicht mehr zu Alex' Freundin gegangen«, erkläre ich, während ich die Tür schließe. »Kann Pluvius hier übernachten?«

»Sicher kann er das.« Unsere Mutter umarmt ihren Onkel, der über zwanzig Jahre jünger ist als sie. »Lass dich anschauen. Du bist doch höchstens sechzehn?«

»Vierzehn«, antwortet Pluvius. Er wird rot.

»Merkwürdig«, sagt Mama und runzelt die Stirn. »Ich hätte schwören können, dass du mir mal erzählt hast, du seist das erste Mal gesprungen, als du achtzehn warst.«

Glücklicherweise kommt in diesem Moment Rufus, der unsere Stimmen gehört hat, um die Ecke und begrüßt jeden, als hätte er ihn ewig nicht gesehen. Und wer weiß: Vielleicht haben Hunde ein Gespür dafür, wie lange Menschen wirklich weg waren.

Alex erklärt sich bereit, das Gästezimmer fertig zu machen. Pluvius, Mama und ich unterhalten uns noch ein wenig in der Küche, doch wir sind alle drei müde. Mama wegen Aella, die morgen wieder früh wach sein wird, Pluvius, weil er die letzte Nacht auf einem Stuhl zugebracht hat, und ich, weil es mich erschöpft, dass Pluvius ständig meinem Blick ausweicht.

»Wir können ja morgen weiterreden«, sagt Mama und unterdrückt ein Gähnen. Sie stellt ihr Wasserglas in die Spüle. »Ariadne zeigt dir alles, machst du das, Schatz? Bis zum Frühstück dann, Onkel Pluvius.« Sie zwinkert ihm zu.

Und schon bin ich allein mit *Onkel* Pluvius. Der lehnt am Kühlschrank und betrachtet interessiert und ausdauernd den Magneten in Kuhform, mit dem wir unseren Einkaufszettel befestigen.

»Der Magnet gibt keine Milch«, sage ich finster.

»Würde mich auch wundern«, entgegnet Pluvius.

»Oh«, tue ich überrascht und ziehe eine Augenbraue hoch. »Du redest wieder mit mir?«

Daraufhin sagt Pluvius nichts mehr. Na, super. »Wenn du wüsstest«, sage ich und werde immer wütender, je länger ich rede, »warum ich das alles mache. Mich mit Moritz anfreunden, in der Zeit herumspringen. Aber das darfst du ja nicht, richtig? Wegen diesem bescheuerten Raum-Zeit-Dingsbums. Weil ja alles so geheim ist. Weil es dich einfach nicht interessiert.«

»Nicht interessiert? Oh, mich interessiert es schon, mit wem du herumpoussierst. Muss es ja, wenn du es direkt vor meinen Augen machst.«

»Poussierst?« Gegen meinen Willen muss ich grinsen. Er benutzt aber auch wirklich zu merkwürdige Ausdrücke. »Ich poussiere nicht«, protestiere ich und werde wieder ernst. »Ich versuche dich ... uns ... ich meine: Ich musste uns schließlich retten!«

»Ja«, erwidert Pluvius bitter. »Minutenlang.« Er pult wieder am Kuhmagneten. Dann sieht er auf. »Vielleicht solltest du es mir sagen. Vielleicht ist es wichtig.«

»Was denn?«

»Warum du dich mit diesem Hohlkopf abgibst. Warum du in der Zeit herumspringst.«

»Ich weiß es nicht«, erwidere ich und sehe, wie seine Miene sich wieder verschließt. »Ich meine, natürlich weiß ich es. Aber ich weiß nicht, ob du es auch wissen darfst.«

Jetzt ist es Pluvius, der gegen seinen Willen grinsen muss. »Du weißt eine Menge nicht.« Er überlegt. »Vielleicht deutest du mal an, was das Problem ist? Und dann kann ich ja immer noch Stopp rufen, wenn ich denke, dass es das Raum-Zeit-Kontinuum stören könnte.«

Ich nicke. Scheint mir ein vernünftiger Vorschlag zu sein.

»Tja, wie soll ich es sagen, ohne dir Angst zu machen?« Ich räuspere mich und schaue ihm ernst in die Augen. »Pluvius, ich fürchte, du wirst von einem gruseligen Arm in einen Zeitriss entführt.«

Pluvius wird so weiß wie der Kühlschrank. »Stopp«, ruft er.

Die Zeit ist ein merkwürdiges Wesen. Man kann sie sogar hören. Zumindest kommt es mir so vor, als ich mit meinem in der Zukunft verschwundenen, jetzt aber noch sehr präsenten Onkel im Gästezimmer sitze und ihr zuhöre, wie sie verrinnt. Und wir haben nicht einmal eine Uhr in der Nähe!

Ich betrachte die blau-braun geblümte Tapete, die an den Rändern vergilbt ist, und überlege, ob sie schon in Pluvius' Jugend hier war. Neben dem Bücherregal entdecke ich einen Nagel, der mir vorher noch nie aufgefallen ist und an dem ein Bild gehangen haben muss: Ein kleines Viereck aus Schmutz zeugt davon. Die Regale stehen voller alter Bücher. Es sind keine billigen Taschenbücher, nur solche mit echtem Ledereinband und sie sind alphabetisch sortiert. Das weiß ich nicht etwa, weil ich sie gelesen habe, sondern weil ich sie des Öfteren abstauben musste. Lästige Arbeit.

Die Regalbretter werden von einem Kamin unterbrochen, der, seitdem ich denken kann, noch nie funktioniert hat, und gehen auf der anderen Seite weiter. Hier stehen die größeren Bücher, Lexika und solche, in denen man nachschlagen kann, wo zum Beispiel Sri Lanka liegt, falls man das für die Schule braucht. Allerdings sind sie so hoffnungslos veraltet, dass Sri Lanka gar nicht in ihnen vorkommt, weil es früher anders hieß, was man aber nicht rausfindet, weil man ja nicht weiß, wo es liegt und es schließlich googeln muss.

Neben der Tür ragt aus einem der Bücherregale ein Bett hervor. Zumindest sieht es so aus, weil die Regale drum herumgebaut sind, und wer darauf schläft, wird sicher die ganze Nacht Angst haben, dass die vielen mit Ledereinband versehenen Bücher runterfallen und ihn lebendig unter sich begraben. Zumindest hätte ich diese Angst, aber ich habe auch noch nie dort geschlafen. Pluvius schon, sein älteres Ich, also ist er es gewöhnt. Oder wird sich dran gewöhnen. Aber er sieht nicht so aus, als würde er sich im Moment über herunterfallende Bücher Sorgen machen oder etwa darüber, wo Sri Lanka liegt.

»Ich kenne nur einen Menschen, einen Zeitreisenden, der genug über das hier Bescheid weiß, um helfen zu können«, sagt er und reibt seine Stirn.

»Super«, erwidere ich.

»Und ich wüsste sogar, wo wir ihn treffen können«, fährt Pluvius zögernd fort, wobei er seine Stirn noch fester reibt.

»Noch besser«, finde ich.

»Nein, ist es nicht.« Auf Pluvius' Stirn sind schon rote Striemen zu sehen. »Es ist höllisch gefährlich.« Ich zucke mit den Schultern, denn eins ist ja wohl klar: gefährlich oder nicht – wir brauchen Hilfe. Und zwar von jemandem, der etwas von Zeitreisen und dem Raum-Zeit-Dingsbums versteht. Außerdem bin ich inzwischen so müde, dass ich wohl zu allem genickt hätte, und sei es zu dem Plan, einem weißen Kaninchen ins Loch zu folgen. »Also abgemacht«, sage ich und unterdrücke ein Gähnen. »Wir springen morgen zu diesem Jemand und der erzählt uns alles, was wir wissen müssen – warte mal«, fällt mir da siedend heiß ein, »morgen ist Sonntag. Da müssen wir zu unserer Uroma.«

Pluvius stöhnt. »Details. Schon wieder. Jetzt weiß ich, dass meine Mutter noch lebt.«

»Ist ja vielleicht meine Uroma väterlicherseits«, winke ich ab. Über so kompliziertes Raum-Zeit-Zeugs kann ich jetzt nicht nachdenken. »Also, erst müssen wir zu Oma, dann springen wir. Und ich gehe jetzt ins Bett.« Ich erhebe mich vom Boden, doch Pluvius rührt sich nicht vom Fleck. »Was denn noch?«

»Ich bin mir nicht sicher, Ariadne, ob das wirklich so ein brillanter Plan ist.«

»Na ja«, gähne ich, »ich bin ja auch nicht diejenige, die entführt worden sein wird.«

Pluvius sieht besorgt aus. »Das ist eine ernste Sache.«

Ich nicke. »Denke ich auch. Und dafür brauchen wir all unsere Kraft und daher werden wir jetzt schlafen gehen.« Selbst wenn morgen der Weltuntergang bevorstünde: Ich bin so müde, dass ich gleich tot umfalle. »Schlaf gut«, sage ich und wanke zur Tür. »Und falls du nachschlagen möchtest, wo Sri Lanka liegt«, erkläre ich mit einem letzten Blick auf die Bücher über seinem Bett, »vergiss es. Das wirst du hier nicht finden.« Und dann gehe ich endlich, endlich in mein Zimmer.

Kapitel 8

Pluvius schläft noch, als wir am nächsten Morgen zu unserer Uroma aufbrechen. Ich habe ihm einen Zettel auf das Tablett mit seinem Frühstück gelegt und ihn gebeten, auf mich zu warten, es würde nicht lange dauern. Ist ja auch klar, dass er warten muss. Entweder das oder er findet auf die harte Tour heraus, dass wir kein Baumhaus besitzen.

Der Besuch bei Pluvius' Mutter alle zwei Wochen ist Pflicht, obwohl sie davon meist nicht allzu viel mitkriegt: Sie ist schon sehr alt.

Wir quetschen uns also in Mamas Kombi. Alex sitzt wie immer vorne. Ich habe den Kindersitz mit Aella neben mir und vom Kofferraum aus hechelt Rufus uns seinen fauligen Atem in den Nacken.

»Pfui, Rufus, du stinkst. Nun leg dich schon hin«, befehle ich, aber natürlich tut er das nicht. Er liebt es, nach vorne zu gucken und bei jedem Hund, den er sieht, laut zu bellen. Was zur Folge hat, dass Aella versucht, den Hund mit ihrem Gebrüll noch zu übertönen, und ich jedes Mal halb taub bin, wenn wir bei Oma Kassandra ankommen.

»Rufus stinkt nicht.« Alex hat sich schlangenartig auf dem Vordersitz verrenkt, um von dort aus Aella den Schnuller in den Mund zu stecken.

»Na ja, er hat, gelinde gesagt, ordentlich Mundgeruch.«

»Das kommt nur von den Knochen, die du ihm gibst.«

Aella spuckt den Schnuller in hohem Bogen aus.

»Die mag er nun mal am liebsten.« Ich bücke mich, hebe den Schnuller auf und puste ihn ab.

»Aber sie stinken«, bemerkt Alex von vorne.

»Sag ich ja.« Ich schiebe Aella den Schnuller wieder in den Mund. »Halten wir also fest, dass Rufus stinkt, weil er stinkende Knochen frisst.«

Aella spuckt mir den Schnuller in den Schoß.

»Äh, Mam«, sagt Alex auf dem Vordersitz, »bist du dir sicher, dass das der richtige Weg ist?«

Meine Mutter wirft ihr einen erstaunten Blick zu. »Natürlich, Schatz. Den fahren wir doch ständig.«

Ich recke meinen Hals, um besser sehen zu können, und schon hat Aella eine Haarsträhne von mir erwischt und reißt mit fröhlichem Glucksen daran. Das ist ihr Lieblingsspiel, Haare festhalten, und man muss die winzigen Finger einzeln hochbiegen, um sich aus dem betonharten Griff ihrer Babyfäustchen zu befreien.

»Das ist nicht die Strecke zum Heim«, sagt Alex.

»Heim? Welches Heim?«, fragt meine Mutter verdutzt.

Aella kräht fröhlich, während Alex sich zu uns umdreht. Mit schiefem Hals versuche ich, mit den Achseln zu zucken. »Au, verdammt!« Tränen nehmen mir die Sicht.

Rufus hinter uns hat etwas gesehen und fängt lautstark an zu bellen, was Aella zusammenfahren lässt. Sie reißt nur noch kräftiger an meinem Haar.

Als wir endlich anhalten, bin ich taub, meine Kopfhaut brennt und sicher habe ich eine babyfaustgroße Glatze. Mama stellt den Motor ab, sagt »So, da wären wir« und steigt aus.

Alex und ich bleiben sitzen. Schweigend sehen wir uns um.

»Kannst du mir mal bitte erklären, was das zu bedeuten hat?« Alex klingt unsicher.

»Keine Ahnung«, kann ich da nur sagen. Nicht die geringste. Wir stehen vor einem Haus, das ich noch nie in meinem Leben gesehen habe.

Alex duckt sich und betrachtet es. »Sieht hübsch aus.«

»Hübsch? Ist das alles, was dir dazu einfällt?« Ich reibe mir die schmerzende Stelle auf meinem Kopf.

Alex zuckt nur mit den Schultern.

»Was ist denn?« Mama reißt die Tür auf. »Wollt ihr nicht aussteigen?«

Es ist wirklich ein hübsches Haus, wenn man einmal davon absieht, dass wir keine Ahnung haben, was wir hier zu suchen haben. Genauer gesagt ist es eine Doppelhaushälfte, doch wo die eine Seite gewöhnlich und grau wirkt, ist die andere in verschiedenen Lilatönen bemalt. Auf dem Fensterbrett stehen unterschiedlich große und bunte Blumentöpfe, der handtuchgroße Vorgarten ist ein einziges Blütenmeer. Aus dem ersten Stock bauscht sich eine Gardine und oben auf dem Dach ist ein kupferglänzender Wetterhahn befestigt, der unbeweglich auf die umliegenden Häuser herabsieht. An der Mauer, die den Garten von seinem tristen Nachbarn trennt, ranken sich Efeu und Wein empor, darunter wachsen dichte Büschel Lavendel. Statt Gartenzwergen stecken Puppenköpfe und Barbiepuppenteile in den Rabatten und auf einem umgedrehten Blumentopf steht »Igelhaus«.

Langsam und staunend gehen wir zur Haustür, vor der unsere Mutter mit Aella in der Trageschale schon ungeduldig auf uns wartet. »Was ist denn los mit euch? Man könnte meinen, ihr seid das erste Mal hier.«

Die Garten-Haus-Überraschung wird noch einmal gesteigert, als in diesem Augenblick die Tür aufgerissen wird und eine weißhaarige Frau in Jeans und einem lila T-Shirt heraustritt und uns anstrahlt. »Da seid ihr ja. Kommt rein, kommt rein, ich hab schon Eistee für euch vorbereitet.« Sie verschwindet wieder und lässt die Tür offen stehen.

Alex hält mich am Arm zurück. »War das . . . war das etwa . . .?«

Ich nicke. »Denke schon.«

»Dann hast du . . . dann haben wir . . .«

»In der Vergangenheit etwas verändert. Und wie.«

»Und was passiert jetzt? Wird sich das jetzt rächen? Kriegen wir jetzt Ärger mit dem Raum-Zeit-Dingsbums?«

Ich habe keine Ahnung. Ich wünschte, ich könnte mit Pluvius darüber reden oder diesem Mann, diesem Zeitreisenden, der sich damit auskennt. »Lass uns erst mal reingehen«, sage ich schwach. »Tee trinken und Oma Penelope begrüßen.« Denn wenn sich etwas rächen wird, werden wir das schon früh genug merken, oder?

Es muss schon auffallen, wie ich unsere Oma anstarre. Sie gleicht dem neunzehnjährigen Mädchen, das ich gestern erst getroffen habe, immer noch erstaunlich. Sie hat Falten bekommen und ihre Haare sind weiß, das schon, aber ansonsten ist sie immer noch dieselbe. Mit der gleichen Vorliebe für Tee, Unmengen von Tee.

»Nun nehmt doch noch«, ruft sie und zwinkert mir zu. »Ihr seid so schüchtern heute. Und esst euren Keks.«

»Danke«, sage ich, stecke den Keks im Ganzen in den Mund und lasse mir zum vierten Mal nachschenken.

»Und du auch noch, Alex. Du hast ja kaum etwas angerührt.«

Alex lächelt schwach, während auch ihr nachgeschenkt wird.

»Und jetzt erzählt mal. Was macht die Schule?«

»Ferien«, bringe ich mit vollem Mund heraus.

»Ich auch«, beeilt Alex sich zu sagen.

»Klar, wie dumm von mir. Ach ja, ich werde vergesslich mit der Zeit.« Oma Penelope lächelt. Sie trinkt einen kräftigen Schluck und sieht uns prüfend an. »Aber irgendetwas ist anders an euch.«

»Anders?«

»Ja. Ihr seid so schweigsam. Habt ihr Kummer? Mir könnt ihr das ruhig sagen.«

Wir sind allein mit Oma Penelope. Mama ist im Badezimmer, um Aella zu wickeln, und Uroma Kassandra macht ein Nickerchen in ihrem Zimmer. Ja, Uroma Kassandra wohnt nicht im Heim, sondern bei ihrer Tochter und sie ist wesentlich besser beieinander, als ich sie in Erinnerung hatte: Noch etwas, was sich geändert hat und wofür uns das Raum-Zeit-Dingsbums gehörig in den Hintern beißen könnte.

Ich nehme einen kräftigen Schluck, um den trockenen Keks herunterzuspülen und verziehe das Gesicht. Dieses Teegetrinke geht mir langsam auf die Nerven und kalt ist er noch schlimmer als heiß. »Wir haben keinen Kummer«, kann ich schließlich antworten. »Wir sind nur müde, das ist alles.«

»Müde, soso.« Meine Oma zwinkert mir zu. »Ist wohl spät geworden, gestern? Na ja, ist ja auch Wochenende.«

Ich nicke und starre in mein Glas. Und was für ein Wochenende!

»Und du, Alexandra? Was hast du gestern gemacht?«

Alex verschluckt sich. »Ich?«, hustet sie, während ihr Tee aus dem Glas und auf ihr Bein schwappt. »Nichts, gar nichts, wirklich nicht.«

Oma Penelope reicht ihr eine Serviette. »Kein Grund, gleich panisch zu werden, Kind. Wenn ihr eurer alten Oma nichts davon erzählen wollt . . .«

»Oma«, unterbreche ich sie, weil ich es einfach wissen muss. Weil die Neugier mich sonst noch umbringt. »Oma, was ist eigentlich mit dem Klavier passiert?«

Alex hustet noch stärker und drückt sich die Serviette vor den Mund.

»Welches Klavier?« Oma Penelope sieht erstaunt aus.

»Oma Kassandras Klavier. Sie hat mir mal erzählt, dass sie Klavier spielen kann. Und dass ihr mal eins gehört hat.«

Oma Penelope runzelt die Stirn. »Hat sie das? Oh ja, stimmt. Sie konnte früher tatsächlich Klavier spielen und sie hatte auch lange Zeit eins. Aber dann ist etwas passiert . . .« Sie runzelt die Stirn.

»Was denn?«

»Nun ja, das klingt jetzt ein wenig merkwürdig, aber irgendjemand hat mich mal vor Klavieren gewarnt.«

»Vor Klavieren gewarnt?«, japst Alex. Sie wirft mir einen raschen Blick zu.

»Ja. Wer war das noch mal? Mein Gedächtnis wird auch nicht besser, das kann ich euch sagen. Ein Mädchen war das, Pluvius' Freundin, glaube ich, oder war es seine Frau? Wie auch immer, sie hat gesagt, ich solle mich von Klavieren fernhalten. Und Jahre später, als Vater gestorben ist und Mutter bei mir einziehen sollte, da ist es mir wieder eingefallen. ›Halte dich von Klavieren fern.‹ Das war es, was sie gesagt hat. Und so habe ich Mutter gesagt, dass sie kommen und bei mir wohnen kann, ihr Instrument aber nicht mitbringen darf.«

Das Klavier, das ihr normalerweise beim Umzug auf den Kopf gefallen wäre und sie in ein dreiwöchiges Koma geschickt hätte, aus dem sie nicht mehr erwacht wäre.

Oma Penelope nimmt den letzten Schluck aus ihrer Tasse und stellt sie zurück aufs Tablett. »Das kommt euch jetzt bestimmt komisch vor, nicht wahr? Dass ich so einer Warnung glaube. Aber es war schon eindrücklich. Nicht so sehr, *was* dieses Mädchen gesagt hat, sondern *wie*. Und unter uns«, sie beugt sich vor und senkt ihre Stimme, »ich fand Mutters Klavierspielen schon immer fürchterlich.« Sie lacht.

Wir lachen zurück. »Ja, stimmt.« Mir fällt die schräge Melodie wieder ein, die wir bei Pluvius in der Diele gehört haben. »Das war wirklich . . .« Ich verstumme gerade noch rechtzeitig und beiße mir auf die Lippen. »Ich meine, Klavierspielen an sich. Das ist wirklich fürchterlich.«

»Och, das würde ich nicht sagen, nicht so pauschal. Trinkst du das noch? Nein?« Oma Penelope erhebt sich und nimmt Alex das Glas aus der Hand. »Ich finde Klavierspielen wunderschön. Wenn man es kann. Aber Mutter fehlte, fürchte ich, einfach das Talent dazu.«

»Wozu fehlte mir das Talent?«, kommt eine Stimme von der Tür her. Uroma Kassandra schiebt sich mit ihrem Rollator ins Zimmer. Sie hat ihr Mittagsschläfchen anscheinend beendet und steht nun frisch und erholt vor uns. Sie sieht immer noch gut aus für ihre fünf-, nein, sogar sechsundachtzig Jahre, viel besser, als ich sie von unserem letzten Besuch in Erinnerung habe.

»Zum Ku-chen-back-en, Mutter«, antwortet Oma Penelope

überdeutlich, während sie das Tablett belädt. »Du hattest nie das Talent zum Kuchenbacken.«

»Das stimmt.« Uroma Kassandra lässt sich schwer in den Sessel fallen. »Backen habe ich immer gehasst. Ebenso wie bügeln.«

Und schon sind wir bei unverfänglicheren Themen wie Kochen, Aussteuer, Heirat und dem, was ein Brötchen früher gekostet hat und was in jedem beliebigen Zusammenhang mindestens einmal erwähnt wird.

Ich kann mich kaum am Gespräch beteiligen. Ständig geht mir durch den Kopf, was Alex gefragt hat: Ob sich das Raum-Zeit-Dingsbums jetzt rächen wird. Und noch etwas ist mir merkwürdig vorgekommen, etwas, das ich nicht zu fassen kriege und was Oma Penelope gesagt hat. Aber sosehr ich mich auch bemühe und mir den Kopf zermartere, es will mir nicht mehr einfallen. Ich weiß nur, dass es etwas mit Pluvius zu tun hat ...

»Was ist hier los?«, flüstert mir Alex zu, kaum dass Oma Penelope das Tablett nach draußen trägt und Uroma Kassandra sich Aella und meiner Mutter widmet, die wieder hereingekommen sind.

»Wir haben die Zeit verwundet«, flüstere ich zurück. So hat es mir Pluvius erklärt, kurz bevor er verschwand. »Man kann oberflächliche Ereignisse durch einen Zeitsprung verändern.«

»Aber Mama benimmt sich völlig normal.« Alex wirft ihr einen Blick zu. Unsere Mutter beobachtet lächelnd, wie Uroma Kassandra mit Aella spielt, und nichts deutet darauf hin, dass sie das verwunderlich findet.

»Mama war die ganze Zeit über hier«, erwidere ich, so leise ich kann. »Für sie hat sich nichts verändert. Und wir werden es auch bald vergessen haben.«

»Was?« Meine Schwester sieht mich mit großen Augen an.

Ich nicke. »Wenn wir hierbleiben, schon. Denn das, was wir kennen, hat sich ja jetzt nicht mehr ereignet.«

Alex schüttelt den Kopf. »Ich hasse diesen Zeitreisequatsch«, murmelt sie.

»Was hasst du?«, fragt Oma Penelope, die gerade wieder hereinkommt und anscheinend Mauseohren hat.

»Das Gequatsche über die alten Zeiten«, erwidert meine Schwester prompt und ich bewundere sie für ihre Schlagfertigkeit.

Unsere Oma steigt prompt darauf ein und schon sind die beiden in ein Gespräch verstrickt und überlassen mich meinen Gedanken. Die gerade schwer damit beschäftigt sind, das alles zu verstehen.

»Du da, Kindchen!« Die Stimme meiner Uroma.

Ich reagiere nicht darauf.

»Du da, A-Kindchen mit den hübschen Locken.«

Wir haben alle Locken und ich bin immer noch so mit meinen Problemen beschäftigt, dass . . . »Glas«, dieses Wort höre ich klar und deutlich, danach beginnt sich das Eisteeglas in meinen Händen zu bewegen. Erst ist es ein leichtes Vibrieren, das stärker wird, dann ein so starkes Beben, dass ich es kaum noch halten kann. Entsetzt starre ich auf das tanzende Glas, das ich mit aller Macht umklammert halte.

»Mutter!« Oma Penelopes Stimme klingt scharf und das Wackeln in meinem Schoß hört sofort auf.

»Was denn?«

»Das weißt du ganz genau.« Oma Penelope kommt zu mir herüber und windet mir das Glas aus den Händen, das ich immer noch fest umklammert halte. »Alles in Ordnung, Ariadne? Noch etwas Tee?«

»Äh, nein, keinen Tee mehr«, bringe ich heraus.

Hexendinge! Uroma Kassandra kann auch Hexendinge, klar kann sie, nur habe ich das bisher nie gemerkt. Und was hat Pluvius mir noch mal über seine Schwester, meine Oma, erzählt? Ach ja, dass sie die Zukunft vorhersagen kann, allerdings erst ganz kurz vorher und das auch nicht immer. Aber er hat ebenfalls erwähnt, dass es seine Mutter gewesen sei, die ihm die Fähigkeit zum Zeitreisen vererbt hat. Dann springt Uroma Kassandra also auch? Gläser zum Beben bringen kann sie auf jeden Fall.

Ich betrachte die beiden alten Frauen mit einem Mal mit ganz anderen Augen. Vielleicht können sie mir bei meinen Problemen helfen? Vielleicht wissen sie etwas über die Zeit, die man besser nicht aufstört und über das verschwundene Kästchen?

Ich bin mit einem Mal hellwach. Ich höre ganz genau zu, während sich meine Mutter nach den Kräutern erkundigt, die Uroma Kassandra hinten im Garten gepflanzt hat, und sie ihr einen Vortrag über Melisse, Fenchel und die Kombination aus beidem hält. Unauffällig schlendere ich zum Fenster und betrachte die vielen Topfpflanzen, die sich auf dem Fensterbrett drängen. Dann tue ich so, als würde ich das gelbliche Kinderfoto an der Wand studieren, und setze mich schließlich auf die Fußbank neben meine Uroma.

Sie dreht sich halb zu mir um. »Ah, das A-Kindchen«, sagt sie.

»Ariadne«, erwidere ich.

»Natürlich Ariadne. Ich mag zwar alt sein, aber ich bin nicht verkalkt.« Sie kichert. »Wir hatten mal eine Ariane in der Klasse, aber das ist schon ewig her, so lange, dass ihr wahrscheinlich das d im Namen abhandengekommen ist.«

»Äh . . . ja.« Ich lächele zurück. »Ich habe gerade das Foto bewundert«, lüge ich und zeige auf die Wand, um irgendwas zu sagen.

Sie folgt meinem Finger mit den Augen. »Ah ja, Penelope und Phorkys. Hübsche Kinder, nicht wahr? Diese Locken. Die Locken habt ihr alle von mir geerbt.« Und sie sieht mir so anklagend auf den Kopf, als wolle sie sie wieder zurückhaben.

Ich sehe hoch zum Foto. Ein etwa sechsjähriges Mädchen hält ein Baby auf dem Schoß und lächelt in die Kamera. Man kann ihre Zahnlücke sehen. »Penelope und Phorkys? Und was ist mit Pluvius?«

Uroma Kassandra winkt ab. »Der kam erst später«, sagt sie leichthin.

Meine Nackenhaare stellen sich auf, kein Witz. Ich wusste gar nicht, dass Nackenhaare das können, ja, nicht mal, dass ich da Haare habe! »Was heißt das: Er kam später? Er ist doch ein Jahr älter als Phorkys?«

»Später eben.« Die alte Frau wirkt ungeduldig. »Und die beiden waren so liebe Kinder, wirklich. Aber als er dann kam ...« Sie verstummt und sieht zu Oma Penelope hinüber. »Aber davon darf ich nicht sprechen. Penelope himmelt ihn an. Kein böses Wort über ihn, oh nein.«

»Aber was heißt denn das, dass er später kam? Wie später?«

»Wie wohl?«, erwidert sie und schüttelt leicht den Kopf mit den silbergrauen Locken. »Mit der Post.«

»Mit der Post?«

»Ja sicher. Ich bekomme alle meine Briefe mit der Post.« Sie beugt sich zu mir herüber. »Eulenpost«, flüstert sie.

Ich starre sie mit offenem Mund an.

»Mutter, du bringst da mal wieder etwas durcheinander.« Oma Penelope hat die letzten Worte von unserem Gespräch aufgeschnappt. Sie kommt zu uns herüber und nimmt ihrer Mutter die Tasse ab. »Sie liest zu viel *Harry Potter«*, erklärt sie und presst ihre Lippen zusammen. »Lästige Angewohnheit.«

Ich stehe auf und folge ihr zur Anrichte, wobei ich beinahe über Rufus stolpere, der es sich mitten auf dem Teppich gemütlich gemacht hat. »Aber sie hat etwas über Pluvius gesagt.« Ich senke unwillkürlich meine Stimme, als wäre das ein Geheimnis, das zwischen uns bleiben müsse. »Dass er erst später in eure Familie gekommen ist oder so.«

»Ach ja?« Oma Penelope stellt die Tasse auf das Tablett und rückt den Silberlöffel gerade. Erst dann dreht sie sich zu mir um. »Und hat sie auch etwas über seine Narbe gesagt und dass er unter der Treppe hauste?« Sie schüttelt so heftig ihren Kopf, dass ihre silbernen Locken fliegen. »Nein, Ariadne, Mutter geht es nicht so gut. Du solltest sie nicht zu ernst nehmen, das weißt du doch.« Dann streichelt sie mir übers Haar, schnappt sich das Tablett und geht damit zur Tür.

»Aber er ist nicht auf dem Foto«, rufe ich ihr nach, doch sie reagiert nicht. Vielleicht hat sie mich nicht gehört.

»Wer ist nicht auf dem Foto, Liebes?«, will meine Mutter wissen, die gerade Aella ihr Sonnenmützchen aufsetzt.

»Niemand«, murmele ich.

»Wir wollen jetzt los.« Mama schnappt sich Aella, dann sieht sie zu mir. »Was ist, Schatz? Träumst du?«

Ja, manchmal ist mir tatsächlich so, als würde ich träumen. Ich schüttele den Kopf, um dieses seltsame Gefühl daraus zu vertreiben.

»Dann komm. Schließlich bist du es, die mir ständig damit in den Ohren gelegen hat, dass sie heute noch was vorhat.«

Das stimmt. Pluvius. Ob er nun auf dem Foto ist oder nicht:

Er ist auf jeden Fall hier und muss dringend in seine Zeit zurück. Und ich habe keine Ahnung, ob das eine nun etwas mit dem anderen zu tun hat.

Auf der Rückfahrt sind Alex und ich recht schweigsam. Ich kann zwar nicht für sie sprechen, aber wahrscheinlich platzt auch ihr der Kopf von all den Fragen.

Ich habe die Zeit so sehr verändert, dass unsere Oma noch am Leben ist und mit Uroma Kassandra zusammenlebt. Meine Mutter hat nichts von alldem mitbekommen, weil sie innerhalb der Zeit geblieben ist. Nur wir, Alex und ich, wissen, dass meine Oma von irgendwas erschlagen worden ist. Was war es noch mal? Ach ja: ein Klavier. Jetzt fällt es mir wieder ein. Ich schüttele unwillkürlich den Kopf. Oh Mann, ich bin schon dabei, die andere Wirklichkeit zu vergessen. Die, die so ja auch nicht mehr stattgefunden hat. Puh, kompliziert.

Schade, dass ich Pluvius nichts davon erzählen darf. Aber dazu gibt es auch gar keine Gelegenheit, denn Pluvius ist nicht allein.

»Dein Freund ist hier«, begrüßt mein junger Großonkel mich schon an der Tür mit finsterem Blick. Sein langes Haar ist zerzaust und hängt ihm wirr ins Gesicht, und er sieht immer noch müde aus. Das psychedelisch gekringelte Hemd hat er gegen eines von denen eingetauscht, die im Schrank liegen und die tatsächlich ihm gehören. Oder gehören werden. Wie auch immer: Es ist dunkelgrün und steht ihm toll.

»Hallo, Ariadne.« Hinter ihm kommt Moritz zur Tür. Auch er hat sich umgezogen, sieht jedoch ausgeruhter und frischer aus. Er trägt ein blaues T-Shirt, das die Farbe seiner Augen noch unterstreicht.

»Besuch? Wie schön«, sagt meine Mutter hinter mir und trägt Aella an mir vorbei. »Darf ich mal, Jungs? Danke.«

Ich bleibe auf der Veranda stehen, also müssen die »Jungs« rauskommen. Alex wirft mir einen neugierigen Blick zu, als sie ins Haus geht. Die Tür schließt sich, aber nicht ganz: Ich kann mir gut vorstellen, dass meine Schwester dahintersteht und lauscht.

»Der ist ja immer noch da«, beginnt Moritz und zeigt auf Pluvius, als könne der nicht hören, was er sagt.

»Und der schon wieder«, entgegnet Pluvius.

»Okay, okay!« Ich hebe abwehrend die Hände. »Schluss damit.« Ich atme tief durch. Es ist später Mittag und drückend heiß, auch wenn wir auf der Veranda im Schatten stehen. Eine Hummel brummt träge durch die Luft, ansonsten ist es mucksmäuschenstill. »Wir brauchen mal wieder einen Plan«, murmele ich zu niemandem Bestimmten. Die Sache mit meinen Omas muss ich jetzt aus dem Kopf kriegen: eins nach dem anderen. Ich räuspere mich entschlossen. »Zunächst einmal: Moritz. Das soll jetzt nicht unhöflich klingen oder so, aber: Was willst du hier?«

Moritz lässt sich nicht aus der Ruhe bringen. »Ich weiß es nicht, sag du es mir. Gestern stehst du bei mir im Zimmer und willst erst eine Spinne suchen und dann deinen Onkel retten, der irgendwie verschwunden ist. Dann machen wir einen Zeitsprung, laufen in der Vergangenheit herum und ...« Seine Augen werden groß. »Ihn hier? *Diesen* Onkel? Ihn wolltest du retten?«

Pluvius verschränkt die Arme vor der Brust.

Moritz rümpft die Nase. »Na, das hat sich ja dann wohl erledigt.«

»Nicht ganz«, erkläre ich und bin wirklich stolz darauf, was für eine Engelsgeduld ich habe. »Sein älteres, jetziges Ich ist immer noch verschwunden. Aber erledigt hat es sich in gewisser Weise schon: Wir wissen, was zu tun ist, nicht wahr, Pluvius?«

Mein junger Onkel sieht unglücklich aus, nickt jedoch.

»Und deshalb . . .« Ich zucke mit den Schultern.

Moritz' Augen verdüstern sich. »Warte mal«, sagt er, »nur damit ich das auch richtig auf die Reihe kriege: Gestern warst du ganz verzweifelt, weil dein Onkel verschwunden ist und ich dir unbedingt helfen sollte . . .«

»Echt?«, unterbricht Pluvius ihn und wirft mir einen Blick zu. »Du warst verzweifelt?«

»Und heute«, fährt Moritz mit erhobener Stimme fort, »hast du meine Hilfe nicht mehr nötig?«

»Du hast sie doch gehört, mein Freund«, sagt Pluvius und klingt mit einem Mal gar nicht mehr so müde. »Du kannst dich verabschieden. Wir kommen ganz gut alleine klar.«

»Das will ich sehen! Und ich bin nicht dein Freund, Alter.«

»Ist mir schon klar, dass du das sehen willst, aber du wirst hier nicht mehr gebraucht. Und nenn mich nicht Alter! Ich bin genauso alt wie du.«

Das ist ja wie im Kindergarten! Energisch gehe ich dazwischen: »Könntet ihr mal eine Minute ruhig sein? Ich muss nachdenken.« Und das fällt mir schon schwer genug in der Hitze und mit einer lästigen Fliege, die mir um den Kopf schwirrt. Ich wedele sie weg. »Moritz hat recht«, sage ich langsam und ignoriere sein triumphierendes »Hah!«. Ich versuche, mich genau zu erinnern. »Pluvius, du hast gesagt, jemand sei hinter dir her. Und dass das Haus der Familie Haußmann wichtig sei.«

»Inwiefern?«, will Moritz wissen.

Jetzt wird es schwierig. Moritz würde normalerweise ein Kästchen dorthin bringen. Aber da das Haus nicht mehr existiert, wird er es wahrscheinlich irgendwo anders verstecken. Allerdings glaube ich nicht, dass sich das Kästchen überhaupt schon in seinem Besitz befindet.

»Dort sollte etwas versteckt sein. Etwas, das wir brauchen.« Ich will ihm die Sache nicht genauer erklären: Wer weiß, ob er das Kästchen dann überhaupt noch erhält. Oder ob er es annimmt, immerhin sind er und Pluvius nicht gerade die besten Freunde. »Du hast eindeutig Moritz' Namen in diesem Zusammenhang erwähnt«, wende ich mich wieder an meinen Onkel. »Auch wenn wir nicht wissen, was für eine Rolle er genau spielt.« Und das stimmt ja: Hat er nicht. »Also sollten wir ihn mitnehmen.«

Pluvius schüttelt, wie nicht anders erwartet, den Kopf. »Auf keinen Fall. Viel zu gefährlich.«

»Ach nee«, entgegnet Moritz prompt, »du sorgst dich um meine Sicherheit?«

»Nicht wirklich. Aber es wäre doch lästig, deiner Mutter die Sache zu erklären, wenn wir dich in Einzelteilen bei ihr abliefern müssten.«

»Wer will mich denn in Einzelteile zerlegen? Du etwa?«

»Du hast ja keine Ahnung, *Alter.*«

»Nein, aber du, was? Immerhin bist du ja schon uralt und weise . . .«

Ich höre nicht mehr zu, wie die beiden sich streiten. Ehrlich gesagt, bin ich unsicher, ob es klug von uns ist, Moritz mitzunehmen auf diese gefährliche Zeitreise, um einen mysteriösen Mann zu treffen, den man anscheinend noch nicht einmal sehen darf. Aber Moritz wird irgendwann ein Kästchen erhalten. Und wir müssen den Moment abpassen und es ihm abnehmen. Und dazu sollten wir ihn wohl im Auge behalten, oder etwa nicht?

»Okay. Auf drei, also.«

Wir müssen weit springen, weiter als je zuvor, aber Pluvius hat mir versichert, es gäbe einen Zeittunnel, der uns hineinführt. »Zeitreisen sind wie Kanäle«, hat er mir erklärt. »Normalerweise wachsen sie schnell zu, aber man kann sie auch offen halten.« Wir dürften nur den Eingang nicht verpassen.

Moritz sieht inzwischen nicht mehr so begeistert aus von unserem Plan. Blass steht er neben mir, einen Rucksack mit all den Dingen auf dem Rücken, die er für nötig hält. Duschgel zum Beispiel, darauf hat er bestanden und erklärt, er würde ohne Duschgel nirgends hinreisen.

Pluvius wirkt ebenfalls blass, aber vielleicht liegt das auch an dem schweren graugrünen Vorhangstoff, den er sich umgehängt hat.

Die braune Gardine, die Moritz aus dem Hotel geschmuggelt hat, sieht auch nicht besser aus, da habe ich es doch direkt gut: Ich trage einen langen Rock und eine Rüschenbluse von meiner Mutter und sehe zwar aus, als ginge ich zum Silvesterball, ansonsten aber nicht übel, finde ich. Bis auf das Kopftuch, natürlich, das ich mir nur widerwillig umbinde. Jetzt bin ich bereit.

Bereit fürs Mittelalter.

»Mittelalter. Ich glaub's nicht. Das klappt niemals«, murmelt Alex zum hundertsten Mal und schüttelt den Kopf. »Das ist doch völlig idiotisch.«

»Ist es nicht«, entgegne ich. »Und jetzt gib schon die Spinne.«

Alex hält die Schachtel umklammert, als hüte sie einen Schatz. »Wollt ihr euch das nicht noch mal überlegen? Mittelalter! Ich meine, da sind die Leute reihenweise gestorben. Pest, Folter, Cholera . . .«

»Könntest du das bitte sein lassen?« Ich werfe Moritz einen Blick zu, der eh schon aussieht, als wollte er alles hinwerfen.

»Aber das ist saugefährlich«, stöhnt Alex.

»Es ist nur ein Versteck«, erklärt Pluvius ebenfalls zum hundertsten Mal. »Die Person, die wir treffen wollen, stammt aus unserer Zeit, muss sich jedoch so weit weg verstecken. Wir werden aber direkt hingeführt. Wenn wir Glück haben, dann werden wir mit den anderen Menschen dort gar keinen Kontakt haben.«

»Und wenn ihr kein Glück habt?«

Pluvius lächelt schwach. »Pest, Folter, Cholera.«

Moritz wird unruhig.

»Okay, okay, das wird schon nicht passieren«, sage ich. »Die Spinne, bitte.«

»Und wenn die Spinne nicht klappt?« Alex zögert immer noch.

»Wird schon.« Den raschen Blick, den ich Moritz zuwerfe, hat Pluvius bemerkt.

»Hast du den Tunnel vor Augen?«, fragt er kühl.

»Ja, hab ich.« Ich muss mir einen Tunnel vorstellen, mehr nicht. Einen Tunnel und das Bild unserer Mutter, auch wenn Pluvius mir den Grund dafür nicht verraten konnte oder wollte. Also stelle ich mir einen Eisenbahntunnel vor, an dem ein Foto meiner Mutter hängt.

»Dann kann es ja losgehen. Ausrede parat?«, frage ich meine Schwester.

Die nickt. »Ihr seid im Kino. Und für Moritz' Eltern dasselbe. Kommt bloß nicht so spät zurück!« Noch immer macht sie keine Anstalten, mir die Spinne zu zeigen. »Soll ich nicht doch lieber mitkommen?«

Ich schüttele energisch den Kopf. Das haben wir alles schon besprochen. »Kurze Haare sind nun wirklich nicht gerade in Mode im Mittelalter«, sagt Pluvius. Soweit wir nachgelesen haben, waren kurze Haare bei Frauen damals ein Zeichen für Schande oder von Ketzerei. Alex mitzunehmen, wäre viel zu gefährlich.

»Also los. Bringen wir es hinter uns.« Ich bin wild entschlossen. Und merkwürdigerweise spüre ich keine Angst, nur Aufregung.

»Dann viel Glück.« Alex öffnet die Schachtel und ich blicke auf ein kleines schwarzes Etwas und dann auf den Tunnel, dem wir uns atemberaubend schnell nähern. Da hängt es, das Foto meiner Mutter, wir werden langsamer, wie vor einer Schranke, doch dann zieht es uns noch schneller hinein in das Schwarz. Um uns herum tauchen gleißende Lichter auf, die rasen und rasen wie in einem Karussell. Gleichzeitig habe ich das Gefühl, nicht von der Stelle zu kommen. Mir wird schlecht und ich schließe schnell die Augen. Der Tunnel ist endlos lang, so kommt es mir vor, doch schließlich wird es ruhiger, Wind kommt auf, Kälte.

Es regnet.

Das ist das Erste, was ich vom Mittelalter sehe, als ich die Augen aufschlage: Regen. Wir stehen in einem Tunnel, nein, dazu sind die Wände zu unregelmäßig, es ist eine Höhle, und starren hinaus in den Regen.

Das heißt: Moritz und ich starren. Pluvius kniet, hat die Hände gegen den Bauch gedrückt und sieht so aus, als müsse er sich jeden Moment übergeben.

Ich hocke mich neben ihn und lege ihm die Hand auf die Schulter. »Geht es?«

Er nickt, antwortet jedoch nicht. Schweiß steht ihm auf der Stirn.

Moritz sieht sich um. »Wo sind wir?«

»In einer Höhle, denke ich.« Ich schaue nicht auf. Pluvius macht mir Sorgen. Es scheint ihm immer mehr Probleme zu machen, in der Zeit zu reisen.

»Und jetzt?«

»Ich weiß es nicht. Wir warten, bis Pluvius so weit ist. Kann nicht mehr lange dauern.«

Pluvius stöhnt.

Ich sehe mich um. Es riecht nicht anders hier im Mittelalter, es sieht auch nicht anders aus. Der Regen ist eben Regen, die Höhle matschig an der Stelle, wo wir gelandet sind. Sie ist nicht groß: Wir können das hintere Ende erkennen. Felsbrocken liegen auf der Erde. Draußen ist Wald. Wald und ...

»Ist das eine Hütte?« Ich richte mich auf und zeige auf einen schwarzen Fleck. Könnte ein Dach sein.

»Schwer zu sagen.« Moritz, der neben mich getreten ist, reckt seinen Hals. »Ja, könnte sein. Ich glaube, da steigt Rauch auf.« Wir starren in den Vorhang aus Regen, der alles verschwimmen lässt. Das Wasser tropft von den Bäumen, unter denen sich große Pfützen gebildet haben, es rauscht wie unter einem Wasserfall. Unmöglich, da etwas zu hören.

Daher erschrecke ich fast zu Tode, als eine Stimme »Willkommen« sagt.

Und das ist dann auch das Letzte, was ich mitkriege, denn erschrecken ist keine, aber auch so gar keine gute Idee.

II.
Verstecke

Kapitel 1

Die Mauer besteht aus aufeinandergeschichteten, dicken Steinen, zwischen die jemand Erde oder Lehm geschmiert hat. Sie reicht mir bis zur Schulter, also habe ich einen guten Blick auf das Haus. Und die Bewohner des Hauses natürlich auch auf mich. Aber das ist im Moment meine geringste Sorge. Viel bedrohlicher finde ich die Tatsache, dass mich eine Kuh mit riesigen Hörnern anglotzt und sich anscheinend noch nicht schlüssig darüber ist, ob sie angreifen oder weglaufen soll.

»Brave Kuh«, murmele ich. »Du willst mir doch nichts tun, oder?«

Ich stehe bis zu den Knöcheln im Dreck, aber es hat immerhin aufgehört zu regnen. Oder noch gar nicht angefangen, je nachdem, ob ich nach vorne oder zurückgesprungen bin. Es stinkt erbärmlich und ich nehme mal an, dass ich mir gerade die Cholera oder die Pest hole.

Die Kuh reckt ihren Hals nach vorne, hebt die Schnauze und muht erschreckend laut.

Ich hebe die Hände. »Ja, recht hast du. Das war ein bisschen plötzlich. Und ich habe nicht den blassesten Schimmer, wo ich bin.« Aus den Augenwinkeln versuche ich abzuschätzen, ob ich es über die Mauer schaffen könnte. Eher nicht, denke ich: In Sport war ich schon immer eine Niete.

Die Kuh scharrt mit ihren Hufen im Dreck. Ist das ein gutes

oder ein schlechtes Zeichen? Wie auch immer: Wir brauchen eine Entscheidung. Eine von uns muss abhauen.

»Du«, beschließe ich und nehme das Kopftuch ab, mit dem ich eher zaghaft als entschlossen herumfuchtele. »Sei ein liebes Tier.« Nichts passiert. »Kusch«, mache ich mit dem Tuch und noch mal: »Kusch«, und das hat endlich den gewünschten Erfolg: Die Kuh dreht sich um und trabt ohne Eile davon. Ein paar Meter weiter hat sie mich anscheinend schon vergessen. Sie senkt ihren Kopf und knabbert an ein paar mickrigen Grashalmen.

Wunderbar. Das erste Problem wäre gelöst. Jetzt muss ich nur noch unauffällig und ohne gesehen zu werden . . .

»He du, was machst du da?«, fragt eine Stimme. Obwohl: Eigentlich sagt sie so etwas wie »He, ju, wat doe je da?«.

Ich erstarre. Hoffe unrealistischerweise, nicht gemeint zu sein.

»Was tust du da mit unserer Kuh?«, fährt die Stimme fort, was ungefähr klingt wie »Wat doe je da met onze kow?«.

Himmel, ich bin zwar im Mittelalter, aber anscheinend in einem anderen Land gelandet! Zögernd drehe ich mich um und erblicke einen alten Mann. Er trägt einen merkwürdig geformten Hut und hält eine Heugabel in den Händen.

»Entschuldigung«, sage ich. »Ich habe mich verlaufen.« Oh ja. Das kann ich wohl ohne Übertreibung behaupten. »Sie wissen nicht zufällig, welches Jahr wir haben?«

Der Bauer glotzt mich an. »Gaat mal even daar weg«, sagt er und macht eine Handbewegung nach rechts. »Die is gevaarlijk.«

Ich gehe nach rechts zu einem Gatter, das ich vorher nicht bemerkt habe, und der Bauer macht mir auf. Er lässt mich raus und verschließt das Tor sorgfältig mit dem Strick, bevor er sich mir wieder zuwendet.

»Wat doe je da?«

Was ich da tue? Ja, gute Frage. »Ich habe mich verlaufen. Ver-lau-fen«, antworte ich.

Der Bauer glotzt ebenso verständig wie seine Kuh. »Weggelopen?«

So in etwa. Ich nicke.

»Waar kom je dan her?«

»Wo ich herkomme?« Wie soll ich das jetzt erklären? »Aus einer Stadt«, fällt mir ein. Ich mache eine ausladende Handbewegung. »Weit weg, die Stadt.« Ich kann sehen, wie der Bauer überlegt. Sein runzeliges, vor Dreck fast schwarzes Gesicht verzieht sich, er zieht die Nase hoch und wischt sie mit dem Ärmel ab. Dann sieht er um mich herum, als wolle er meine Schultern oder meinen Rücken betrachten, und ich sehe mich ebenfalls um, kann aber nichts Ungewöhnliches entdecken. Schließlich bedeutet er mir, ihm zu folgen.

Ich gehe ihm nach über einen schlammigen Hof zu dem niedrigen, mit Stroh gedeckten Häuschen. Es hat statt Fenstern nur schmale Luken, aber immerhin eine Tür, unter deren Rahmen der Bauer sich duckt und die er mir dann aufhält. Ich schicke ein Stoßgebet zum Himmel und trete ein. Und bleibe erst einmal stehen. Beißender Gestank und dicke Rauchschwaden schlagen mir entgegen.

Der Bauer schließt die Tür hinter mir. Er geht an mir vorbei zum Feuer, das in der Ecke brennt, und mit Mühe kann ich die Frau erkennen, die sich aus dem Rauch hervorschält. Meine Augen tränen. Der Gestank nimmt mir fast den Atem.

Der Bauer redet leise und schnell mit der Frau, während ich mich umsehe. In den Hauswänden stecken brennende Späne, in deren Schein ich einen Tisch erkennen kann, Stühle und rechts an der Wand ein Lager aus Stroh, in dem sich etwas bewegt. Ich wische mir über die Augen und versuche, mich so unauffällig wie möglich weiter nach links zu schieben.

Die Frau kommt auf mich zu. Sie trägt einen sackähnlichen Rock und ein ebensolches Oberteil. Unter einer Haube hängen ihr wirr die Haare ins Gesicht. Mit einem Schöpflöffel in der Hand tritt sie auf mich zu und ich weiche zurück, so weit es geht. Sie kommt näher, noch näher, streckt ihren Kopf vor – und dann riecht sie an mir. Und verzieht ihr Gesicht.

Also, was immer man auch von den Menschen im Mittelalter halten mag: Höflichkeit ist nicht ihr Ding.

Die Bauersfrau sagt ein paar Worte zu ihrem Mann, die ich nicht verstehe. Dann hustet sie. Aber nein, als sie sich wieder umdreht, sehe ich, dass sie nicht hustet, sondern lacht: Sie hat den Mund verzogen und ich kann die drei Zähne sehen, die ihr noch geblieben sind.

Ich lächele gequält zurück.

Die Frau macht einen Schritt zur Seite und deutet auf den Tisch. Wieder sagt sie etwas, aber ich verstehe kein einziges Wort. Liegt vielleicht am Zustand ihres Gebisses. Ihre Geste hingegen ist eindeutig, also gehe ich hinüber und setze mich. Dem Strohlager in der Ecke werfe ich einen vorsichtigen Blick zu und hoffe inständig, dass das, was sich darin befindet, auch da bleiben möge.

Der Alte kommt zu mir herüber und setzt sich neben mich. Er nimmt seinen unförmigen Hut ab und fährt sich durch die Haare. Dann zieht er wieder geräuschvoll die Nase hoch und lächelt mich an.

Ich lächele auch, so gut es geht. Und beobachte anschließend wieder die Bäuerin, die sich am Feuer zu schaffen macht.

Es wird ruhig, bis auf das Knistern des Feuers und das Rascheln des Strohs. Das Atemholen fällt mir schwer, der Rauch beißt immer noch in meinen Augen.

Endlich kommt die Frau wieder. Sie stellt einen Topf in die Mitte des Tisches, bellt etwas in Richtung Strohlager und wirft zwei hölzerne Löffel auf den Tisch, bevor sie sich setzt. Dann nickt sie mir zu. Beide, Mann und Frau, sehen mich erwartungsvoll an.

»Eeten«, sagt der Mann und zeigt mit beiden Händen auf den Topf.

Ich nehme mir zögernd einen Löffel. Und erstarre, als sich das Stroh heftiger zu bewegen beginnt und sich erst eins, dann zwei, nein, drei kleine Kinder herauswühlen und sich schüchtern hinter dem Rücken ihrer Mutter aufreihen. Wortlos starrt die ganze Familie mich an, während ich am Ende der Tafel mit meinem hölzernen Löffel throne.

»Essen«, sage ich, »oh ja. Toll.« Die kleinen Kinder zucken bei jedem meiner Worte zusammen, während mir vom Rauch Tränen über die Wangen laufen.

Was auch immer in diesem Topf sein mag: Es stinkt fürchterlich. Ich kann nicht einen einzigen Geruch ausmachen, der mir bekannt vorkommt, nichts, das mit Essbarem zu tun hat. Nicht mal mit etwas, das nicht mit Essen zu tun hat. Es ist einfach so, als wäre ich auf einem fremden Planeten gelandet und müsste jetzt außerirdische Nahrung zu mir nehmen. Üble außerirdische Nahrung.

»Eeten«, wiederholt der Mann und lächelt mich an. Auch die Frau zeigt ihre übrig gebliebenen Zähne und ich gehe jetzt einfach mal davon aus, dass sie mir freundlich gesinnt sind und mich nicht vergiften wollen. Zumindest nicht absichtlich.

Ich tauche den Löffel in den gräulichen Brei, zähle innerlich bis drei und schiebe ihn mir dann todesmutig in den Mund. Der Brei ist heiß, sehr heiß und ich hoffe, dass die Hitze alle Bakterien und Keime darin abgetötet hat.

»Super«, nicke ich mit vollem Mund. »Echt lecker.«

Der Brei scheint mehr zu werden, je länger man ihn im Mund behält, also versuche ich zu schlucken. Ich lächele erleichtert, als es mir gelingt. Das ist für die Familie anscheinend das Signal, denn mit einem Mal scharen sich alle, auch die Kinder um den Topf. Abwechselnd nehmen sie sich mit dem übrig gebliebenen Löffel etwas Essen und auch ich muss immer dann nachnehmen, wenn ich dazu aufgefordert werde. Jedes Mal lächele ich und jedes Mal lächelt die Familie glücklich zurück und stürzt sich erst recht auf das, was sie als Essen bezeichnen.

Und dann klopft es. Nicht so laut, dass ich erschrecken würde, die anderen jedoch fahren zusammen. Während ich meinen Mut zusammenkratze, mir noch eine Portion Brei in den Mund zu stecken, hat die Familie aufgehört zu essen. Ja, selbst, sich zu bewegen. Es dauert eine Zeit, bis ich das bemerke. Ich schlucke, sehe von einem zum anderen, den leeren Löffel noch in der Hand.

Der Bauer ist es schließlich, der sich nach einer Ewigkeit erhebt. Er tritt hinter die Tür und ruft: »Hoe is da?«

»Ik ben es«, erwidert eine Stimme klar und deutlich. »Chris. Maak maar op.«

Der Bauer nickt. »Christianus«, sagt er, dann öffnet er die Tür.

Im Türrahmen steht eine Gestalt, die sich bücken muss, um einzutreten. Ich blinzele und kann zunächst nichts erkennen, bis sich die Tür wieder schließt. Und dann sehe ich . . . sehe ich . . .

»Ruhig bleiben, nicht erschrecken«, sagt mein Vater. »Es ist einfach wunderschön, dich wiederzusehen, Ariadne.«

Ich weiß ja nicht, wie andere Menschen reagieren, wenn sie ihren verschwundenen Vater nach zig Jahren Abwesenheit im Mittelalter wiederfinden. Erfreut? Glücklich? Ungläubig? Ich zumindest bin alles andere als erfreut und glücklich. Im Gegenteil: Ich bin stinkwütend.

»Wichtige Regel für Besuche im Mittelalter: Möglichst nichts essen«, sagt mein Vater, der stehen geblieben ist und seine Mütze in den Händen dreht. Dabei lächelt er.

Ich starre ihn nur finster an. Kaum ist er aufgetaucht, schon gibt es Regeln.

»Zweitens: Möglichst viel lächeln. Du machst ihnen Angst.«

»Ich mache ihnen Angst? Ich?« Das wird ja immer besser.

»Sicher. Du bist viel zu sauber für einen Menschen aus dieser Zeit. In ihren Augen strahlst du förmlich. Ich glaube, sie halten dich für eine Art Engel.«

»Interessant«, sage ich, greife meinen Löffel fester und nehme mir noch etwas von dem Schleimzeug. Die Familie lässt keine meiner Bewegungen unbeobachtet.

»Na gut«, seufzt mein Vater. »Sind ja wenigstens gekocht, die Innereien. Und die Grütze wird wohl auch nicht schaden.«

Innereien und Grütze, soso. Mit größtmöglicher Selbstbeherrschung lege ich den Löffel beiseite. »Was machst du hier?«

»Ich? Was du hier machst, ist wohl eher die Frage. Aber zunächst einmal sollten wir gehen und . . .«

»Nein danke«, unterbreche ich ihn. »Mir gefällt es hier gut.«

»Wir sollten gehen«, wiederholt mein Vater eindringlich. »Es ist nicht gut, zu viel Kontakt zur einzeitlichen Bevölkerung zu haben.«

Die »einzeitliche Bevölkerung« findet das anscheinend nicht. Sie lächelt und nickt mir zu.

»Ariadne.« Wieder ist die Stimme meines Vaters drängend. »Kommst du jetzt mit?«

Ich schüttele den Kopf.

»Gut.« Er zuckt mit den Schultern. »Dann sage ich Pluvius und Max eben . . .«

»Moritz«, verbessere ich. »Er heißt Moritz. Und woher kennst du die beiden überhaupt?«

»Na, woher schon. Pluvius kenne ich schon seit Ewigkeiten. Und deinen Moritz habe ich eben kennengelernt.«

Und da begreife ich es: Mein Vater ist der mysteriöse Zeitreisende, den wir besuchen wollten und der sich im Mittelalter verstecken muss! Meine Widerspenstigkeit bricht in sich zusammen und macht einem schalen Gefühl Platz. Plötzlich frage ich mich, was genau ich eigentlich hier will. Im Ganzen gesehen, meine ich. Pluvius retten, oder? Ich tue es für Pluvius. Und um dem ganzen Schlamassel ein Ende zu machen und wieder ruhig und zufrieden im Keller unseres Hauses die Gürkchen zu zählen, nach denen ich mich im Moment regelrecht sehne. Das ist wohl die Entscheidung.

»Vielen Dank«, sage ich an die Familie gewandt und erhebe mich. »Ich muss jetzt gehen.«

Die zahnlose Bauersfrau steht ebenfalls auf, deutet auf mich und stellt meinem Vater eine Frage. Der schüttelt den Kopf und erwidert etwas. Die Frau sieht enttäuscht aus. Trotzdem lächelt sie und nickt mir zu, bevor wir nach draußen gehen.

Auch der Bauer nickt noch einmal und dann sind wir draußen, blinzeln in die Sonne und atmen die frische Luft. Die Familie versammelt sich an der offenen Tür und blickt uns nach. Wie es die Menschen in diesem winzigen, stinkenden Häuschen nur aushalten!

Ich folge meinem Vater schweigend die Kuhweide entlang bis zum Wald. Mein Kopf fühlt sich leer an, mir fallen keine Fragen ein, keine Anschuldigungen, gar nichts. Schweigend gehen wir hintereinander einen schmalen Pfad entlang. Um uns herum glitzert das Grün in den Sonnenstrahlen, die es bis auf den Boden geschafft haben. Es ist schattig und kühl und überall sind Vogelstimmen zu hören, die meinen leeren Kopf auszufüllen scheinen. Es tut mir gut, an nichts zu denken. Nicht an meinen Vater, der mir vorausgeht, nicht an meine Mutter, die er im Stich gelassen hat, an Alex, die ihn so vermisst hat, oder Aella, von deren Existenz er womöglich nicht einmal weiß. Ich lasse die Vögel singen und will auch nichts mehr wissen.

Er dreht sich nicht um, nur einmal, als ich über eine Wurzel stolpere. »Geht es?«, fragt er.

Ich nicke nur.

Schließlich sind wir da. »Da oben«, sagt mein Vater, »da ist die Höhle, in der der Zeittunnel endet. Dahinter liegt die Burg. Ich bin wirklich froh, dass du nicht dort gelandet bist. Und meine Hütte ist da drüben, kannst du sie sehen?«

Ich blicke nicht auf.

»Ariadne«, beginnt er, doch ich schüttele den Kopf. Nein, ich bin noch nicht bereit dazu, ihn anzuhören. Tränen steigen mir in die Augen und blind stolpere ich den Weg entlang, den er mir gewiesen hat.

Mein Vater war viel auf Reisen. In meiner Erinnerung steht er im Flur, zieht seinen Mantel an, setzt seinen Hut auf und nimmt seine Aktentasche, an der eine Schnalle fehlt. Als hätte er das ununterbrochen getan. Unsere Mutter küsst ihn und lächelt tapfer. Alex küsst ihn auch zum Abschied, auch wenn sie heult. Und ich? Ich sitze oben auf dem Treppenabsatz und beobachte diese Abschiedsszene, wieder und wieder.

»Willst du nicht runterkommen und dich von deinem Vater verabschieden?«

Nein, wollte ich nicht. Ich war wütend, ständig war ich wütend auf ihn. Und wenn er wieder auftauchte, dauerte es Ewigkeiten, bis ich wieder mit ihm sprach. Manchmal so lange, bis es für ihn schon wieder Zeit zum Gehen war. »Geh endlich. Na los«, schreie ich ihn an.

»Dein Vater ist ein Reisender«, sagte meine Mutter manchmal, als würde das etwas erklären. Für mich war er stets ein *Ab*reisender und die wenige Zeit, die er mit uns verbrachte, konnte ich nie richtig genießen, weil ich wusste, dass er schon bald wieder verschwinden würde.

Bis er dann gar nicht mehr kam.

Für Alex brach eine Welt zusammen. Sie war sich so sicher gewesen, dass er immer wieder auftauchen, aus dem Nichts vor uns stehen, seinen Hut abnehmen und seinen Mantel aufhängen würde, als sei er eben mal ein paar Stunden weg gewesen und nicht Tage, seine Arme ausbreiten und rufen würde: »Wo sind denn meine Mädchen?« Aber am meisten litt natürlich unsere Mutter, die das nicht zeigen wollte, die wir jedoch mehr als einmal überraschten, wie sie in Gedanken versunken aus dem Fenster sah. Die Uhr anstarrte. Den Garderobenständer im Flur betrachtete.

Ich litt nicht. Ich verbot es mir zu leiden und ich hatte auch jedes Recht dazu: Immerhin hatte ich ihm nie vertraut. Nur beim Geruch von Holzkohle und von gegrilltem Fleisch werde ich schwach. Dann regt sich eine Sehnsucht in mir, die mir jedes Mal wieder den Atem verschlägt.

»Geh endlich. Na los.« Das sind die letzten Worte, die ich damals zu meinem Vater gesagt habe.

Es führt ein schmaler, kaum sichtbarer Pfad zur Hütte unter dem Felsen. An den Birken rechts und links davon wächst Moos, Efeu schlängelt sich an Eichen hoch und das Unterholz knackt bei jedem meiner Schritte, obwohl es feucht ist. Durch die Kronen der Bäume funkelt genug Sonne auf die Büsche, um sie üppig wachsen zu lassen.

Das Grün ist so dicht, dass ich fast erschrecke, als ich mit einem Mal auf einer Lichtung und vor dem kleinen Häuschen stehe. Und ungeheuer erleichtert bin, als ich die beiden Gestalten davor erkenne.

»Plu. . .«, liegt mir schon auf den Lippen, dann fällt mir ein, wem ich das Wiedersehen mit meinem Vater zu verdanken habe, und ich laufe auf die beiden Jungen zu. Sehe, wie sie hochblicken, spüre einen Stich, als ich Pluvius' Blick begegne. Und werfe mich Moritz an den Hals.

Seine Arme umfassen mich und ich muss schlucken. Ich versuche verzweifelt, das Schluchzen in meiner Kehle zu unterdrücken, das rauswill, weil ich weiß, dass ich niemals, niemals damit aufhören könnte zu weinen, wenn ich erst einmal damit angefangen habe. Mein ganzer Körper bebt bei dem Versuch. Ich schließe die Augen.

»Ariadne«, sagt Moritz.

»Sie hat einen Schock«, sagt mein Vater.

»Ich hätte sie nicht herbringen sollen«, höre ich Pluvius' traurige Stimme.

Dann wird es still. Ich lausche dem Rauschen der Bäume, spüre die Wärme von Moritz' Körper, was schön ist, aber ich will nach Hause. Nur noch weg von hier.

Tee, schon wieder Tee. Seit ich mit diesem Zeitreisequatsch angefangen habe, muss ich ständig Tee trinken. Aber im Augenblick tut es ganz gut, in eine heiße, dampfende Flüssigkeit starren zu können, auch wenn sie grässlich riecht.

»Ihr hättet mir ein paar Teebeutel mitbringen können«, sagt mein Vater, als hätte er meine Gedanken gelesen. »Das Zeug hier ist praktisch ungenießbar.«

In der Hütte ist das Knistern des Feuers zu hören. Ab und an explodiert das Holz und lässt Funken sprühen, ansonsten ist es ruhig. Es weiß wohl niemand von uns, wie es weitergehen soll.

Mein Vater räuspert sich. »Nun, ich bin schon erstaunt, dich hier zu sehen, Pluvius. Von meinem Versteck habe ich dir ehrlich gesagt nur erzählt, weil ich es nicht für möglich gehalten habe, dass du es jetzt schon bis hierher schaffst.«

»Das hätte ich auch nicht ohne Ariadne gekonnt. Und ihr macht das Reisen anscheinend nicht das Geringste aus.« Pluvius' Stimme klingt angestrengt: Er hat sich immer noch nicht von dem Zeitsprung erholt.

»Nein, tut es nicht«, erwidert mein Vater nachdenklich.

»Mir auch nicht«, wirft Moritz ein, der neben mir auf der Bank sitzt.

»Natürlich nicht.« Die Stimme meines Vaters klingt ungeduldig. »Du bist ja auch kein Zeitreisender. Du tust selbst nichts bei einem Sprung, sondern wirst nur mitgenommen.

Das bisschen Energie, das du abgibst, schadet dir nicht.« Ohne weiter darauf einzugehen, wendet er sich wieder an Pluvius. »Du hättest sie nicht herbringen dürfen«, sagt er, als sei ich gar nicht da. »Es ist viel zu gefährlich.«

Ich schaue hoch. »›Sie‹ kann dich hören.«

»Es ist zu gefährlich«, wiederholt mein Vater stur. »Wir befinden uns hier im Mittelalter, das ist kein Spiel. Diese Gesellschaft ist unberechenbar. Sie ist geprägt von ihrer Religion und regiert von Adeligen, denen ein Menschenleben nicht viel gilt. Sie horten hinter dicken Mauern gewaltige Reichtümer, schmieden Allianzen und brechen sie wieder, Grenzen verschieben sich, es herrscht fast ständig Krieg. Dazu kommen noch der Dreck, die Krankheiten . . . es ist eine gnadenlose Welt.«

»Aber wir brauchen deine Hilfe, Chris«, sagt Pluvius. Es hört sich merkwürdig an, wenn er meinen Vater beim Vornamen nennt. Als wären sie alte Freunde. »Ariadne hat etwas angedeutet, was mir in der Zukunft passieren wird. Ich kann ihr da selbstverständlich nicht helfen, das darf ich ja nicht. Aber das wenige, das ich weiß, lässt mich darauf schließen, dass es um etwas Wichtiges geht. Und Moritz hier scheint davon auch betroffen zu sein, auch wenn wir nicht genau wissen, wie und in welcher Weise.« Was er davon hält, ist an seiner Stimme abzulesen.

»Und worum geht es ganz grob?«

»Um einen Arm in einem Riss in der Zeit.«

»Soso.« Es ist, als ob diese Silben meine Wut anstacheln wie ein Schürhaken, der in ein Feuer stößt, und mich aus meiner Lähmung reißen. Doch noch bevor ich etwas erwidern kann, räuspert sich mein Vater. »Wir sollten besser keine Zeit vergeuden. Je eher ihr hier wieder weg seid, desto besser. Ich würde euch bitten, Pluvius, dich und Moritz, einen Spaziergang zu machen, damit Ariadne und ich uns unterhalten können.«

»Ich lasse sie nicht allein«, sagt Moritz, rückt noch ein wenig näher und legt mir seine Hand aufs Bein. Selbst durch den Rock kann ich seine Wärme spüren. »Sie hat einen Schock. Wer weiß, was diese Mittelaltertypen ihr angetan haben.«

»Typen«, wiederholt Pluvius und schnalzt mit der Zunge.

Mein Vater geht nicht weiter darauf ein. »Die Familie, die sie getroffen hat, hat ihr nichts getan, Moritz, wenn man einmal von dem Frühstück absieht, das sie ihr serviert hat.«

»Aber Sie haben selbst gesagt . . .«

»Ja, habe ich. Sie hat einen Schock, aber das liegt wohl mehr an mir als an diesen ›Mittelaltertypen‹.«

»Wieso an Ihnen?«

»Weil wir uns kennen. Weil sie nicht erwarten konnte, mich hier zu treffen.«

»Ihr kennt euch?« Pluvius klingt erstaunt.

Er klingt erstaunt! Pluvius hat es also tatsächlich nicht gewusst. Er hat nicht gewusst, wer der Zeitreisende wirklich ist! Mit einem Mal fühle ich mich, als hätte man mir eine Zentnerlast von den Schultern genommen.

»Ja, wir kennen uns. Ich bin ihr Vater.«

Das hat gesessen. Moritz schweigt, Pluvius auch. Und ich sowieso, weil dieser stinkende Tee jetzt der Mittelpunkt meiner Welt ist und dieser Tonbecher sowieso, den ich mit beiden Händen umfasse.

»Da hast du ja zwei eifrige Beschützer«, beginnt mein Vater das Gespräch.

Es hat gedauert, Moritz und Pluvius davon zu überzeugen, dass sie mich »in meinem jetzigen Zustand« ruhig allein lassen können. Und dann gleich noch einmal so lange, bis sie all die Verhaltensregeln gehört haben, die mein Vater ihnen bezüglich des Mittelalters mitgegeben hat.

Erste Regel: Meide die einzeitliche Bevölkerung.

Zweite Regel: Wenn du doch Kontakt hast, halte dich an die einfachen Menschen, die tun dir nichts. Meistens zumindest.

Dritte und wichtigste Regel: Gib dich niemals, wirklich niemals als Adeliger oder höherstehende Person aus. Das glaubt dir eh niemand und wird wirklich sehr, sehr gefährlich, falls du es doch tust.

Mein Vater nimmt mir ungefragt den Becher ab und gießt noch etwas von der stinkenden Brühe ein. »Trink das. Es ist süß und hilft gegen den Schock.«

Ich beschließe, nicht weiter darauf einzugehen, nehme aber den Becher wieder in beide Hände.

»Ariadne, vielleicht fangen wir damit an, dass du mir beschreibst, was passiert ist. Es muss wichtig sein, sonst hätte Pluvius dich nicht hierher gebracht.«

Also gut. Ich sehe nicht hoch und beschreibe stattdessen meinem Tee, was genau an dem Tag passiert ist, an dem Pluvius verschwunden ist. Was er über das Kästchen gesagt hat, hinter dem jemand her ist, und wie er in den Riss gezogen wurde. Über das Versteck, das nicht mehr existiert. Dann erzähle ich, wie ich Moritz aufgesucht, in der Zeit verloren und wiedergefunden habe. Und als Letztes erwähne ich unseren Besuch bei meiner Oma und den merkwürdigen Umstand, dass Pluvius nicht auf den Familienfotos auftaucht.

»Moment mal: deine Oma? Reden wir hier von Penelope?«,

unterbricht mein Vater mich und richtet sich kerzengerade auf. Bislang hat er mich erzählen lassen und nur ab und zu mit dem Kopf genickt oder »hmm« gebrummt.

»Natürlich, Oma Penelope. Wieso?«

»Und Kassandra lebt bei ihr?«

Ich nicke. Warum ist er denn plötzlich so aufgeregt? Natürlich lebt meine Uroma bei meiner Oma. Das hat sie schon immer getan.

Mein Vater streicht sich verdutzt über den Bart. »Tja, das ist dann mal eine Neuigkeit. Kann es sein, dass du in letzter Zeit irgendetwas in der Geschichte geändert hast?«

Geändert? Nein. Ich schüttele den Kopf. Obwohl, da war etwas. Wenn ich nur wüsste, was! Es hat etwas mit Klavieren zu tun oder waren es Häuser? Fremde, merkwürdig gestrichene Häuser? Mein Kopf tut mit einem Mal weh, mir wird schwindelig. Schnell nehme ich einen Schluck von der übel riechenden Teebrühe.

Mein Vater lächelt mir mitfühlend zu. »Du hast also etwas geändert. Deine Geschichte wächst gerade zusammen, das kann verwirrend sein.«

Ehrlich gesagt, habe ich keine Ahnung, wovon er spricht. Und apropos sprechen:

»Wieso können wir uns hier ungestraft über alles unterhalten? Ich dachte immer, das Raum-Zeit-Dinsgbums will das nicht«, frage ich und sehe nun doch auf. Ich sehe meinen Vater an, der mir so vertraut vorkommt und doch so fremd. Er sieht gut aus, hat Alex und Aellas helle Augen, von denen kleine Lachfältchen ausgehen. Den Bart trägt er wahrscheinlich als Mittelaltertarnung: Der ist neu. Am liebsten würde ich mich ihm jetzt in die Arme werfen und ihn nie wieder loslassen.

Gleichzeitig bin ich so unglaublich wütend auf ihn: Wie konnte er uns einfach verlassen? Mit aller Macht versuche ich, mich wieder auf unser Gespräch zu konzentrieren. Ich will nicht, dass er mitkriegt, wie es in mir brodelt.

»Warum wir uns darüber unterhalten können? Nun ja, sagen wir mal, ich habe die Sache mit dem Raum-Zeit-Kontinuum sowieso schon in den Sand gesetzt.« Er lächelt. Dabei werden die Fältchen um seine Augen tiefer. »Hier«, sagt er und ich weiß automatisch, dass er nicht nur die Hütte meint, »können wir alles miteinander bereden. Wir sind so weit weg von unserer Gegenwart, dass wir nichts anstellen können, was Einfluss auf unser Leben hätte.« Stimmt. So oder so ähnlich hat Onkel Pluvius mir das auch schon erklärt.

»Aber was ist mit dem Riss, den ich gesehen habe? Dem Riss in der Zeit?«

Jetzt wird mein Vater schlagartig ernst. »Ja, der Riss«, überlegt er und nippt gedankenverloren an seinem Becher.

»Du musst Folgendes wissen«, sagt er schließlich: »Jedes Mal, wenn ein Zeitreisender springt, verletzt er damit das Gewebe der Zeit. Es ist wie ein Nadelstich, der zwar tief gehen kann, mehr aber nicht. Eine Art winziger Tunnel. Dieser ›Stich‹ verheilt normalerweise relativ schnell. Man kann ihn jedoch auch offen halten und ihn sogar vergrößern. Einen stabilen Tunnel errichten. Einen Tunnel, mit dem du jederzeit nach Belieben in diesen Zeitabschnitt und wieder zurückreisen kannst.«

Weiß ich doch alles schon. Auch das hat Pluvius mir erklärt, bevor wir ins Mittelalter gesprungen sind. »So wie du das getan hast. Du hast einen Tunnel errichtet, durch den wir hergekommen sind.«

Mein Vater verzieht schmerzlich das Gesicht. »Du überschätzt mich. Nein, der Tunnel stammt von jemand anderem. Aber ich konnte ihn benutzen. Ich wollte euch wenigstens ab und zu sehen. Und mir blieb keine andere Möglichkeit . . .«

»Uns sehen? Wann?«

Er lächelt traurig. »So oft es geht. Aber du weißt ja, auch wenn du es offenbar selbst noch nicht erlebt hast, dass Zeitreisen eine Menge Nebenwirkungen haben. Bei manchen mehr, bei anderen weniger. Ich kann bei Weitem nicht so oft springen, wie ich es möchte. Und ich brauche einen stabilen Tunnel, damit ich es überhaupt kann.«

Er hat uns besucht! Wir sind ihm nicht gleichgültig!

»So etwas sollte man allerdings nicht tun, die Zeit offen halten, meine ich«, fährt mein Vater fort. »Es kann leicht ein Unschuldiger in so ein Loch stolpern und darin verschwinden. Was das heißt, kannst du dir ja sicher denken. Und jetzt stell dir mal vor, es gibt unendlich viele solcher Löcher – überall und zu jeder Zeit. Die Grenzen zwischen den Zeiten würden verschwimmen, es gäbe kein Gestern, Heute, Morgen mehr. Alles könnte sich jederzeit verändern, zum Guten oder zum Schlechten. Nichts und niemand wäre mehr sicher.«

Mir läuft ein Schauer über den Rücken. Eine schreckliche Vorstellung.

»Unser Tunnel hierher war gut versteckt«, erklärt mein Vater weiter. »Aber ich wusste, wonach ich suchen musste. Danach habe ich den Eingang wieder gesichert.«

Das Bild meiner Mutter: Ich erinnere mich. Es funktioniert anscheinend wie ein Passwort.

Mein Vater streicht sich über den Bart. Er sieht anders aus damit, aber so langsam gewöhne ich mich daran. »Es gibt jedoch Menschen«, sagt er langsam, »die nicht so verantwortungsvoll damit umgehen. Menschen, die wie mit einem Skalpell in die Zeit schneiden, um etwas zu holen. Zu stehlen, sollte ich wohl sagen. Man nennt sie ›Sammler‹.«

Moment mal: Diesen Ausdruck habe ich schon einmal gehört, aber wo? Doch mein Vater fährt fort mit seiner Erklärung, bevor ich darüber nachdenken kann.

»Sammler können nicht selbst in der Zeit reisen. Sie benutzen die Sprünge anderer Menschen, um ihnen zu folgen. Dann erweitern sie den Gang, um eigene Tunnel anzulegen. Ungesicherte, wilde Tunnel. Sie durchlöchern die Zeit wie einen Schweizer Käse und es ist ihnen völlig egal, ob sie jemanden mit hineinziehen oder nicht. Die Sammler, Ariadne, sind unsere größten Feinde. Sie greifen uns nicht an, das nicht, denn sie brauchen uns. Aber sie heften sich an unsere Fersen, sobald sie uns aufgespürt haben, folgen uns unauffällig und beginnen dann mit ihrer Arbeit. Sie sammeln Gegenstände von historischer Bedeutung, ›aufgeladene Gegenstände‹ nennen sie sie. Das Schlimmste ist: Es ist ihnen völlig egal, wie sie damit die Geschichte verändern.«

Mein Vater sieht wohl meinen verständnislosen Gesichtsausdruck, denn er setzt zu einer Erklärung an.

»Die Geschichte hängt oft an den kleinsten Dingen. Nehmen wir zum Beispiel die berühmte Hasenpfote, die Napoleon besiegt hat.«

»Eine Hasenpfote?«

»Allerdings. Stell dir das Jahr 1815 vor. Napoleon kämpft gegen die Engländer. Sie kämpfen Mann gegen Mann, erbittert. Es hat seit Tagen geregnet, der Boden ist aufgeweicht, die Männer müssen im Stehen schlafen. Sie frieren, essen verwässerte Suppe, in ihrem Brot wimmeln die Maden.«

So lebendig habe ich mir die Geschichte noch nie vorgestellt. Ich höre gespannt zu.

»Die Engländer warten auf die Preußen, mit denen sie verbündet sind. Napoleon hat ein kleines Regiment unter der Führung von Marschall Grouchy losgeschickt, um das zu verhindern. Aber Grouchy findet die Preußen nicht. Er stolpert mit seinen Männern durch den Regen und sucht den Kampf, aber da ist niemand. Nur eine schlammige Wüste. Grouchy ist ein kleiner Mann und er hat wirklich nicht um diese wichtige Aufgabe gebeten, aber die meisten von Napoleons Heerführern sind schon gefallen. Grouchy tritt ins Rampenlicht der Geschichte. Er umklammert heimlich seinen Glücksbringer: Eine Hasenpfote, die ihm seine Frau geschenkt hat. Ein starkes, mächtiges Gefühl durchströmt ihn. Doch, er wird es schaffen. Er wird die Preußen finden und davon abhalten, Napoleon in den Rücken zu fallen.«

Ich sehe ihn praktisch vor mir, wie er durch den Matsch stapft, die Hand in seiner Manteltasche vergraben, ein Pferd am Zügel . . .

»Grouchy macht eine Pause«, fährt mein Vater fort, »der Regen hat aufgehört. Er hat ein fast unzerstörtes Haus gefunden, ein Bauer bringt ihm Eier und Brot. Plötzlich ist Lärm zu hören, der Boden bebt. Grouchy schaut auf, seine Offiziere verharren. Ist das etwa Kampflärm? Tobt da eine riesige Schlacht oder ist es nur ein Scharmützel irgendwo in der Nähe?«

Mein Vater sieht mich so durchdringend an, als müsse ich das wissen. »Und? Was ist es?«, hauche ich.

»Die Offiziere sagen, dass die Schlacht schon begonnen hat, dass sie zurückmüssen und Napoleon helfen. Grouchy sieht auf seinen Befehl. Er liegt vor ihm, schriftlich, da auf dem

Tisch. Was soll er tun? Mutig gegen den Befehl handeln? Oder lieber auf Nummer sicher gehen und genau das tun, was da steht, nämlich weiter nach den Preußen suchen? Grouchy greift in seine Manteltasche, um sich zu sammeln, eine Entscheidung zu treffen. Und erstarrt: Seine Hasenpfote! Sie ist verschwunden.«

»Verschwunden?«

»Gestohlen.«

»Und jetzt?«

Mein Vater hat sich während der Erzählung vorgebeugt, jetzt richtet er sich wieder auf. »Grouchy hatte seinen Glücksbringer verloren. Er fühlte sich klein und verzagt und wagte es nicht, sich dem Befehl zu widersetzen. Jetzt nimmt die Geschichte den Verlauf, den du inzwischen in der Schule lernst. Napoleon wartet vergeblich auf seinen Marschall. Die Preußen haben sich hintenherum geschlichen und helfen den Engländern. Napoleon wird bei Waterloo geschlagen. Der Diebstahl der Hasenpfote hat somit das Schicksal Napoleons besiegelt und das der Welt verändert.«

»Wow!«, erwidere ich.

»Allerdings«, sagt mein Vater.

»Und wer hat die Hasenpfote gestohlen?«

»Ein Sammler, der als Bauer verkleidet dem glücklosen Marschall Grouchy sein Frühstück servierte.«

Puh. Ich muss mich erst mal selbst sammeln. Aber irgendetwas stört mich noch. Irgendetwas, was Pluvius oder mein Vater erzählt hat . . . Ach ja, die Heilung. »Wenn die Geschichte nun so und nicht anders abgelaufen ist, woher weißt du noch davon? Wieso kannst du dich erinnern?«

Mein Vater lächelt. »Gut aufgepasst, Ariadne. Es gibt Wächter, eine Allianz der Zeitreisenden, die versuchen, diese Diebstähle zu verhindern oder zumindest deren Wirkung abzuschwächen. Es steht alles aufgeschrieben in einem ›Buch der wahren Ereignisse‹.«

Ich mache den Mund auf, um noch mehr zu fragen, doch mein Vater hebt die Hand. »Ariadne, ich weiß, du hast noch so viele Fragen, und ich verspreche, ich werde sie dir alle beantworten, aber jetzt müssen wir uns erst mal auf uns und unser Problem konzentrieren. Du hast gesagt, ein Sammler hätte Pluvius in einen Zeitriss gezogen. Ich nehme mal an, er ist Pluvius vorher gefolgt und hat einen Tunnel zu eurem Haus stabilisiert. Obwohl dein Großonkel immer so vorsichtig war: Ich kenne keinen erfahreneren Zeitreisenden als ihn. Und ich habe nicht die leiseste Ahnung, warum der Sammler Pluvius entführt hat. Wie schon gesagt, wollen sie Gegenstände, keine Menschen . . .« Er bricht ab, hebt den Kopf und betrachtet mich aufmerksam aus seinen hellen Augen. »Pluvius wollte doch, dass du etwas für ihn aufbewahrst, oder?«, fragt er dann.

»Ja, einen Schlüssel«, nicke ich eifrig.

Mein Vater reibt sich den Bart. »Und der Schlüssel ist wo?«

Ja, stimmt, wo steckt der eigentlich? In der ganzen Aufregung habe ich das verdammte Ding völlig vergessen. »Hinterm Sofakissen im Keller«, sage ich schnell und werde rot. Ich bin wohl keine großartige Schlüsselaufbewahrerin.

Mein Vater runzelt die Stirn, geht jedoch nicht weiter darauf ein. »In Ordnung«, nickt er. »Dann brauchen wir jetzt unbedingt das Kästchen. Das Kästchen, zu dem der Schlüssel passt und das in dem Haus von Moritz aufbewahrt werden sollte.«

Wir scheinen der Sache näherzukommen. »Was ist denn das

nun für ein Kästchen? Meinst du nicht, ich sollte das langsam mal erfahren?«

»Dieses Kästchen, Ariadne«, sagt mein Vater nach kurzem Zögern und sieht mir in die Augen, »wurde einst dazu geschaffen, um Menschen wiederzufinden, die aus Versehen in der Zeit verloren gegangen sind, so wie es deinem Freund Moritz ergangen ist. So wie es vielen Menschen ergeht, die in ein Zeitloch oder einen Tunnel geraten. Die nur mal Zigaretten holen wollen und sich plötzlich im Dreißigjährigen Krieg wiederfinden oder so. Es war lange kaum möglich, diese Leute aufzuspüren, bis ... nun ja, bis eben das Kästchen erfunden wurde. Das erleichterte die Sache. Allerdings lassen sich damit natürlich auch die Menschen finden, die in der Zeit herumreisen, so wie Pluvius und du. Und schließlich auch solche wie mich.«

Ich warte in atemloser Spannung. »Und das ist schlimm ... weil?«

»Denk doch mal nach, Ariadne. Was passiert wohl, wenn ein Sammler dieses Kästchen in die Finger bekommt? Er kann jederzeit so viele Zeitreisende aufspüren, wie er will, seine Tunnel anlegen, wo immer er möchte. Es wäre eine Katastrophe.« Mein Vater runzelt die Stirn und murmelt vor sich hin. »Ich müsste mit ihr darüber sprechen. Eigentlich hätte sie auf das Kästchen aufpassen sollen.«

»Wer denn?«

Mein Vater lächelt schief. »Jemand, der von Kästchen so viel versteht wie du von Fäden.«

»Was?«

»Nichts, schon gut.« Er schüttelt den Kopf.

Ich warte, doch von ihm kommt nichts mehr. Eine Zeit lang lassen wir nur das Holz im Kamin knistern.

Während mein Vater nachdenkt, nutze ich die Gelegenheit, mich in der Hütte umzusehen. Sie unterscheidet sich deutlich von dem Bauernhaus, in dem ich gewesen bin. Hier ist es viel heller und aufgeräumter. Das Strohlager sieht schon beinahe aus wie ein richtiges Bett und es gibt Regale, auf denen Töpfe und Gefäße aufgereiht sind. Vor dem Kamin steht ein Stuhl mit Armlehnen und einem weißen Fell, das sehr gemütlich wirkt. An einem Haken hängen mehrere Kleidungsstücke, auf einer Truhe steht ein mehrarmiger Leuchter, dessen Kerzen jedoch nicht brennen. Es riecht angenehm nach Feuer und noch etwas anderem ... Rasierwasser? Gab es denn Rasierwasser im Mittelalter?

»Ariadne«, unterbricht die Stimme meines Vaters meine Gedanken so plötzlich, dass ich zusammenzucke. »Ich muss dieser Sache mit dem Kästchen nachgehen, das ist einfach zu wichtig. Dafür muss ich dich kurz alleine lassen. Ist das in Ordnung?«

Ich muss mich beherrschen, um nicht verächtlich zu schnauben. Seit wann fragt mein Vater vorher, ob er mich alleine lassen kann? »Ja, kannst du. Ich bin schon groß, falls du das nicht bemerkt hast.« Den Sarkasmus kann ich mir trotzdem nicht verkneifen.

»Doch, das habe ich«, erwidert mein Vater und betrachtet mich so zärtlich, dass mir mit einem Mal Tränen in die Augen schießen.

Verdammtes Geheule. Ich tue so, als wären die Deckenbalken das Interessanteste auf der Welt und blinzele sie weg.

»Du hast ja auch noch deine beiden Beschützer.« Mein Vater steht auf und geht zum Fenster, das wesentlich mehr Licht hereinlässt als die lukenartigen Scharten des Bauernhauses.

»Falls die jemals wieder auftauchen«, murmelt er, während er hinaussieht.

»Du kannst ruhig schon gehen«, sage ich. »Ich bleibe hier und warte auf die beiden.«

Er sieht mich zweifelnd an.

»Doch, wirklich. Ehrenwort. Ich werde schon nicht davonschleichen, um mit der Bauernfamilie noch etwas leckeren Eintopf zu naschen.«

Er grinst mich an. Dann zeigt er auf den Kamin. »Lass das Feuer nicht ausgehen. Der Kessel für heißes Wasser steht da drüben. Und wenn du Hunger hast: Hinter der Hütte gibt es eine Grube, da lagern die Vorräte. Und falls du auf Toilette musst . . .«

»Die finde ich schon, danke.« Ich möchte mit meinem Vater nicht über Toiletten reden.

»Die findest du eben nicht. Dazu musst du in den Wald gehen, der Spaten steht draußen an der Ecke. Und falls du . . .«

»Wie lange hast du eigentlich vor wegzubleiben?«

Mein Vater zuckt mit den Schultern. »Ein paar Stunden vielleicht. Ich muss jemandem auf der Burg einen Besuch abstatten. Die ist hier ganz in der Nähe, ich muss also noch nicht mal springen.«

Ich verziehe spöttisch das Gesicht. »Du kannst deiner dreizehnjährigen Tochter schon zutrauen, ein paar Stunden im Mittelalter zu überleben.«

Mein Vater sieht nicht so aus, als könnte er das.

»Moritz und Pluvius sind ja auch noch da.« Kein gutes Argument, vor allem, weil die beiden ja eben gerade nicht da sind.

Mein Vater scheint das auch zu denken. Es braucht schon

eine Menge Überzeugungsarbeit, bis er endlich ein paar Sachen in einen Lederrucksack packt und aufbricht. Mein Mund ist schon fusselig vom vielen Reden.

An der Tür dreht er sich noch einmal um. »Falls etwas passiert, Ariadne, dann springst du zurück durch den Tunnel, hörst du?«

Ich nicke und verschweige meinem Vater besser, dass dazu kleine haarige Tiere mit vielen Beinen nötig sind.

»Auch wenn deine Freunde noch nicht zurück sein sollten: Falls du schnell wegmusst, springst du alleine. Um die beiden kümmere ich mich dann.«

Wieder nicke ich eifrig. Klar. Ich würde natürlich einen Teufel tun und Pluvius und Moritz hier zurücklassen. Unschuldig lächele ich ihn an.

Das scheint ihn noch mehr zu beunruhigen als alles andere, also werde ich schnell wieder ernst.

Ihm bleibt keine andere Wahl, als zu gehen. »Also gut«, sagt mein Vater, hängt sich seinen Rucksack um und öffnet die Tür. »Da ist ein Riegel, siehst du? Hier. Leg den bitte sofort vor, wenn ich weg bin. Und Ariadne?«

»Ja?«

»Schmier dir ein bisschen Ruß oder so ins Gesicht. Nur vorsichtshalber. Du siehst wirklich aus wie ein Engel.«

Mit diesen Worten schließt er die Tür hinter sich und das Lächeln gefriert auf meinem Gesicht. Ein Engel, pah. Engel haben keine Väter, die ständig wegmüssen. Engel müssten ihren Vater auch nicht belügen.

Kapitel 2

Es ist ruhig. Beinahe unheimlich ruhig. Das Feuer knistert wieder, weil ich ein bisschen mit dem Schürhaken drin rumgestochert und Holz nachgelegt habe, aber ansonsten ist es still wie im Grab. Die Minuten kriechen und Pluvius und Moritz sind immer noch nicht zurück.

Ich habe mir in der Hütte angesehen, was es anzusehen gab. Viel war es ja nicht. In den Töpfen auf dem Regal sind Lebensmittel wie getrocknete Erbsen, Getreide und Mehl untergebracht, die Truhe ist verschlossen. In den Kleidungsstücken war nichts zu finden: Sie haben nicht mal Taschen. Noch mehr Sachen liegen unter dem Bett. Das einzig Ungewöhnliche, das ich entdeckt habe, war eine kleine Flasche Rasierwasser, die in einem Topf versteckt ist. Ich suche noch eine Zeit lang nach dem Schlüssel für die Truhe, gebe jedoch bald entnervt auf. Als ich Hunger bekomme, gehe ich um die Hütte herum, an einer Bank mit einer Waschschüssel und einem Krug vorbei zu dem kleinen Vorratsbunker, den mein Vater erwähnt hat.

Drei lehmige Stufen führen in die Erde hinab zu einer Holztür, die sich nur schwer bewegen lässt. Als ich die Kühlkammer endlich geöffnet habe, wird mir klar, dass ich nicht nachgedacht habe: Hier gibt es natürlich keinen Lichtschalter, den man anknipsen kann, und es ist stockdunkel. Eine Lampe habe ich in der Hütte nirgends sehen können, also marschiere ich zurück und nehme mir eine der Kerzen aus dem Leuchter, die ich am Kamin anzünde. Mit der schützenden Hand davor gehe ich im Schneckentempo zurück, trotzdem geht sie mir zweimal aus. Beim dritten Anlauf klappt es und ich kann im flackernden Licht wenigstens ein paar Gegenstände erkennen.

Auf dem Boden stehen Fässer, in den Regalen darüber noch mehr Krüge und Töpfe aus Ton, die ich der Reihe nach durchsuche. Es riecht nach Feuchtigkeit und Schimmel und sicher gibt es hier Spinnen. Ich finde einen in ein Tuch eingeschlagenen Schinken, den ich mitnehme, und auch etwas Käse, der sehr streng riecht.

Die Tür kriege ich nicht wieder zu, also muss sie einen Spalt offen bleiben, die Kerze hat mir inzwischen schmerzhaft auf die Hand getropft und ist dann ausgegangen. Ich bin vielleicht noch nicht lange hier, aber das Mittelalter beginnt schon jetzt, mir gehörig auf die Nerven zu gehen.

In der Hütte ist es wenigstens warm und recht gemütlich. Ich breite meine Schätze auf dem Tisch aus und mache mich auf die Suche nach einem Messer. Es gibt eine Klinge mit einem einfachen Holzgriff, die nicht gerade scharf ist, doch nach einiger schweißtreibender Säbelei habe ich es schließlich geschafft und sitze mit Schinken und Käse vor dem Feuer. Und warte.

So langsam kommt mir das Zeitgefühl abhanden. Ich beiße vom Käse ab und versuche, ungefähr herauszufinden, wie spät wir es haben. Wir sind um die Mittagszeit gesprungen, überlege ich kauend, aber gelandet sind wir wohl früher, denn mein Vater hat von einem »Frühstück« gesprochen, das bei der Bauernfamilie auf den Tisch gekommen ist. Beim Gedanken an den Innereienbrei dreht sich mir der Magen um und ich lege

Käse und Schinken erst einmal beiseite. Grob geschätzt ist es Vormittag. Es sind Blätter an den Bäumen und es ist nicht kalt, also haben wir Sommer. Das ist ein beruhigender Gedanke, denn dann wird es nicht so bald dunkel. Mir wäre es schon lieber, wenn Moritz und Pluvius dann wieder da wären. Wo sie bloß stecken? Ihre Gardinenumhänge liegen unbeachtet in der Ecke.

Ich greife wieder zum Käse, der zwar streng riecht und schwarze Pünktchen hat, jedoch gar nicht so schlecht schmeckt, wenn man sich erst einmal daran gewöhnt hat.

Als ich die Stimmen der Jungs endlich höre, schrecke ich aus einem kurzen Schlummer hoch. Wenig später wird die Tür aufgerissen.

»Hey, Ariadne, jemand zu Hause?« Moritz klingt ungemein aufgeräumt.

»Wir sind wieder da!« Und Pluvius auch.

»Ich bin hier.« Ich gähne und reibe mir die Augen.

Moritz und Pluvius kommen bis über beide Ohren grinsend zu mir herüber. Moritz lässt sich vor den Kamin fallen und greift sofort nach dem Rest Käse, Pluvius zieht sich einen Stuhl heran.

»Mmh, Essen.« Moritz beißt ab, verzieht dann aber das Gesicht. »Oder was man so Essen nennt.« Er reicht das Stück weiter an Pluvius, der es ihm abnimmt und näher betrachtet.

»Das hast du gegessen?«, fragt er mich.

»Der Käse riecht etwas streng, schmeckt aber ganz gut«, erwidere ich trotzig.

»Und er bewegt sich«, entgegnet Pluvius.

»Was?«, rufen Moritz und ich gleichzeitig.

»Also, die Pünktchen hier sind alles Ma. . .«

Weiter kommt er nicht, denn Moritz springt auf und hastet zur Tür hinaus. Wenig später hören wir ihn spucken.

Das Glück habe ich nicht. »Meinst du, das war giftig?«, frage ich gefasst und rechne in Gedanken aus, wie lange es dauert, bis ich zurückspringen und mich in einem ordentlichen Krankenhaus behandeln lassen kann.

»Keine Sorge«, sagt Pluvius, der den Käse vorsichtig zurücklegt. »Ich hab mal gelesen, dass Maden sehr viel Vitamin C . . .«

Wieder kommt er nicht dazu, seinen Satz zu beenden, denn jetzt stürze ich hinaus vor die Hütte, als mich eine Welle der Übelkeit überkommt. Am nächstbesten Baum abgestützt würge und huste ich, aber übergeben kann ich mich nicht. Die Ich-will-nicht-daran-denken müssen wohl oder übel drin bleiben. Ich beruhige mich mit dem Gedanken, dass die Magensäure ihnen inzwischen längst den Garaus gemacht hat.

Als ich die Hütte wieder betrete, haben es sich die beiden Jungs vor dem Kamin bequem gemacht. Moritz ist noch ein bisschen blass, rekelt sich aber schon wieder entspannt auf dem Boden, während Pluvius lässig auf dem Stuhl fläzt. Die Eintracht, mit der sie beieinandersitzen, macht mich misstrauisch.

»Wo ist dein Vater?«, will Moritz wissen.

»Kurz mal weg, jemanden etwas fragen. Er kommt in ein paar Stunden zurück.«

Pluvius und Moritz sehen sich vielsagend an.

»Könnt ihr mir mal verraten, was das soll?«, frage ich, während ich wieder meinen Platz im Lehnstuhl einnehme.

Moritz grinst. »Wir haben so ein paar Typen getroffen . . .«

»Genau«, ergänzt Pluvius, »so ein paar *Mittelaltertypen.«*

»Und das waren ziemliche Angeber.«

»Soweit wir sie verstanden haben.«

»Ja, klar, war nicht gerade einfach, die zu verstehen. Auf jeden Fall hatten sie einen Bogen dabei, waren wohl gerade auf der Jagd . . .«

»Und schießen konnten sie.«

»Oh ja, darin waren sie echt toll.«

»Dann haben sie uns zum Wettschießen aufgefordert . . .«

»Und das konnten wir natürlich nicht mitmachen. Ich meine, Pluvius hat noch nie geschossen und ich natürlich auch nicht.«

»Also haben wir etwas anderes ausgemacht.«

Die beiden sehen mich grinsend an.

»Und was, bitte, habt ihr mit den Mittelaltertypen ausgemacht?« Ihre Eintracht geht mir noch mehr auf die Nerven als ihre Streitereien.

»Bruchenball«, erklärt Moritz.

»Bruchenball? Was soll das sein?« Ich sehe ratlos von einem zum anderen.

»Ehrlich gesagt haben wir nicht alles verstanden, aber offensichtlich ist das so eine Art Fußball.«

»Und Fußball können wir.«

»Klar. Die zocken wir voll ab.«

Pluvius zieht eine Augenbraue hoch. »Ab-zocken?«

»Klar, Alter. Ist doch wohl easy.«

Pluvius schüttelt den Kopf. »Also wirklich, manchmal bist du genauso schwer zu verstehen wie diese *Mittelaltertypen . . .*«

»Einen Moment mal!« Ich glaube, ich habe mich verhört. »Ihr wollt Fußball spielen mit ein paar Jungen aus dem Mittelalter?«

»*So eine Art* Fußball«, korrigiert Moritz und wendet sich an seinen Verbündeten. »Was war das noch mal mit der Kleidung? Man muss was Besonderes anhaben?«

»Ja, eine ›Bruche‹, was immer das auch sein soll.«

»Nur: Wo kriegen wir so was her?«

Pluvius lässt seinen Blick durch das Zimmer schweifen. »Wir leihen uns einfach was von Ariadnes Vater . . .«

»Stopp, halt, habt ihr sie eigentlich noch alle?« Das darf ja wohl nicht wahr sein! »Mister Ich-darf-nicht-zu-viel-sagen-sonst-wird-das-Raum-Zeit-Dingsbums-böse will auf einmal in die Vergangenheit eingreifen? Und Mister Ich-kann-den-überhaupt-nicht-riechen freut sich auf ein gemeinsames Fußballspiel? Hab ich hier irgendwas nicht mitgekriegt?«

»Mittelalter ist sicher«, entgegnet Pluvius. »Hier kannst du gar nicht so viel eingreifen, als dass das irgendwelche Auswirkungen auf unsere Gegenwart haben könnte.«

»Und Pluvius ist echt cool«, ergänzt Moritz. »Wenn man ihn erst mal ein wenig näher kennt.«

»Niemals«, sage ich, schüttele den Kopf und bin sehr entschlossen. Würde ich nicht sitzen, hätte ich jetzt noch mit dem Fuß aufstampfen können. »Habt ihr nicht gehört, was mein Vater gesagt hat? Kein Kontakt zur einzeitlichen Bevölkerung. Das kommt überhaupt nicht infrage.«

Nicht einmal eine Stunde später sind wir abmarschbereit. Moritz und Pluvius tragen die Sachen meines Vaters, ich habe mich ordentlich mit Asche eingerieben. Da sie partout nicht auf mich hören wollten, was die Kontaktsperre zur »einzeitlichen Bevölkerung« betrifft, habe ich sie immerhin gezwungen, mich mitzunehmen.

»Ihr Vater bringt uns um«, sagt Pluvius düster, während er an sich heruntersieht und an seiner engen Wollhose zupft. Anscheinend hat er jetzt doch seine Zweifel.

»Der muss das gar nicht erfahren«, erwidert Moritz und schnappt sich seinen Rucksack. Da er aus Leder ist, fällt er wenigstens nicht auf. »Ist dein Kittel auch so fürchterlich?« Er kratzt sich an der Brust.

Ich wünsche den beiden einen Haufen Flöhe, noch bevor mein Vater sie erwischen und umbringen kann. »Alles klar«, sage ich finster. »Wir können los.«

Sorgfältig ziehen wir die Tür hinter uns zu und folgen dem Pfad zurück ins Dorf. Hinter mir höre ich abwechselnd Pluvius, der sich über die engen, spitz zulaufenden Schuhe beschwert, in denen es sich kaum laufen lässt, und Moritz, der vor sich hin jammert, weil er inzwischen wohl auch auf den Gedanken mit den Flöhen gekommen ist.

Ich versuche, nicht auf den glitschigen Steinen auszurutschen und gleichzeitig den Gedanken an meinen Vater zu verdrängen. Mangels Stift und Zettel konnten wir ihm nur mit Kohle ein »bald zurück« auf den Tisch malen, aber ich hoffe doch, dass er nichts von unserem kleinen Ausflug erfährt und wir das noch rechtzeitig abwischen können. Ich schicke ein Stoßgebet zum Himmel, dass von dem Fußballspiel auch sonst niemand etwas mitbekommt.

Mein Gebet wird nicht erhört. Sobald wir die Kuhwiese passiert haben, die mir als unfreiwilliger Landeplatz gedient hat, und an dem Bauernhaus vorübergegangen sind, können wir sie sehen. Mittelaltertypen. Und nicht gerade wenige. So wie es aussieht, ist das ganze Dorf auf den Beinen.

»Scheint so, als hätten wir Zuschauer.« Pluvius sieht sich um.

»Voll krass«, erwidert Moritz.

Ich will gerade vorschlagen, uns unauffällig zurückzuziehen, als uns auch schon ein Kind entdeckt hat. Aufgeregt rufend läuft es auf uns zu und eine ganze Horde folgt ihm. Erst als es bei mir ist, erkenne ich, dass es eines der Kinder des Bauern ist. Ich winke dem Kind zu und sage »Hallo« und es bleibt wie vom Blitz getroffen stehen. Die anderen auch, in gebührendem Abstand.

Moritz stößt einen Pfiff aus. »Die hast du aber im Griff, die lieben Kleinen.«

Die Erwachsenen sind jetzt ebenfalls auf uns aufmerksam geworden und mit ihren wachsamen Blicken im Rücken werden die Kinder mutiger. Ein Mädchen, dessen verfilzt aussehende Haare unter einer Haube hervorlugen, traut sich an mich heran und streckt zögernd seine Hand nach mir aus. So wie man sich einem Hund nähert, von dem man nicht weiß, ob er beißt. Es betastet meinen Rock, dann sieht es hoch zu mir und lächelt mich mit schiefen Zähnen an, und mir wird klar, dass wir uns hundertmal mit Asche einreiben können und dennoch aussehen wie Menschen von einem fernen Planeten.

Durch knöcheltiefen Matsch stapfen wir an einer Ansammlung kleiner Häuser vorbei. Hunde tanzen bellend vor uns her, die Menschen bleiben auf Abstand. Es riecht nach Mist und Fäulnis und quer über den Weg verläuft ein kleiner Bach. Unsere Zuschauer nicken, wenn sie unseren Blicken begegnen, und lassen uns auch sonst nicht aus den Augen. Es sind Alte und Junge, Männer und Frauen, alle in bräunlicher Kleidung. Die Frauen tragen Schürzen, die meisten von ihnen auch Hauben, die Männer lange, wollene Hemden und eng anliegende Hosen. Einige von ihnen haben Strohhüte auf. Sowohl die

Kinder als auch die Erwachsenen folgen uns, kaum dass wir an ihnen vorbeigegangen sind. »Meine« Bauernfamilie ist ebenfalls da.

Die Wiese, die anscheinend das Spielfeld ist, liegt mitten im Dorf. Moritz zeigt auf ein paar halb nackte Jugendliche, die sich darauf versammelt haben. »Da sind sie.«

»Ich fürchte, das Spiel unterscheidet sich doch leicht von Fußball«, raunt Pluvius mir zu, während wir auf die Gruppe zugehen, und deutet auf eine Art überdimensionalen, zusammengestückelten »Ball«, der den Anwesenden locker bis zur Hüfte reicht.

Die Mittelaltertypen erwarten uns mit verschränkten Armen. Sie begrüßen uns mit einem kurzen Nicken. Pluvius nickt zurück, Moritz sagt »Hi«.

»Da sind wir also.« Moritz wirkt recht selbstbewusst, während Pluvius dem Riesenball argwöhnische Blicke zuwirft. »Es kann losgehen.«

Dem Anführer, einem Muskelpaket mit schwarzen, schulterlangen Haaren, fällt es sichtlich schwer, seine Augen von mir loszureißen und sich stattdessen auf seine Gegner zu konzentrieren. Als ihm das endlich gelingt, stößt er etwas aus, das wie »kledung« und »bruche« klingt. Dann zeigt er auf das Tuch, das er als Unterhose trägt. Wieder ein nervöser Blick zu mir.

»Ich glaube, ihr müsst euch ausziehen, Jungs«, sage ich und kann eine gewisse Schadenfreude nicht verbergen. So langsam fängt das Ganze an, mir Spaß zu machen. »Dieses Spiel spielt man anscheinend in Unterhose.«

Pluvius streift sich fast schon erleichtert die spitzen Schuhe von den Füßen. Auch Moritz entledigt sich nach kurzem Zögern seines kratzigen Oberhemds, behält jedoch die Hose an.

»Allet«, sagt das mittelalterliche Muskelpaket.

»Alles«, übersetze ich spitz.

Moritz dreht sich zu mir um. »Dann solltet Ihr jetzt besser das Weite suchen, Gnädigste. Ihr seht doch, dass Ihr die Mannen mit Eurem Liebreiz betört.«

»Was? Oh!« Ein Blick auf den Muskelbepackten und ich suche tatsächlich das Weite. Und ziehe mich an den Punkt zurück, an dem die anderen Dorfbewohner Aufstellung genommen haben. Sie halten Abstand und ich bin erleichtert darüber. Nur das kleine Mädchen mit der Haube stellt sich neben mich und lächelt zu mir hoch. Ich lächele zurück.

Es wird deutlich, dass Pluvius und Moritz sich zwar die Kleidung meines Vaters, nicht aber seine Unterwäsche geborgt haben. Pluvius trägt eine weiße Unterhose, die ihm zwar bis zum Bauchnabel geht, jedoch hauteng sitzt. Und Moritz . . . tja, da bleibt erst recht kein Raum für Fantasie. Ich tippe mal auf Calvin Klein. In einer akuten Stoffkrise.

Nach einigem Gemurmel und Kopfgeschüttel werden zwei kleine Jungs losgeschickt, um den beiden zwei Wollschals zu bringen, die sie sich umbinden müssen. Wer hätte das gedacht: Das Mittelalter ist doch prüder als angenommen.

Ich lasse den Blick über die Zuschauermenge gleiten und bleibe an einer alten Frau hängen, die irgendwie merkwürdig aussieht. Dabei unterscheidet sie sich eigentlich kaum von den anderen Dorfbewohnern: Sie trägt einen einfachen Kittel, so wie viele hier, und ein Tuch, das nur ihr Gesicht frei lässt. Trotzdem: Irgendetwas ist anders. Wenn ich nur wüsste, was es ist . . .

In diesem Moment zupft das Haubenmädchen mich wieder am Rock und deutet auf das Spielfeld. Ich folge ihrer ausgestreckten Hand und sehe, dass die Jungs inzwischen umgezogen sind. Na ja, »umgezogen« trifft es nicht ganz: Ehrlich gesagt sehen sie aus, als würden sie überdimensionale Windeln tragen.

Unwillkürlich wandert mein Blick zurück zu der alten Frau mir gegenüber. Sie sieht sich um, als suche sie etwas, dann stolziert sie mit festen Schritten davon. Wenig später ist sie aus meinem Blickfeld verschwunden. Noch immer überlege ich, was mit der Alten nicht stimmt, als mich wieder das Haubenmädchen neben mir ablenkt. Sie zeigt aufgeregt auf das Spielfeld und flüstert mir etwas zu, was ich jedoch nicht verstehe.

Pluvius und Moritz werden gerade zwei Mitspieler zugewiesen, die darüber alles andere als glücklich scheinen. Dann beginnt das, was sie als »Bruchenball« bezeichnen. Und was rein gar nichts mit Fußball zu tun hat.

Das mittelalterliche Muskelpaket ruft etwas und alle werfen sich auf den monströsen Ball. Alle, bis auf Moritz und Pluvius, die sich verwirrt ansehen und erst dann in das Geschehen eingreifen. Anscheinend müssen die Spieler versuchen, den Riesenball in verschiedene Richtungen zu bugsieren: Ein Tor oder so etwas gibt es nicht. Regeln anscheinend auch nicht, zumindest darf man an der gegnerischen Unterhose ziehen, sich auf den Gegner stürzen, ihn mit dem Kopf in den Schlamm tauchen, mit dem Ball überrollen, sich auf ihn stellen und ... aha, schlagen darf man ihn anscheinend nicht. Zumindest nicht so offensichtlich. Da schreien die Zuschauer sofort aus Leibeskräften und ein Mann mit Hasenscharte bückt sich und wirft mit Dreckklumpen. Ob das der Schiedsrichter ist?

Nach einigen Minuten frage ich mich ernsthaft, warum sie

für ihren Wettkampf nicht das Aufspießen mit spitzen Lanzen gewählt haben. Oder den Schwertkampf. Das wäre auf jeden Fall humaner gewesen.

Das mittelalterliche Muskelpaket hat es von Anfang an auf Pluvius abgesehen. Seine Spezialität ist der Stoß mit dem Ellenbogen, der Pluvius nach Luft schnappen lässt. Pluvius versucht, ihm auszuweichen, und konzentriert sich auf den Ball, was ein Fehler ist, weil das Muskelpaket ihm jetzt von hinten die Beine wegtritt. Der Riesenball walzt bedrohlich näher, doch Pluvius kann sich gerade noch zur Seite rollen und wieder hochkommen, bevor das Muskelpaket über ihm ist.

Ich recke meinen Hals, als die beiden hinter dem Ballungetüm verschwinden. Dafür wird Moritz gerade zum Opfer eines baumlangen Kerls mit Segelohren, der sich ohne viel Federlesens auf ihn wirft. Moritz schüttelt ihn ab und stemmt sich gegen den Ball. Segelohr zieht an Moritz' Leinentuch, dann tritt er ihn. Jetzt lässt Moritz vom Ball ab, dreht sich um, holt aus und . . . schlägt ins Leere. Das Segelohr ist echt schnell. Und lacht noch dazu hämisch.

Ich kann Moritz' Wut praktisch bis zum Spielfeldrand spüren.

Inzwischen ist auch Pluvius wieder aufgetaucht. Er ruft Moritz etwas zu, was ich von hier aus nicht verstehen kann, und die beiden stellen sich Rücken an Rücken und heben die Fäuste. Der Ball ist nur noch Statist und wird von den übrigen Spielern bearbeitet, während Muskelpaket und Segelohr bedrohlich näher kommen. Segelohr greift sich eine Handvoll Matsch.

»Foul«, schreie ich, »das ist ein Foul«, während auch die Dorfbewohner erregt miteinander diskutieren. Einige bücken sich und sammeln Dreckklumpen. »Gehört das noch zum Spiel?«, frage ich die Kleine neben mir, die mich jedoch nicht versteht und nur weiter fasziniert anstarrt. »Das kann doch wohl nicht zum Spiel gehören, oder?«

Pluvius schafft es, dem Muskelpaket einen Haken zu versetzen. Zur Belohnung bewerfen die Dorfbewohner die Gruppe mit Gras und Erde, worüber das Muskelpaket nur noch wütender wird. Und wie.

Moritz und Segelohr belauern sich nach wie vor, dann nimmt mir wieder der Ball die Sicht, den ich bereits völlig vergessen hatte. Als er vorbeigerollt ist, zieht ein Halbnackter Moritz gerade am Hinterbein und Segelohr tritt ihm in den Magen, während Pluvius im Schwitzkasten des Muskelpakets zu ersticken droht.

Das reicht. Im Dreckklumpenhagel der Dorfbewohner, die dieses Gemetzel entweder auch nicht mehr mit ansehen können oder aber unterstützen wollen, stürze ich nach vorne und auf den Anführer zu.

»Foul«, schreie ich und zerre am Leinentuch des Muskelpakets. »Das ist. Eindeutig. Ein Foul.«

Muskelpaket lässt von Pluvius ab, der keuchend und würgend zu Boden fällt, und dreht sich um.

Ich trete einen Schritt zurück, funkele ihn an und hebe die Fäuste. Mädchen schlägt man nicht. Und schon gar nicht, wenn man zwei Köpfe größer ist.

Das scheint Muskelpaket nicht zu interessieren, denn er macht einen raschen Schritt nach vorne, langt zu – und zieht mich an meinen Haaren zu sich heran.

Ich greife nach oben, stehe auf Zehenspitzen und hänge praktisch an seinem Arm, während mir vor Schmerz Tränen in die Augen schießen. Verschwommen kann ich noch erkennen, wie Pluvius sich aufrappelt, höre den wütenden Schrei von Moritz, dann ist da wieder der Ball im Weg, den das Muskelpaket von sich wegschiebt, ohne mich mit seinem anderen Arm loszulassen. Meine Füße berühren kaum noch den Boden, der Schmerz ist übermächtig, doch plötzlich lockert sich der Griff und ich stürze zu Boden. Meine Hände versinken im Matsch, Nässe dringt durch meinen Rock, der sich in Sekundenschnelle vollsaugt. Mein Kopf fühlt sich an, als hätte man mir jedes Haar einzeln ausgerissen – und die Kopfhaut gleich mit. Mit dem Handrücken wische ich mir die Augen und kann gerade noch sehen, wie das Muskelpaket fassungslos an sich herabsieht, während Schleim an seinem Oberkörper heruntertropft.

Blauer Schleim.

Moritz steht vor ihm, das Duschgel wie eine Waffe von sich gestreckt.

Ehrlich, wenn mir nicht alles wehtun würde, wäre dieses Bild sicher zum Totlachen. Aber so warte ich nur atemlos und mit tränenden Augen, wie unsere Mittelaltermenschen reagieren.

Muskelpaket verharrt regungslos und sieht an sich herunter. Anscheinend befürchtet er, dass ihn das Duschgel auffrisst oder verätzt oder so. Als nichts weiter passiert, steckt er einen Finger in das Gel, riecht erst daran und leckt ihn dann ab. Angewidert verzieht er das Gesicht. Dann dreht er sich um und sagt etwas zu seinen Mitspielern, bevor er sich wieder uns zuwendet. Verächtlich wischt er sich mit der Hand über die Brust. Er kommt zu mir und ich krieche auf allen vieren rückwärts, als er mir die Hand hinstreckt.

»Hau ab, du Vollaffe«, stoße ich hervor.

Muskelpaket grinst, packt mich am Arm und zieht mich hoch, als würde ich nichts wiegen. Er stellt mich auf die Füße, sagt etwas Unverständliches und greift schon wieder nach meinen Haaren. Doch dieses Mal lässt er nur eine Haarsträhne durch seine dreckigen Finger gleiten und fragt etwas, in dem »vrouw« und »getrouwt« vorkommt.

Er will mich doch wohl nicht heiraten, nachdem er mich fast skalpiert hat?

»Ich bin schon verheiratet«, sage ich und zeige auf den Erstbesten, auf Pluvius, der die Fäuste gehoben hat und die Szene angestrengt beobachtet. »Getraut. Mit ihm.«

Pluvius stellt sich neben mich und legt mir den Arm um die Taille. Er atmet immer noch schwer und betastet mit einer Hand sein Auge. Auch Moritz tritt jetzt an meine Seite, das Duschgel im Anschlag. Seine Lippe blutet. Schweigend warten wir drei ab, was passiert.

Muskelpaket kneift die Augen zusammen und sagt etwas zu seinen Freunden. Er wischt sich noch einmal über die Brust und verzieht angeekelt das Gesicht. Dann wendet er sich uns wieder zu und will gerade etwas sagen, als in der Ferne Glocken anfangen zu läuten. Muskelpaket zieht die Stirn kraus und lauscht. Die anderen tun es ihm nach. Minutenlang, so kommt es mir vor, ist nichts weiter zu hören als das Bimmeln, das der Wind zu uns trägt. Und in das bald eine andere Glocke einstimmt, dieses Mal ganz in der Nähe.

Schlagartig kommt Bewegung in Muskelpaket und seine Mannen. Ohne uns noch eines Blickes zu würdigen, bellt er seinen Freunden einen Befehl zu. Alle stürmen vom Spielfeld.

Verblüfft sehen wir uns an.

Auch unsere Zuschauer haben es auf einmal sehr eilig. Mütter greifen sich ihre Kinder, Männer hasten an ihnen vorbei. Wenige Augenblicke später ist jeder, wirklich jeder in seinem Häuschen, dem Stall oder sonst wo verschwunden.

»Und was soll das jetzt?«, fragt Moritz verblüfft.

Ich kann nur den Kopf schütteln. »Keine Ahnung. Aber eins ist sicher: Das Spiel ist beendet.«

Mein Rock ist starr vor Dreck, meine Schuhe sind klitschnass. Die Bluse ist nicht mehr als solche zu bezeichnen und selbst mein Haar ist schwer von Feuchtigkeit, was meiner brennenden Kopfhaut allerdings guttut. Auf meinen Händen und Armen trocknet der Schlamm, und so wie sich mein Gesicht anfühlt, hätte ich mir die Sache mit der Asche wohl auch sparen können. Selbst im Mund habe ich Erde.

»Jetzt weiß ich auch, warum man dies Spiel in Unterhosen spielt«, sage ich mit Blick auf Moritz und Pluvius, die zwar recht lädiert aussehen, zumindest aber trockene Sachen anhaben.

»Haha«, murmelt Moritz, dabei war es gar nicht lustig gemeint.

Pluvius sagt nichts. Ab und an rupft er sich ein Blatt ab, das er sich gegen sein geschwollenes Augenlid drückt, ansonsten ist er still.

Bruchenball. Was für eine Wahnsinnsidee! »Ich finde, wir sollten noch mehr freundschaftlichen Kontakt zur Bevölkerung herstellen. Wie wär's mit Bogenschießen? Einer von euch schießt, der andere hat einen Apfel auf dem Kopf.«

»Sehr witzig.« Moritz betupft mit dem Handrücken seine blutende Lippe.

»Und hatten die im Mittelalter nicht auch so einen Knüppel mit Stacheln dran? Morgenstern, genau, so hieß der. Vielleicht gibt's da auch einen hübschen Wettkampf. Ich stelle mir da einen Baumstamm vor, auf dem einer von euch balanciert und den Gegner runterhauen muss, um weiterzukommen. Unten auf dem Boden könnten wir ein paar Speere eingraben, um die Sache interessanter zu gestalten.«

Keiner der beiden erwidert etwas.

»Oder wir besorgen euch ein Pferd und eine Lanze. Wie heißt das doch gleich, wenn man sich gegenseitig aus dem Sattel sticht? Toasten oder so ähnlich.«

»Tjosten.« Pluvius blickt hoch. Sein rechtes Auge ist fast gänzlich zugeschwollen. »Wir haben's kapiert, Ariadne.«

Oh nein, so leicht kommen sie mir nicht davon. »Was denn kapiert?«, frage ich unschuldig. »Das war doch spaßig. Vor allem, als ich mitspielen durfte und mir das Muskelpaket bei lebendigem Leib die Kopfhaut abgezogen hat.«

»Wir hätten's auch alleine geschafft«, murmelt Moritz.

»Ach wirklich.« Das schlägt dem Fass den Boden aus. »Was du nicht sagst. Was denn geschafft? Erwürgt zu werden? Die Zähne zu verlieren? Von diesem Mörderball überrollt zu werden?« Ich stapfe voran. Meine Füße fühlen sich an wie Eisklumpen und ich habe Kopfschmerzen. »Und was hat uns gerettet?«, rufe ich und drehe mich doch noch einmal um. »Duschgel! Ich meine, es ist ja schon bescheuert, sein Duschgel zu einem Spiel im Mittelalter mitzuschleppen. Aber dass uns das auch noch das Leben gerettet hat . . .«

»Warte mal«, unterbricht mich Moritz. »Hier stimmt was nicht.«

»Allerdings nicht«, erwidere ich. »Dieses ständige Gebimmel geht einem wahrlich auf den Geist.« Seit wir das Dorf verlassen haben, läutet es ununterbrochen, und zwar aus mehreren

Richtungen. Wahrscheinlich rufen alle Dörfer der Umgebung gleichzeitig zum Gottesdienst. Es ist eben ein religiöses Zeitalter.

»Nein, das meine ich nicht.« Moritz greift nach meiner Hand, um mich zurückzuhalten.

Pluvius stellt sich neben uns. »Was ist denn?«

»Das ist doch der Weg zur Hütte, oder?« Moritz blickt sich um.

»Ja, sicher. Hier gibt es ja nur den einen Pfad.«

»Kommt er euch nicht auch, ich weiß nicht, größer vor?«

»Größer? Du meinst breiter?« Ich senke unwillkürlich meine Stimme.

»Ausgetretener. Nicht mehr so überwuchert.«

Alle drei sehen wir uns um.

»Eigentlich nicht«, murmele ich. Ich kann beim besten Willen nichts Ungewöhnliches erkennen.

»Dann frage ich euch, was das ist«, sagt Moritz und zeigt mit dem Finger nach vorne.

Auf dem Weg liegt unübersehbar ein Handschuh.

Pluvius geht an uns vorbei und hebt ihn auf. »Leder, sieht aber neu aus.« Er blickt hinein. »Kein Schild oder so, aber ich könnte schwören . . . nein, wartet, hier ist etwas.« Er sieht uns an und wirkt alarmiert. »Made in Taiwan.«

Wir stehen sicher schon eine geschlagene halbe Stunde an der Lichtung und blicken zur Hütte hinüber. Das Glockenläuten hat endlich aufgehört, nichts regt sich. Es sind Vögel zu hören, das Rauschen der Blätter. Mir wird langsam kalt. Das Brennen der Kopfhaut hat nachgelassen, doch die Bluse klebt mir unangenehm am Körper.

»Der Handschuh gehört vielleicht deinem Vater«, sagt Moritz nicht zum ersten Mal. Er sagt es leise, den Blick weiter starr auf die Lichtung gerichtet.

»Alle seine Sachen passen ins Mittelalter«, wende ich ein, ebenfalls zum wiederholten Mal. Ich weiß vielleicht nicht viel von meinem Vater, aber ich habe seine Hütte durchsucht. Da waren keine modernen Sachen – bis auf die kleine Flasche Rasierwasser, aber die war gut versteckt. Nein, hier muss jemand gewesen sein. Jemand, der ebenso wenig in diese Zeit gehört wie wir.

Ich fröstele unwillkürlich und Moritz streicht mir über den Arm.

»Ist dir kalt?«

Ich nicke.

»Du kannst auch keine Gelegenheit ungenutzt verstreichen lassen, was?«, meldet sich Pluvius zu Wort. Er hat die meiste Zeit über geschwiegen, wahrscheinlich, weil sein Hals noch wehtut.

Moritz dreht sich zu ihm um. »Was ist denn dein Problem, Alter?«

»Das weißt du nur zu gut.«

»Ach ja? Muss ich vergessen haben, *Onkel* Pluvius.«

Pluvius tritt einen Schritt nach vorn und Moritz richtet sich auf. Der Waffenstillstand der beiden scheint von einer Sekunde auf die andere vorüber zu sein. Wunderbar. Das hat uns gerade noch gefehlt.

»Hört auf, ihr beiden«, zische ich. »Wir haben ja wohl andere Probleme. Wir müssen wissen, ob jemand in der Hütte ist. Und vielleicht könnten wir das herausfinden, bevor ich hier erfroren bin.«

Die beiden starren sich an. Dann zuckt Pluvius mit den Schultern. »Ich gehe und sehe nach«, sagt er.

»Wieso du?«, erwidert Moritz prompt.

»Wieso nicht? Einer von uns muss es ja tun.« Er schenkt mir ein schiefes Lächeln und nickt dann.

»Pluvius«, halte ich ihn zurück, »sei vorsichtig, hörst du?«

Er nickt, beugt sich schnell vor und gibt mir einen Kuss auf die Wange. Dann läuft er los.

»Wer lässt hier keine Gelegenheit verstreichen?«, zischt Moritz ihm nach.

Ich erwidere nichts. Mein Herz klopft und für den Moment sind kalte Füße und nasse Klamotten vergessen.

Es dauert ewig, bis ich Pluvius' Haar am rechten Rand der Lichtung aufblitzen sehen kann. Er sprintet aus dem Gebüsch zur Seitenwand der Hütte und drückt sich mit dem Rücken dagegen.

»Dein Onkel sieht zu viele Westernfilme«, spottet Moritz leise. »Obwohl: Gab's die denn schon in den Sechzigern?«

»Pscht«, mache ich.

Nichts passiert. Pluvius schleicht geduckt um die Hütte herum zur Vordertür. Ständig sieht er sich um. An der Tür atmet er noch einmal tief durch, dann stürzt er los, reißt sie auf und ist aus unserer Sicht verschwunden.

Das Herz schlägt mir bis zur Kehle, mein Blut rauscht. Was, wenn das ein Hinterhalt ist und Pluvius direkt in die Falle läuft?

Sekunden später, die sich wie Minuten anfühlen, kommt er heraus. Noch immer winkt er uns nicht heran, sondern sieht sich nur noch einmal genauer auf der Lichtung um. Er greift zum Spaten, der an der Hüttenwand lehnt, dann geht er ums

Haus herum und verschwindet schon wieder aus unserem Blickfeld.

»Was macht er denn jetzt?«, flüstert Moritz. »Ist die Luft nun rein oder nicht?«

»Hinterm Haus ist noch eine Vorratsgrube«, erwidere ich ebenso leise. »Wahrscheinlich kontrolliert er die auch.«

Es dauert nicht lange, bis Pluvius zurück ist. Diesmal stellt er sich mitten auf die Lichtung und winkt uns heran.

»Sie sind weg«, sagt er, kaum dass wir in Hörweite sind.

»Woher weißt du denn, dass überhaupt jemand da war?«, will Moritz wissen.

»Na ja«, erwidert Pluvius und reibt sich die Stirn. »Ihr werdet schon sehen.«

Kapitel 3

Das Innere der Hütte ist verwüstet. Der Tisch ist umgeworfen, der Lehnstuhl zertrümmert, sein Fell liegt im Kamin. Rauch quillt darunter hervor. Die Regale sind leer, die Töpfe mit den Lebensmitteln zerbrochen. Überall ist Stroh verstreut, das aus dem aufgeschlitzten Lager stammt. Wir steigen über die Kleidungsstücke meines Vaters und sehen uns fassungslos um.

»Im Vorratshäuschen sieht es ähnlich aus«, sagt Pluvius leise. »Alles kaputt geschlagen, die Lebensmittel achtlos liegen gelassen. Damit wissen wir aber zumindest, dass es keine Bewohner des Mittelalters waren.«

»Ach ja? Wieso?« Moritz hockt sich hin, zieht seinen mehlbedeckten Umhang hervor und wirft ihn nach einem kurzen Blick zu den übrigen Klamotten.

»Weil die sicherlich wenigstens die Lebensmittel mitgenommen hätten. Nein.« Er sieht sich um. »Wer immer hier auch war, hat etwas gesucht.«

»Und unsere Sachen mitgenommen«, sagt Moritz.

»Was?« Pluvius fährt herum.

»Ja, alles weg. Jeans, Schuhe, Hemden . . .« Moritz macht eine hilflose Geste.

»Verdammt.« Pluvius sieht hinunter auf seine spitzen Schuhe. »In diesem Mittelalterzeug rumzulaufen, ist echt eine Strafe.«

Moritz kratzt sich die Brust. »Was du nicht sagst.«

Pluvius ignoriert ihn. »Fehlt noch etwas?«, fragt er und sieht sich suchend um.

»Eine kleine Truhe.« Ich zeige auf eine Ecke des Raumes. »Dort hat sie gestanden.«

»Du weißt nicht zufällig . . .«

»Nein. Sie war verschlossen.«

»Oh, Mist«, stöhnt Moritz in diesem Moment, stürzt zum Regal und wühlt auf dem Boden darunter in den Scherben, den Getreidekörnern und dem Mehl. »Meine Sachen.«

Pluvius fährt herum. »Welche Sachen?«

»Mein Schülerausweis, mein Geld. Natürlich konnte ich mein Portemonnaie schlecht zum Spiel mitnehmen, also habe ich es in einem der Töpfe versteckt.«

»Natürlich?« Pluvius' Stimme bekommt einen angestrengten Unterton. »Natürlich? Du versteckst deine Brieftasche und nimmst dein Duschgel mit?«

Moritz richtet sich wieder auf und streicht sich die Haare aus dem Gesicht, das danach ein weißer Mehlstreifen ziert. »Ja, natürlich. Schließlich wollten wir zum Sport und nicht verreisen, oder etwa doch?«

Pluvius und ich sehen ihn an und mit einem Mal müssen wir alle drei lachen. Und wie. Pluvius stützt sich auf den umgestürzten Tisch, während ich mir die Seiten halte. Tränen laufen mir übers Gesicht, Moritz plumpst ins Mehl-Getreide-Gemisch. Wir lachen und lachen, bis es wehtut. Jedes Mal, wenn wir uns einigermaßen beruhigt haben, müssen wir uns nur gegenseitig in unserer verdreckten mehlweißen, schrägen Aufmachung ansehen, unsere wirren Haare, dicken Lippen und geschwollenen Augen, um noch schlimmer loszulachen als zuvor.

»Stopp, aufhören«, japst Moritz schließlich. »Das ist alles überhaupt nicht lustig.«

»Ist es nicht?« Pluvius hebt ein Bein und zeigt auf seinen spitzen Schuh und schon pruste ich wieder los.

»Nein, wirklich, hihi. Es ist voll ernst.« Moritz kommt kichernd auf die Beine. »Schluss jetzt, so.« Er räuspert sich, während Pluvius und ich mühsam beherrscht glucksen. »Wer immer mein Portemonnaie auch hat, weiß genau, wer ich bin, schließlich ist da mein Schülerausweis drin.«

Wir werden schlagartig ernst.

»Was?« Pluvius starrt ihn an.

»Mein Ausweis. Ich hatte meinen Schülerausweis in meinem Portemonnaie.«

Einen Moment lang sind wir sprachlos.

»Aber er weiß nicht, wo du gerade wohnst?«, will ich wissen. »Ich meine, in deinem Ausweis steht doch wohl nicht, dass du gerade im Hotel wohnst.«

»Nein.« Moritz schüttelt den Kopf. »Das nicht. Aber ich habe den Zimmerschlüssel mitgenommen.«

»Na und?«, fragt Pluvius, der natürlich an einen richtigen Schlüssel denkt.

»Heutzutage sind die Hotelschlüssel solche Plastikkarten, die man durch die Tür zieht«, kläre ich ihn auf.

»Und auf denen steht der Name des Hotels und die Adresse«, ergänzt Moritz.

Wir schweigen nachdenklich.

»Aber da steht doch kein Datum drauf, oder?«, fragt Pluvius. »Ich meine, dann kann derjenige oder diejenigen, die hier waren, nicht wissen, aus welcher Zeit genau du stammst?«

»Eigentlich nicht«, erwidert Moritz zögerlich, »aber ich

fürchte, ich habe heute Morgen eine Fahrkarte gezogen, um mit der Straßenbahn zu euch zu fahren.«

Wieder der verständnislose Blick von Pluvius.

»Auf den Fahrkarten steht genau, wo man einsteigt, das Datum und sogar die Uhrzeit«, stöhne ich.

»Und so was schleppst du einfach so mit dir herum?« Pluvius tippt sich an die Stirn. »Was ist eigentlich los mit dir? Das ist ja keine Spur, die du legst, du schlägst gleich eine Schneise!«

»Das war eine Tageskarte, Mann, die hebt man nun mal auf. Aber stimmt. Ich hätte natürlich vorhersehen können, dass meine Brieftasche geklaut wird, während wir uns mit einer Horde Neandertaler um einen Riesenball prügeln.«

Beide sind wieder einmal wütend aufeinander, aber dieses Mal mische ich mich nicht ein. Ich muss mich konzentrieren. »Wir gehen davon aus, dass keine Einheimischen hier eingebrochen sind«, überlege ich laut. »Leute aus einer anderen Zeit, also. Wenn sie nicht hinter uns her waren, und warum sollten sie, dann waren sie wohl hier, um meinem Vater einen Besuch abzustatten, den sie allerdings nicht angetroffen haben. Stattdessen haben sie herausgefunden, wer Moritz ist und wo er herkommt. Aber das bringt ihnen doch nichts, oder? Sie kennen weder Pluvius noch mich. Ihnen fehlt die Verbindung von Moritz zu meinem Vater.«

»Die Hütte ist die Verbindung«, sagt Pluvius. »Wenn sie deinen Vater nicht angetroffen haben, dann ist ihre einzige Spur . . .«

»Schon klar.« Moritz räuspert sich und richtet sich auf. Seine blauen Augen sind dunkel vor Sorge. »Äh, hättet ihr was dagegen, so schnell wie möglich zurückzuspringen und meine Eltern zu warnen?«

In der verwüsteten Hütte haben alle brauchbaren Spinnen längst das Weite gesucht, also nehmen wir die Maden. Moritz hatte einen Kuss vorgeschlagen, Pluvius eingewandt, dass solch ein Kuss mich sicher nicht mehr überraschen könnte, Moritz darauf entgegnet, seine Küsse seien immer aufs Neue überraschend, Pluvius darauf gesagt, er könne ihm auch mal überraschend eins aufs Auge geben und so weiter und so weiter.

Schließlich ist Pluvius auf die Idee mit dem madenverseuchten Käse aus dem Vorratshaus gekommen und den holt er jetzt hinter seinem Rücken hervor.

»Eins. Zwei. Dr. . .«

Eklige, wimmelnde Biester mit schwarzen Köpfen und glitschigen Leibern und . . .

»Deine Mutter. Du musst an deine Mutter denken«, höre ich von weither, das hätte ich beinahe vergessen. Ich will mich auf Mama konzentrieren, auf Mama und meine Schwestern, aber irgendwie schiebt sich immer das Bild meines Vaters dazwischen . . .

Und dann sind wir da. In unserem Vorgarten und es ist schon dunkel. Ich kann nur Moritz' Schemen erkennen und sehe mich suchend um.

»Pluvius?«

Ein leises Stöhnen antwortet mir. Zu unseren Füßen kauert eine zusammengekrümmte Gestalt, die Stirn auf dem kühlen Rasen.

»Pluvius? Geht es?« Ich knie mich neben ihn.

Als Antwort kommt nur ein weiteres Stöhnen.

»Das heißt wohl Nein«, sagt Moritz und ich boxe ihn gegens Knie. »Aua. Das tat weh.«

Ich ziehe an Pluvius, um ihm aufzuhelfen, doch der rührt sich nicht.

»Habt . . . ihr . . . das auch gesehen?«, bringt er heraus. »Den Saal, dann dieses Gebirge. Da. War. Ein Zeppelin. Und. Dann wieder. Rauch.«

»Nein«, sagt Moritz.

»Ich auch nicht«, sage ich.

Moritz runzelt die Stirn. »Vielleicht solltest du die Augen bei deinen nächsten Sprüngen lieber geschlossen halten.« Da hat er recht: Das mache ich auch immer.

»Ich musste lenken.« Pluvius keucht, als Moritz und ich ihm auf die Beine helfen. »Du hast. Deine Mutter. Nicht gesehen.«

Das stimmt. Also war das seine Stimme, die ich gehört habe. »Aber wir sind hier. Wir haben es geschafft.« An Moritz gerichtet sage ich: »Helfen wir ihm erst mal die Veranda hoch auf die Bank«, und das tun wir.

Jetzt müsste eigentlich das Licht angehen, wir haben einen Bewegungsmelder, aber der ist anscheinend kaputt.

»Und nun?«, fragt Moritz. »Ich sollte wohl besser gleich nach Hause gehen . . .«

In dem Moment geht doch noch das Licht an, aber es ist nicht das Verandalicht, sondern das Licht im Flur, das durch die Glastür herausfällt. Die Tür geht auf und heraus kommt meine Mutter.

»Dachte ich mir's doch«, sagt sie. »Dachte ich mir doch, dass ich Stimmen gehört habe.« Sie trägt ein weißes Nachthemd und darüber einen Poncho, den ich geliebt habe, als ich klein war, und mit dem ich mich immer als Indianerin verkleidet habe.

»Äh, ja«, stammele ich. »Wir sind's.«

»Alex hat behauptet, ihr wart im Kino.« Meine Mutter sieht an uns herunter.

»Ja, stimmt.« Man muss sich einen Haufen Ausreden merken, wenn man in der Zeit rumspringt. Das und der ewige Tee können einem die Sache wirklich verleiden. »Ins Kino. Da wollten wir hin. Aber Moritz hat . . . Moritz war . . .« Ich war noch nie gut darin, spontan zu lügen.

»Ich habe eine Verkleidungsparty veranstaltet«, kommt Moritz mir zu Hilfe.

»Genau«, sage ich erleichtert, obwohl das mit der Party natürlich gar nichts erklärt.

Was auch meiner Mutter auffällt. »Und dann?«, fragt sie und zieht sich den Poncho fester um ihre Schultern.

»Dann sind wir nass geworden«, sage ich mit Blick auf meinen ruinierten Rock.

»Ja. Weil jemand, ein Gast des Hotels, den Gartenschlauch angestellt hat«, sagt Moritz. »Die Party war draußen«, setzt er verlegen hinzu.

»Dann haben wir ein bisschen im Schlamm gespielt . . .«, nehme ich den Faden auf.

»Fußball gespielt.«

». . . und jetzt sind wir wieder hier.«

Ich kann das Gesicht meiner Mutter nicht erkennen, weil sie das Licht im Rücken hat, aber an der Pause, die entsteht, merke ich, dass sie uns kein Wort glaubt. Trotzdem sagt sie nur: »Ihr kommt jetzt am besten rein«, und hält uns die Tür auf. Auch dass wir Pluvius mehr oder weniger an ihr vorbeischleppen, kann ihr natürlich nicht entgangen sein, doch noch immer kommt kein Wort.

Das ist kein gutes Zeichen. Wie spät ist es überhaupt?

»Vielleicht bist du so nett und bringst Pluvius in sein Zimmer, Moritz? Danke. Ich habe mit meiner Tochter zu reden.«

Sage ich ja: kein gutes Zeichen. Missmutig trotte ich hinter ihr her in die Küche. Mama setzt sich an den Küchentisch und zeigt auf den Stuhl ihr gegenüber, auf den ich mich fallen lasse.

Sie sieht müde aus. Ist ja auch kein Wunder, denn ein Blick auf die Küchenuhr zeigt mir, dass es nach elf ist. Neben unserem Verkleidungspartygestammel ist auch noch die Kino-Ausrede aufgeflogen.

»Wann«, beginnt meine Mutter nach ein paar Sekunden, die sich wie eine Ewigkeit anfühlen, »wann haben wir eigentlich aufgehört, ehrlich miteinander zu sein?« Sie klingt traurig, und das trifft mich.

»Haben wir doch gar nicht«, murmele ich in meinen Schoß.

Wieder wird es ruhig zwischen uns. Die Küchenuhr tickt leise vor sich hin, als wäre sogar ihr diese Stille unangenehm, bevor Mama wieder den Mund aufmacht.

»Was ist mit Pluvius? Ist er betrunken?«

Ich sehe kurz hoch. »Nein. Natürlich nicht.«

»Was dann?«

»Ihm ist schlecht.«

»Das kann ich sehen. Warum ist ihm schlecht?«

Ich zögere und betrachte meine Hände.

»Ariadne«, sagt Mama, »vielleicht ist es wichtig, dass ich das weiß. Vielleicht ist er verletzt.«

»Er ist gesprungen«, sage ich düster.

Ihre nächste Frage überrascht mich. »Öfter in letzter Zeit?«

»Ja.«

Meine Mutter steht auf. »Dann werde ich besser sofort nach ihm sehen.«

Ich blicke auf. »Warum? Was ist denn, wenn er öfter springt?«

Sie zögert. »Zeitreisen ist kompliziert. Es gibt Nebenwirkungen. Pluvius muss sich zwischen den Sprüngen unbedingt erholen, vor allem, wenn er weit vor- oder zurückspringt, was er meines Wissens nie getan hat. Zumindest hat er mir nie davon erzählt.«

»Ich weiß«, flüstere ich.

»Wie geht es dir? Irgendwelche Schwindelgefühle? Kopfschmerzen? Siehst du irgendetwas doppelt?«

Mir ist mit einem Mal ganz übel, aber das kommt wohl daher, weil sie so wütend auf mich ist. Also schüttele ich den Kopf.

Mama nickt und steht auf. »Nun, das liegt wahrscheinlich daran, dass Pluvius dich mitnimmt und du nicht selbst springen kannst.«

Ich will schon den Mund aufmachen und ihr sagen, dass das nicht stimmt, dass ich es bin, die Pluvius mitnimmt, überlege es mir aber in letzter Sekunde anders. Keine gute Idee, ihr das jetzt auch noch auf die Nase zu binden.

An der Tür hält sie kurz inne. »Gibt es noch etwas, was ich wissen sollte?«

Ich schüttele den Kopf. Meine Gedanken überschlagen sich. »Raum-Zeit-Kontinuum«, sage ich nur. Das ist das Zauberwort, dem sich alle beugen müssen.

Auch meine Mutter. »Natürlich«, erwidert sie knapp. Sie schweigt eine Weile. Dann sagt sie: »Ich sehe nach Pluvius, dann fahre ich deinen Freund nach Hause.« Mit diesen Worten ist sie verschwunden.

Es dauert nicht lange, bis Moritz in die Küche kommt und

sich auf den Stuhl fallen lässt, auf dem gerade eben noch meine Mutter gesessen hat. »Es geht ihm wirklich schlecht«, sagt er.

Ich nicke. »Er muss sich unbedingt ausruhen zwischen den Sprüngen, sonst wird es noch schlimmer.«

»Warum hat er nichts davon gesagt?«

»Er weiß es wohl auch erst ab heute.« Keiner von uns sagt etwas. Um das nervtötende Ticken der Uhr zu übertönen und weil mir nichts Besseres einfällt, zeige ich auf den Kühlschrank und sage: »Falls du Hunger hast . . .«

»Nein, danke.« Moritz rutscht auf seinem Stuhl herum. »Ich bin etwas nervös wegen meiner Eltern . . .«

»Schon klar.« Ich erzähle ihm, dass ich nicht mitkommen kann, weil meine Mutter ihn zum Hotel fährt, und er sagt, das wäre schon in Ordnung. Ich solle ihn einfach am nächsten Morgen anrufen. Seine Handynummer schreibt er auf einen Zettel und heftet sie an den Kühlschrank, damit ich es auch nicht vergesse.

Dann sieht er mich an und ich muss einmal mehr seine Augen bewundern, auch wenn jetzt wohl kaum der richtige Zeitpunkt dafür sein dürfte. Die Mehlspur zieht sich immer noch durch sein Gesicht und lässt sie nur noch blauer erstrahlen, und es kommt mir mit einem Mal völlig verrückt vor, dass wir uns noch vor wenigen Minuten im Mittelalter befunden haben. Auch wenn er dieses unmögliche, borstig aussehende Hemd anhat. Die Sache mit der Gartenparty und dem Schlammfußball ist definitiv wahrscheinlicher.

»Woran erkenne ich die Leute denn, die in die Hütte eingebrochen sind?«, will Moritz wissen und kaut angespannt auf seiner Unterlippe.

»Sie haben deinen Ausweis bei sich?«, versuche ich ein Lächeln.

Er verzieht keine Miene.

»Sorry«, sage ich und werde wieder ernst. »Ich weiß es wirklich nicht. Du guckst, ob alles in Ordnung ist, sonst rufst du die Polizei.« Ich beuge mich zu ihm und greife nach seiner Hand. »Und morgen rufe ich gleich an. Oder besser noch: Ich komme vorbei, versprochen«, sage ich und er schenkt mir ein schiefes Lächeln.

Es soll ein Versprechen werden, das ich nicht halten kann.

Am nächsten Morgen habe ich Hausarrest.

»Was?«, rufe ich entsetzt, als ich völlig übermüdet, immerhin aber sauber und gekämmt in aller Herrgottsfrühe in der Küche erscheine und mir schnell noch einen Apfel greifen will. »Ich muss zu Moritz!«

Meine Mutter nimmt einen Löffel Brei ab und schiebt ihn Aella in den Mund, wobei sie beim Herausziehen eine geübte Drehung macht, um den Brei auch wirklich dort hinein zu befördern, wo er hingehört. »Du musst nirgendwohin«, sagt sie und passt den nächsten Löffel ab.

»Aber du verstehst nicht . . .«

»Nein, das tue ich in der Tat nicht. Vor allem, weil Moritz' Eltern, die ich um Mitternacht aus dem Bett geholt habe, gar nichts von einer Gartenparty wussten. Und keine Sorge: Dein Moritz darf heute sicher auch nicht weg. Falls ich seinen Vater richtig verstanden habe, kann er froh sein, wenn er nicht zu Verwandten in die Schweiz geschickt wird, um dort bis ans Ende der Ferien Kühe zu hüten. Vielleicht war es auch bis ans Ende seines Lebens.«

»Er ... er ... er ist nicht *mein* Moritz«, ist alles, was mir darauf einfällt. Schlagfertigkeit ist so früh am Morgen nicht meine Stärke. Ich lasse mich auf den Stuhl fallen, den ich gerade erst vor ein paar Stunden verlassen habe, und angele mir einen Apfel. Eigentlich bin ich erleichtert. Dass seine Eltern aus dem Bett geklingelt werden mussten, kann nur bedeuten, dass es ihnen gut geht und nichts Ungewöhnliches vorgefallen ist. »Dann kann ich ja wieder ins Bett gehen«, murmele ich zwischen zwei Bissen.

»Nichts da«, sagt meine Mutter. »Du fütterst Aella zu Ende, während ich die Wäsche runterhole.« Sie hält mir den Löffel hin. Seufzend gebe ich nach. In ihrer momentanen Stimmung ist es nicht gut, sie noch weiter zu reizen. »Und hör auf, Pluvius zu stören. Ich konnte hören, wie du in sein Zimmer gegangen bist.«

»Ich wollte nur nachsehen, wie es ihm geht«, verteidige ich mich.

»Lass es.« Sie zeigt mit dem Finger auf mich und ich klappe den Mund zu. Wenn sie erst mal mit dem Finger zeigt, sollte man nicht mal mehr auffällig atmen.

»Weiter geht's im Programm«, sage ich zu Aella, kaum hat meine Mutter das Zimmer verlassen. Ich nehme etwas Brei ab, halte die Zungenspitze dran, um zu testen, ob es zu heiß ist, und schiebe ihr den Löffel dann möglichst geschickt in den Mund. Sie schmatzt und bleibt sichtbar. »Wenigstens eine von uns hat gute Laune«, murmele ich.

Vierzehn Löffel später geht die Tür auf und Alex stürzt in die Küche. »Erzähl sofort«, verlangt sie atemlos und lehnt sich an den Kühlschrank. »War es unheimlich?«

»Unheimlich?« Ich schabe mit dem Löffel den Brei ab, der

Aella aus dem Mund quillt. »Nö, unheimlich nicht. Aber dreckig.« Und dann erzähle ich von der Hütte im Wald, dem Bruchenballspiel, dem Einbruch in die Hütte und selbst Aella scheint atemlos zu lauschen. Nur eins erwähne ich mit keinem Wort: Dass der Zeitreisende, den wir besucht haben, unser Vater ist. Ich kann es einfach nicht. Ich habe Alex' Verzweiflung und ihre Tränen noch zu gut in Erinnerung.

»Und jetzt? Was machen wir nun?« Vor lauter Konzentration fummelt Alex ständig am Kuhmagneten, unter dem wie zur Erinnerung Moritz' Telefonnummer hängt.

»Jetzt muss ich Moritz anrufen und ihm Bescheid sagen, warum ich nicht vorbeikommen kann. Kannst du bitte Aella weiterfüttern?« Ich wische meiner kleinen Schwester mit dem Lätzchen über den Mund. Das mag sie gar nicht und wird aus Protest sofort unsichtbar. Ich ignoriere sie (was ja in diesem Zustand nicht schwer ist) und reiche Alex den Löffel.

Die seufzt.

In diesem Moment klingelt das Telefon. Moritz ist dran. Mama kommt rein, reicht mir persönlich den Hörer und tastet dann nach Aella, während ich mich auf die Veranda verziehe. »Aber nicht so lange«, befiehlt sie, »und du bleibst hier und frühstückst«, Letzteres richtet sich an meine Schwester.

»Ich habe Hausarrest«, sage ich, sobald ich auf der Veranda bin und sicher sein kann, dass niemand mich hört.

»Ich auch«, sagt Moritz' Stimme. »Meine Eltern sind stinksauer wegen letzter Nacht, aber deswegen rufe ich nicht an. Es ist tatsächlich etwas passiert.«

»Und was?«

»Meine Mutter sagt, ein Mann hätte sie in der Hotellobby angesprochen und nach mir gefragt. Das war eine Stunde oder zwei, nachdem ich weg gewesen bin. Sie wollte ihm nicht sagen, wo ich stecke, aber der Mann sagte, er hätte mein Portemonnaie gefunden. Im Aufzug. Meine Mutter hat ihm erklärt, dass ich bei einer Freundin wäre und sie mir das Portemonnaie später geben werde, doch darauf wollte der Mann sich nicht einlassen. Er hat sich als Privatdetektiv des Hotels ausgegeben und behauptet, das sei nicht das erste Mal, dass so etwas passiert, und er wolle schnell und diskret eine Untersuchung durchführen. Und dafür müsse er mich befragen.«

Mir wird eiskalt. »Und da hat deine Mutter ihm gesagt, wo du bist.«

»Nein, hat sie nicht. Für wen hältst du meine Mutter? Sie hat gesagt, er müsse warten, bis ich zurück bin, und hat das Portemonnaie von ihm zurückgefordert. Er hat es ihr auch gegeben, na ja, und das war's. Ich hab meine Sachen wieder.«

»Gut. Das ist ja schon mal gut, oder?«

»Wie man's nimmt. Wir wissen jetzt auf jeden Fall, dass sie hier sind, was immer sie auch wollen.«

Stimmt auch wieder. »Du hast deine Mutter nicht zufällig gefragt, wie der Mann aussah, oder?«

»Klar habe ich das.« Moritz klingt beleidigt. »Er war klein, ›untersetzt‹ nennt meine Mutter das, und hatte schütteres Haar. Das Auffälligste an ihm ist wohl eine runde Brille gewesen, mit nur einem Glas, die er sich immer vors Auge geklemmt hat . . .«

»Ein Monokel«, unterbreche ich ihn. Mir wird kälter als kalt.

»Ja, genau, das war's. Kam eben nicht auf den Namen. Ja, ist ja schon gut!« Das Letzte schreit er.

»Was?«

»Meine Eltern. Ich habe auch Telefonverbot. Das ist der eine Anruf, der jedem Gefangenen zusteht; gleich kassieren sie mein Handy wieder ein. Ich muss jetzt Schluss machen.«

»Moritz, den Mann kenne ich, das ist der Hundemann«, rattere ich so schnell wie möglich herunter. »Kannst du dich noch an den Tag erinnern, als du das erste Mal bei uns warst? Da war er auch da. Kam angeblich, um unseren Hund zu überprüfen. Du bist direkt an ihm vorbeigegangen.«

Moritz zögert. »Doch«, sagt er schließlich, »jetzt fällt es mir wieder ein.«

»Oh nein.« Ich sehe zur Straße und erwarte, dort jederzeit einen untersetzten Mann mit schütterem Haar und Monokel vorbeispazieren zu sehen. »Wenn du dich daran erinnerst, dann tut es der Hundemann früher oder später sicher auch.«

Krisensitzung bei Pluvius im Zimmer. Endlich, endlich ist er aufgewacht und Mama so sehr mit Aella beschäftigt, die immer noch nicht sichtbar geworden ist, dass Alex und ich uns zu ihm schleichen können.

Unser zukünftiger Großonkel sieht müde und blass aus, richtet sich aber auf, als wir hereinkommen und die Tür schließen.

Ich erkläre Pluvius kurz den Ernst der Lage. »Dass der Hundemann überhaupt im Hotel vorbeigegangen ist, kann nur bedeuten, dass er Moritz nicht gleich auf dem Bild in seinem Ausweis erkannt hat. Moritz sagt, es wäre ein sehr altes Foto, auf dem er noch raspelkurze Haare hat. Doch irgendwann wird es ihm einfallen. Spätestens, wenn er die Familie Haußmann beobachtet und Moritz in natura sieht. Er sieht schon sehr ... äh«, ein rascher Blick zu Pluvius, »einprägsam aus.«

Pluvius verzieht das Gesicht. »Einprägsam«, wiederholt er und zieht das Wort dabei unnötig in die Länge.

Ich gehe darüber hinweg. »Also. Was machen wir?«

Wir sehen uns allesamt ratlos an. Alex, die auf dem Sessel unter einem bedrohlich gebogenen Regal sitzt, durchbricht als Erste die Stille. »Was hat euch denn dieser merkwürdige Zeitreisende geraten?«

Ich bemerke Pluvius' Blick und bin ihm dankbar, dass er in Bezug auf unseren Vater den Mund hält. Schnell antworte ich: »Er wollte sich darum kümmern und zunächst etwas über den Zeitriss in Erfahrung bringen . . .«

»Hey«, sagt Pluvius, »das darf ich gar nicht hören.«

». . . und über das Kästchen: Ihr wisst schon, welches.« Es ist mittlerweile echt kompliziert, sich zu merken, wer was wissen darf und was nicht.

»Wie denn?«, fragt meine Schwester.

»Er wollte jemanden suchen, der eigentlich auf das Kästchen aufpassen sollte«, versuche ich, mich an den genauen Wortlaut zu erinnern.

»Es geht um ein Kästchen?«, fragt Pluvius.

Wieder ignoriere ich ihn. »Jemanden, der von Kästchen so viel versteht wie ich von Fäden, so oder so ähnlich hat . . . hat der Zeitreisende es ausgedrückt.«

Pluvius richtet sich noch weiter auf. »Es geht um ein Kästchen?«

»Ja, sagte ich doch.« Mittlerweile ist es mir auch egal, wer was hört. So, wie es aussieht, ist dieses Raum-Zeit-Dingsbums noch unser geringstes Problem.

»Das Kästchen . . . eine Büchse«, sagt Pluvius und pfeift durch die Zähne.

Alex und ich starren ihn an.

»Kästchen oder Büchse, da scheiden sich die Geister. Es ist wahrscheinlich ein Übersetzungsfehler, aber es gibt nur ein wirklich wichtiges Kästchen, das in die Mythologie eingegangen ist: Das Kästchen beziehungsweise die Büchse der Pandora.«

»Wie kommst du denn jetzt darauf?«, fragt Alex.

»Wir haben doch alle mythologische Namen, oder? Das ist in unserer Familie Tradition.«

»Ja, und?«

»›Jemand, der von Kästchen so viel versteht wie Ariadne von Fäden‹, hat . . . der Zeitreisende gesagt. Also jemand mit einem mythologischen Namen. Ariadne ist die mit den Fäden. Na ja, und Pandora ist die mit der Büchse oder halt dem Kästchen, wenn man so will.«

Das leichte Zögern, wann immer Pluvius oder ich auf meinen Vater zu sprechen kommen, fällt meiner Schwester Gott sei Dank nicht auf. »Und?«, fragt Alex. »Wir kennen keine Pandora und es hat auch niemand jemals eine Pandora erwähnt.«

»Na ja, ihr kennt sie nicht und darüber gesprochen wird auch nicht, aber wir haben sehr wohl eine Pandora in der Familie«, sagt Pluvius und lässt sich zurücksinken auf die Kissen. »Sie ist eine Cousine eurer Uroma Kassandra.« Er schließt die Augen. »Und sie ist meine Mutter.«

Familiengeheimnisse sind doch etwas Schönes. Ich meine, wer will schon wissen, wer sein Vater, seine Mutter, seine Tanten und Onkel wirklich sind, wohin sie verschwinden, was sie tun und lassen? Ist doch viel spannender, wenn einem seine Familiengeschichte stets aufs Neue um die Ohren fliegt, man auf verschwundene Väter trifft oder auf Urgroßcousinen, von deren Existenz man nicht einmal etwas ahnte.

Alex ist nur erstaunt. Ich bin wütend. Stinkwütend. Ich habe es so satt, in diese Familie hineingeboren worden zu sein. Ich will eine normale, nein, besser noch: eine andere Familie. Eine in Frankreich oder so. Wir machen Urlaub oder sehen Fernsehen, streiten uns, gehen einkaufen . . .

»Einkaufen«, sage ich laut und erhebe mich von Pluvius' Bett, an dessen Fußende ich gesessen habe. »Das ist es, was ich jetzt tun will. Kleider, Schuhe, Handtaschen. Und einen Urlaub am Meer. Und, ach ja, ich will unbedingt Wasserski laufen lernen, wenn ich erst mal in Frankreich lebe.« Und dann gehe ich aus dem Zimmer und knalle so laut die Tür zu, dass Aella ein Stockwerk tiefer anfängt zu weinen.

Nun, zum Heulen ist mir auch. Ich gehe in mein Zimmer, dessen Tür sich leider nicht so dramatisch zuwerfen lässt, sondern nur mit einem matten »Plopp« ins Schloss fällt, und lasse mich aufs Bett fallen. Mein Herz tut mir weh, mein Kopf hämmert. Ich bin müde und fühle mich zerschlagen. Belogen und benutzt. Soll doch mein Vater die Angelegenheit regeln. Soll er doch seine . . . was ist sie eigentlich für ihn? Seine angeheiratete, entfernte Oma oder so suchen und das Kästchen gleich mit und Pluvius sowieso. Mir ist das ab sofort ja so was von egal.

Es klopft an der Tür, aber ich reagiere nicht. Es klopft noch mal und ich schreie »hau ab« ins Kissen, doch es ist nicht meine Schwester, es ist Pluvius und er haut auch nicht ab, sondern steht schwer atmend und bleich im Türrahmen. Fast könnte er einem leidtun. Aber nur fast.

»Ariadne«, sagt er, »kann ich reinkommen?«

Ich reagiere nicht. Aber als er sich neben mich aufs Bett setzt, mache ich ihm dann doch ein bisschen Platz.

»Ariadne, es tut mir leid«, sagt er und streicht sich über die Stirn. »All diese Lügen, diese Geheimnisse – das muss schwer für dich sein. Aber es geht nicht anders. Diese Familie, oder zumindest einige Mitglieder dieser Familie, reist durch die Zeit. Ein falscher Schritt, ein Zuviel oder Zuwenig und es könnte eine Katastrophe nach sich ziehen. Wie die mit meinem Urururopa Phineus.«

Die Neugier siegt über meine Wut. »Was hat er denn gemacht, dieser Phineus?«, frage ich verschnupft.

»Phineus hatte eine Nichte, Andromeda. Er hat sie all die Jahre beobachtet, sie begleitet vom kleinen Mädchen bis zur Frau und sich schließlich in sie verliebt. Deswegen ist er eines Tages in der Zeit vorausgesprungen und hat gesehen, was aus ihr werden würde. Und das hat ihm nicht gefallen, denn Andromeda schenkte ihr Herz einem ganz normalen Mann, einem Bankangestellten. Am Tag ihrer Hochzeit tauchte Phineus auf, betrunken, fast irrsinnig vor Schmerz und sagte ihr voraus, was mit ihr und ihrem Mann geschehen würde. Alles, bis ins kleinste Detail. Wie sie zunächst glücklich sein, jedoch keine Kinder bekommen werden. Wie darüber ihre Ehe zerbricht, sie selbst immer verzweifelter wird, wie ihr Mann sie betrügt und schließlich verlässt, bis sie schlussendlich wirr im Kopf und arm und mittellos in einem städtischen Heim stirbt. Das alles erzählte er ihr und weißt du, was passierte?«

Ich schüttele den Kopf.

»Sie versteinerte. Nicht nur buchstäblich, sondern wirklich. Sie erlitt eine Art Schlaganfall, der zunächst ihre Sprache und ihren linken Arm, dann immer mehr von ihrem Körper lähmte, bis sie schließlich nur noch die Augen bewegen konnte. Und mit ihren Augen tötete sie schließlich Ururopa Phineus, der ihren Blick nicht mehr ertrug und sich im Keller seines Hauses erhängte.«

»Oh«, sage ich. Ich versuche, mir diesen Blick vorzustellen. Den Blick, mit dem man alles in seiner Zukunft gesehen hat, alles auf einmal. »Oh«, wiederhole ich und starre auf meine Hände.

Pluvius atmet hörbar ein. »Ich weiß, es ist nicht leicht, mit Geheimnissen zu leben, aber glaub mir: Mit der Wahrheit ist es manchmal noch viel, viel schlimmer. Und da wir oft nicht mal wissen, was Wahrheit ist oder Lüge, was Zukunft oder nur mögliche Zukunft, sagen wir lieber nichts. Und halten die Lüge einfach aus.«

Ich schaue hoch und betrachte Pluvius von der Seite her. »Ist gut«, sage ich leise.

»Ja, gut«, sagt er und bewegt sich nicht.

Sekundenlang, vielleicht sind es auch Minuten, sitzen wir nur nebeneinander. Dann streckt Pluvius langsam die Hand nach meiner aus. Und plötzlich ist es wieder da, dieses Kribbeln. Ich schließe die Augen und stelle mir vor, wie es wäre, wenn Pluvius sich jetzt zu mir rüberbeugen und mich küssen würde. Pluvius scheint den gleichen Gedanken gehabt zu haben, denn als ich die Augen wieder aufmache, ist sein Gesicht ganz nah vor meinem. Eine gefühlte Ewigkeit verharren wir so, dann fasse ich mir ein Herz und bewege mein Gesicht vorsichtig auf seins zu . . .

Schlagartig lässt Pluvius seine Hand fallen und rutscht von mir weg. Er sieht erschrocken aus.

»Wir können«, sagt er mit belegter Stimme, »wir können das nicht tun.«

Ich starre ihn an.

Er steht auf, schwankt ein wenig, greift nach dem Schreibtischstuhl und setzt sich vorsichtig darauf. Als müsse er einen Sicherheitsabstand zwischen uns schaffen.

»Pluvius?«, frage ich leise, als ich meine Sprache wiedergefunden habe.

Er schaut hoch.

»Du bist nicht mein Urururopa, so wie dieser Phineus. Und wenn meine Uroma und deine Mutter nur entfernte Cousinen waren, dann sind wir praktisch nicht mal miteinander verwandt.«

Pluvius nickt, dann steht er auf. Wieder schwankt er, muss erst sein Gleichgewicht finden, dann geht er zur Tür. »Du weißt gar nichts, Ariadne«, sagt er, doch es klingt nicht gemein, nur traurig und er sieht mich nicht an dabei.

Ich starre noch eine endlose Weile auf die Tür, die sich hinter ihm geschlossen hat.

Kapitel 4

Ein allgemeiner Hausarrest im Haus der Familie Wallenstein heißt: keine Freunde, keine längeren Telefonate, keine Computer- oder Gameboyspiele (mag ich eh nicht sonderlich), kein Fernsehen außer Nachrichten (und wer will die schon sehen). Verschärfter Hausarrest würde bedeuten, zusätzlich sogar noch von der Schule abgeholt und wieder hingebracht zu werden, was bislang nur Alex passiert ist, weil sie statt um elf Uhr abends um zwei Uhr morgens nach Hause gekommen ist. Mama hat mitnichten die Polizei gerufen, sondern sich einen Sessel in den Flur gestellt und eine Kanne Kaffee gekocht. Dann hat sie gewartet. Ich glaube, der Schreck den Alex bekommen hat, war viel schlimmer als der verschärfte Hausarrest, den Mama sowieso nur vier Tage durchgehalten hat.

Allgemeiner Hausarrest schließt nicht den Besuch bei Verwandten ein, also darf ich tatsächlich zu Oma Penelope fahren.

»Und ich muss nicht anrufen und kontrollieren, ob du auch wirklich da bist, oder?«, fragt meine Mutter.

Ich schüttele den Kopf und werde rot. »Nein, musst du nicht«, murmele ich und überlege den ganzen Weg über in der Straßenbahn und im Bus, wie ich das mit meiner Mutter wieder hinkriegen kann. Immer noch besser, als ständig an Pluvius denken zu müssen. Ich hasse Lügen und Geheimnisse. Und ich finde sie auch nur schwer auszuhalten.

Oma Penelope ist überhaupt nicht überrascht, mich zu sehen. Sie hat unzweifelhaft vorausgesehen, dass ich kommen würde, wenn auch wahrscheinlich erst vor ein paar Minuten.

Ich folge ihr in die Küche und lasse mir einen Eistee einschenken. (Gibt es etwas Ekligeres als Tee? Ja, kalten Tee.) Ich weiß nicht, wie ich vorgehen soll, also frage ich zunächst einmal nach Uroma Kassandra.

»Die hat sich hingelegt«, sagt Oma Penelope und reicht mir mein Glas.

Ich murmele einen Dank.

»Und was wolltest du mit ihr besprechen, Kind?«

Da ich Lügen nicht ausstehen kann und Pläneschmieden auch nicht gerade mein Ding ist, sage ich es geradeheraus: »Ich wollte sie etwas zu ihrer Cousine fragen.«

»Ihrer Cousine?« Oma Penelope runzelt die Stirn. »Oh, ach, du meinst . . . ach so. Am besten, wir setzen uns nach draußen.«

Mit dem Teeglas in der Hand, in dem leise die Eiswürfel aneinanderklirren, folge ich meiner Oma in den Garten. Einen schmalen, handtuchbreiten, dafür aber sehr langen und wunderschönen Garten.

An der Mauer zum Nachbargrundstück wächst Efeu und davor und auf der anderen Seite des Gartens stehen Blumenkübel und Töpfe in verschiedenen Größen und Formen. Am hinteren Ende kann ich ein kleines Gewächshaus erkennen, wahrscheinlich zieht Oma Kassandra dort ihre Kräuter. Wo vor dem Haus das Chaos herrscht (ganz zu schweigen von den Puppenköpfen und -armen, die wie merkwürdige Gartenzwerge in der Erde stecken), ist hier alles klar und wunderschön angeordnet. Die vielen verschiedenen Blumen in den Gefäßen haben allesamt weiße Blüten. Ich erkenne die langstieligen, hohen Kelche, die in der Hotellobby diesen intensiven Duft ausgeströmt haben, davor stehen kunstvoll geschnittene Buchsbäume, unter hochgebundenen Rosen sind weiße Stiefmütterchen gepflanzt, in Töpfen wachsen Margeriten und mit winzigen Blüten besetztes Moos.

»Wow!«, sage ich und kann mich kaum losreißen von dem Anblick.

»Na ja«, sagt Oma Penelope und lässt sich auf eine zierliche Gartenbank fallen. »Das hier ist das Reich meiner Mutter. Ich habe dafür den Vorgarten.« Sie wirft mir einen prüfenden Blick zu.

Ich nehme rasch einen Schluck Eistee, um nicht direkt darauf eingehen zu müssen. »Was sind das eigentlich für Blumen?«, frage ich dann und zeige auf die großen Hotellobbyblumen.

»Lilien. Mutter kombiniert sie vorzugsweise mit weißen Petunien und Buchsbaum.« Sie seufzt, als sei das ein Verbrechen.

Ich beschließe, nicht näher auf die unterschiedlichen Ansichten über Gartengestaltung einzugehen, und setze mich stattdessen auf die gusseiserne, von Efeu umrankte Bank neben meine Oma. Es ist schattig und kühl, der Duft betörend. Falls jemals eine Kulisse für »Der verzauberte Garten« gebraucht wird, werde ich auf jeden Fall den Garten meiner Uroma ins Gespräch bringen. Vielleicht bekomme ich dafür Tantiemen.

»Du willst also etwas über Pandora wissen«, beginnt Oma Penelope und nippt an ihrem Tee. »Wie bist du auf sie gekommen?«

Wieder spüre ich, wie Ärger in mir hochsteigt. Darauf kommen, natürlich: Freiwillig erzählt einem in dieser Familie niemand etwas. Ich atme tief durch und lasse Efeu und Blüten beruhigend auf mich einwirken. »Pluvius hat sie erwähnt«, erwidere ich so höflich wie möglich.

»Hat er das?« Mehr sagt sie nicht. Eine Zeit lang kann ich nur das Summen der Insekten um uns herum hören und das Klirren der Eiswürfel, wenn meine Oma ihr Glas an den Mund setzt.

»Er sagt, sie sei seine Mutter«, fahre ich mutig fort. Es soll ihr klar werden, dass es für Ausflüchte zu spät ist.

»Das stimmt«, beginnt Oma Penelope leise und schluckt. »Pandora war eine hübsche und abenteuerlustige Frau. Sie hatte lange rote Haare und Sommersprossen und sprühte nur so vor Lebensfreude. Meine Mutter nannte sie immer nur ›diese überdrehte, gefleckte Person‹, aber ich mochte sie. Sehr sogar. Sie brachte mir Geschenke mit, außergewöhnliche Geschenke: einen wunderschönen Stift oder eine Feder, einen funkelnden Stein, einen Bilderrahmen. Pandora benutzte ihre Gabe, um Sachen mitzubringen. Schöne Sachen, nichts, was sie aus Eigennutz verkauft hätte oder so, nichts, um sich zu bereichern. Sie liebte einfach kleine Dinge. Ihre Gabe, in der Zeit zu springen, war ungeheuer ausgeprägt. Sie war Mitglied in der Gesellschaft der Zeitreisenden und bald eine ihrer Führungspersönlichkeiten; ja, man munkelte sogar, sie würde den Zirkel leiten. Dann, eines Tages, brachte sie wie immer ihren Sohn zu uns, Pluvius, da war er vier Jahre alt. Das tat sie immer, wenn sie für längere Zeit wegmusste. Ich war zwar erst neun und weiß nicht mehr viel, aber ich glaube, mich zu erinnern, dass sie dieses Mal ungewöhnlich nervös war. Pandora wollte Pluvius wieder abholen, vielleicht in einigen Stunden, vielleicht ein paar Tage später, aber sie kam nicht. Wir sahen sie nie wieder.«

Sie verstummt und ich beobachte eine Ameise, die in dem Efeu über mir turnt und sich dann in selbstmörderischer Absicht direkt in mein Glas fallen lässt. »Was ist das für eine Gesellschaft, die Pandora geleitet hat?«, will ich wissen, während ich meinen Finger in das Glas stecke und versuche, das lebensmüde Insekt zu retten.

»Ich weiß nicht viel darüber«, erwidert Oma Penelope. »Das geht nur Zeitreisende etwas an. Und die sprechen nicht mit Außenstehenden drüber.«

Ob mein Vater auch Mitglied dieser Gesellschaft ist?

Na endlich. Die Ameise klammert sich fest und ich kann sie vorsichtig an einem Blatt neben mir abstreifen. »Wo Pandora jetzt wohl sein mag? Vorausgesetzt sie ist noch am Leben?«

»Es gab kaum einen Tag, mein Kind, an dem ich mich das nicht gefragt habe. Und Pluvius sicherlich noch öfter.« Sie hat ihr Glas ausgetrunken und stellt es zwischen uns. »Am Anfang, als Pluvius und ich noch damit rechneten, dass sie jederzeit zur Tür hereinspaziert kommt, habe ich Geschichten für ihn erfunden. Seine Mutter war in allen die Hauptperson. Wo sie steckt, was für Abenteuer sie erlebt. Doch dann, als die Tage länger und länger wurden, zu Wochen, Monaten und schließlich sogar Jahren wurden, hörte ich auf damit. Pluvius und ich erwähnten sie nicht mehr. Wir taten so, als hätten wir sie vergessen. Meine Mutter verkaufte Pandoras Nachlass. All die schönen Dinge, die sie gesammelt hatte. Als sei sie tot.«

Ich nicke düster. Ich kann mich nur zu gut daran erinnern, wie es ist, auf jemanden zu warten, der nicht mehr wiederkommt. »Ihr Nachlass«, hake ich ein. »War eine Büchse darunter? Eine Dose, eine Schachtel, irgendetwas in der Art?«

Meine Großmutter lächelt mich an. »Ah, du spielst natürlich auf die Bedeutung der Namen an«, sagte sie. »Aber nein, an eine Büchse kann ich mich nicht erinnern.«

Enttäuscht schnippe ich eine Ameise weg, die auf meinem Knie herumkrabbelt. Wäre ja auch zu einfach gewesen.

»Falls du die Spieluhr nicht mitzählst.«

»Was?« Ich sehe hoch. »Welche Spieluhr?«

»Das war eigentlich das Einzige in Kastenform, an das ich mich erinnere. Tante Pandora hat sie mir gegeben und ich erinnere mich nur deshalb so gut an sie, weil sie kaputt war: Sie ließ sich nicht öffnen. Ich war natürlich enttäuscht und wollte mich bei ihrem nächsten Besuch darüber beschweren, nur war es das letzte Mal, dass ich sie gesehen habe.«

Ich bin plötzlich ganz aufgeregt. »Hatte die Spieluhr einen Schlüssel?«

»Ja, wahrscheinlich, zumindest hatte sie ein Schlüsselloch. Aber einen Schlüssel habe ich nie gesehen.«

»Und hat sie ausdrücklich gesagt, dass es sich um eine Spieluhr handelt?«

Oma Penelope runzelt die Stirn. »Ich habe es angenommen. Soweit ich mich erinnere, hat sie gesagt, die Uhr könne spielen . . .«

»Spielen?«

»Na ja, springen, hüpfen oder so. Und sie würde mir zeigen, wie es funktioniert. Du musst dazu wissen, dass sie nichts von Pluvius und seiner Begabung wissen konnte. Ich denke, sie setzte große Hoffnungen in mich, dass ich es sein würde, die in ihre Fußstapfen tritt: Meistens sind es die Frauen in unserer

Familie, die in der Zeit springen können. Nun, wie man sieht, hat sie sich in diesem Punkt geirrt.«

»Und die Spieluhr? Was ist aus der geworden?«

»Tja, was wurde daraus?« Oma Penelope runzelt so stark die Stirn, als wolle sie ihre Erinnerungen in Falten legen, um sie besser durchforsten zu können. Dann sieht sie auf. »Nein, ich weiß es beim besten Willen nicht mehr.«

»Hast du sie weggeworfen? Verschenkt? Hast du sie zur Reparatur gegeben?«

»Augenblick mal, Reparatur. Ja, das stimmt. Jahre später, als ich gerade von zu Hause ausgezogen war, da habe ich sie unter meinen Sachen gefunden. Und wollte Pluvius bitten, sie zu reparieren. Das war kurz bevor er verschwand.«

»Was? Er ist verschwunden?« Meine Stimme klingt schrill.

»Ja und nein. Er verschwand und tauchte wieder auf, mal jünger, mal älter. Aber geblieben ist er nie für längere Zeit. Er wurde das, was man einen ›Zeit-Vagabunden‹ nennt.«

Ich bin sprachlos. Muss über die Konsequenzen nachdenken, die das hat – aber nicht jetzt. Jetzt geht es um Pandora. »Und was ist mit dem Kästchen passiert?«

»Ja, was eigentlich?« Meine Großmutter überlegt angestrengt. »Ich hab sie weggegeben, ja, das weiß ich noch. Ha, jetzt fällt es mir wieder ein: Ich habe sie einem Freund mitgegeben, damit der sie Pluvius gibt.«

»Bist du dir sicher?«

»So sicher wie man sich sein kann nach über vierzig Jahren. Komm du erst mal in mein Alter, Ariadne, dann werden wir sehen, ob . . .«

»Und der Freund«, unterbreche ich sie atemlos. »Kanntest du den? War der öfter bei euch? Wer war es?«

»Keine Ahnung.« Oma Penelope runzelt wieder die Stirn, dann bricht sie auf einmal in Kichern aus. »Ich habe keine Ahnung, wer das war, aber ich weiß noch, dass er aus Versehen alle meine Haschplätzchen aufgegessen hat.«

Wir sitzen inzwischen im Wohnzimmer, nachdem ständig Ameisen auf uns runtergeregnet sind, und ich muss das Ganze erst einmal verdauen. Es ist nicht möglich, dass sie Moritz meint, oder doch? Oma Penelope kann sich nicht an mehr erinnern, so sehr sie es auch versucht: Nur das mit den Plätzchen weiß sie noch. Das kann kein Zufall sein, oder?

Mittlerweile ist auch Uroma Kassandra aus ihrem Mittagsschlaf aufgewacht und Oma Penelope ist in der Küche verschwunden, um die dritte Kanne Tee zu kochen.

»Wer warst du doch gleich?« Uroma Kassandra beugt sich vor.

»Ariadne«, wiederhole ich mechanisch zum dritten oder vierten Mal.

»Ach ja, von Theresa, nicht wahr. Du hast meine Locken geerbt, A-Kindchen.«

»Ich weiß.« Auch das kommt automatisch.

»Du weißt, du weißt. Was weißt du schon? Ihr jungen Dinger denkt immer, dass ihr alles besser wisst. Dabei wisst ihr nichts, gar nichts.«

Als hätte es ein Eigenleben, fliegt mir ein gehäkeltes Platzdeckchen an den Kopf, das eben noch unschuldig neben mir auf dem Beistelltisch gelegen hat. Ich klaube es mir verblüfft vom Gesicht und starre es an. Dann sehe ich meiner Uroma in die Augen, die in ihrem Sessel sitzt und sich nicht einen Millimeter gerührt hat. »Dann erzähl es mir doch, Oma Kassandra.

Erzähl mir doch, wie es war, als Pluvius zu euch ins Haus gekommen ist.«

»Ach das Balg«, zischt Uroma Kassandra. »Das wollte keiner haben. Sie kam ja auch nicht, um es abzuholen.«

»Pandora?«

Wusch!, saust ein Porzellanhündchen an mir vorbei und landet glücklicherweise auf dem Sofa. Ich nehme mir vor, nicht zu vergessen, dass alle, wirklich alle in meiner Familie ihr Hexending haben, und den Namen Pandora möglichst nicht mehr zu erwähnen.

»Sie war meine Großcousine«, fährt Uroma Kassandra fort. »Die hübsche Pandora, die lustige Pandora, die Pandora, die ein uneheliches Balg bekam, das ich aufziehen musste.«

Der Beistelltisch wackelt und ich lege erst das Platzdeckchen und dann beide Hände darauf. »Das war bestimmt nicht leicht«, versuche ich, sie zu beschwichtigen.

»Leicht? Leicht?« Oma Kassandras Stimme schraubt sich nach oben und ich sehe mich rasch um, ob sich nicht etwas Schweres selbstständig macht. »Er war ihr so ähnlich«, höre ich sie mit einem Mal sagen und ihre blassen Augen füllen sich mit Tränen. »Und ich habe sie so vermisst.« Ihre Stimme ist kaum mehr als ein Flüstern.

Darauf war ich nicht vorbereitet. »Wen vermisst? Pandora?«, frage ich verblüfft und dieses Mal erwischt mich fast ihre Teetasse, die an mir vorbeifliegt und neben der Tür zerschellt. Braune Flüssigkeit läuft die Tapete herunter, doch Uroma Kassandra macht nicht den Eindruck, als hätte sie das bemerkt.

»Ich habe alle ihre Sachen verkauft.« Dieses Mal klingt ihre Stimme triumphierend. »Das macht man so, wenn Menschen sterben. Wertloser Plunder, größtenteils, doch der Mann mit dem Monokel hat mir einen guten Preis dafür gemacht.«

»Der Mann mit dem Monokel?« Meine Stimme überschlägt sich fast.

Uroma Kassandra wendet ihren Kopf und sieht mich misstrauisch an. »Wer, sagtest du, bist du noch gleich?«

»Eins der A-Kindchen von Theresa«, sage ich rasch. »Welcher Mann mit Monokel?«

»Der Sammler«, erwidert meine Uroma.

Sammler! Der Monokelmann ist tatsächlich ein Sammler, der ... wie hatte es mein Vater doch gleich ausgedrückt? Ach ja: Sammler sind unsere größten Feinde. Sie greifen uns nicht an, heften sich aber an unsere Fersen. Um die Zeit zu durchlöchern wie einen Schweizer Käse.

Uroma Kassandra will einen Schluck Tee nehmen, greift nach dem Platz, an dem ihre Tasse gestanden hat und runzelt die Stirn. »Ich hätte schwören können ...«, murmelt sie.

»Also, ein Mann mit Monokel, der Sammler, hat Pan... hat den Nachlass von deiner Cousine gekauft, die verschwunden war.«

»Ja, aber er war nicht zufrieden, nein, das war er nicht. Er kam zurück, weil etwas fehlte.«

»Was denn?«

»Das hat er nicht gesagt.« Uroma Kassandra beäugt immer noch misstrauisch den leeren Platz neben sich und wischt darüber, als sei ihre Tasse nur unsichtbar geworden. Dann riecht sie merkwürdigerweise an ihren Fingern. Noch bevor ich den Mund aufmachen kann, um darauf zu reagieren, kommt Oma Penelope mit ihrem Tablett ins Zimmer. »Alles in Ordnung?«, fragt sie, während sie es auf die Anrichte stellt.

»Ordnung? Was soll schon in Ordnung sein in einem Haus, in dem eine alte Frau nicht mal eine Tasse Tee bekommt«, knurrt meine Uroma und sieht mich anklagend an.

»Einen Mann mit Monokel«, wende ich mich an Oma Penelope, ohne auf meine Uroma einzugehen, »hast du den auch einmal gesehen?«

»Einen Mann mit Monokel?« Meine Oma schüttelt den Kopf. »Nicht dass ich wüsste.«

Ich muss nachdenken, mich konzentrieren. Mein ganzer Körper summt, Bilder schießen mir durch den Kopf, wirbeln durcheinander wie die Zeiten. Ein Hundemann, eine Hütte im Wald. Eine junge, lachende Penelope, Moritz, der an ihrem Küchentisch einschläft. Puppenköpfe und Klaviere, meine Mutter auf einem Sessel mitten im Flur . . . Nein, so geht es nicht. Ich muss mit jemandem darüber sprechen. Und ich muss diesen Jemand auch fragen, was mit der Spieluhr passiert ist. Der Spieluhr, die der Sammler zweifellos sucht.

Stubenarrest interessiert nur die Erziehungsbeauftragten, meistens Eltern, und die Betroffenen, ihre Kinder. Hotelangestellte sind zum Glück ausgeschlossen von solchen Maßnahmen und so ist es nicht schwierig, an dem Portier vorbei zum Fahrstuhl zu gelangen. Nicht so schwierig zumindest, wie in das Hotel hineinzukommen: Aus Angst vor etwaigen Beobachtern habe ich mich durch den Hintereingang und die Küche emporgearbeitet, ein Weg, den ich dank der Spinnensuche schon kannte. Jetzt stehe ich in der Lobby und warte auf den Fahrstuhl.

Es kommt mir wie eine Ewigkeit vor, seit meine Schwester und ich uns hier hinter den Blumen versteckt haben. Lilien, wie ich jetzt weiß. Sie duften noch immer betörend und erinnern mich an unser erstes Abenteuer, den ersten gezielten Sprung mit Alex.

Mit einem leisen »Ping« öffnen sich die Türen und ich steige ein. Ebenso leise pingend entlassen sie mich auf das Stockwerk, auf dem Moritz wohnt. Sein Zimmer hätte ich auch gefunden, wenn ich noch nie zuvor da gewesen wäre: Hinter einer der Türen hört jemand ohrenbetäubend Black Eyed Peas und ich muss erst das Ende des Songs abwarten, bevor mein Klopfen wahrgenommen wird.

»Oh, du bist's«, sagt ein halb nackter Moritz, der mich mit einer Hand in sein Zimmer zieht und mit der anderen die Tür schließt. »Schnell, komm rein. Bevor sie dich sehen.«

»Wer, sie?«, frage ich alarmiert. »Der Monokelmann und seine Komplizen?«

»Meine Eltern.«

Erleichtert sehe ich mich um und staune wieder mal über die Unordnung, die ein einzelner Mensch verursachen kann. Über Bett, Sessel, Fernseher und sogar die Stehlampe sind Klamotten verteilt, ich zähle auf Anhieb mindestens drei Tabletts mit schmutzigem Geschirr und auf den wenigen freien Flecken liegen zusammengeknülltes Papier und ein paar Bücher.

Moritz hat währenddessen ungerührt ein weißes T-Shirt aus einem Stapel Sachen hervorgezogen, hält es kurz gegen das Licht, riecht daran und zieht es über. Ich versuche, dabei nicht auf seinen nackten, erstaunlich ansehnlichen Oberkörper zu achten, und sage stattdessen: »Von Kleiderschränken hältst du wohl nicht viel?«

Er grinst. »Nur als Versteck für verbotenen Besuch. Falls es also in den nächsten Minuten oder so klopft . . .«

Wie auf Befehl tut es das tatsächlich.

Moritz und ich starren uns an, dann hält Moritz sich einen Finger vor die Lippen und zeigt mit der anderen Hand auf den Schrank. Das darf ja wohl nicht wahr sein!

Ich zeige ihm einen Vogel und verschwinde im Badezimmer. Die Tür kann ich nicht mehr schließen, denn schon höre ich Stimmen im angrenzenden Zimmer, die Stimmen von Moritz und seiner Mutter, die wissen will, mit wem er gerade geredet hat.

»Geredet? Ich hab Musik gehört.«

»Das weiß ich. Der Empfang klingelt Sturm bei uns, um sich zu beschweren.«

»Hab's ja schon gelassen.«

Es wird ruhig, keine Ahnung, was sie machen. Dann höre ich das Klirren von Geschirr.

»Lässt du das bitte bleiben?«, sagt Moritz' Stimme und klingt genervt.

»Wie wär's, wenn du das Geschirr wenigstens zusammenräumst und draußen vor die Tür stellst? Das ist doch wohl nicht zu viel verlangt.«

»Okay.«

»Okay?« Es macht sie anscheinend misstrauisch, dass ihr Sohn so schnell nachgibt.

»Ja, okay. Ich räume auf und ihr könnt beruhigt losfahren.«

Schweigen. Ich überlege, ob ich durch die Badezimmertür spähen sollte, lasse es aber lieber bleiben.

»Wenn etwas ist . . .«, beginnt Moritz' Mutter.

»Dann habe ich eure Handynummer. Schon klar.«

»Und keinen Besuch. Und du bleibst im Hotel.«

»Jaha.«

»Gut.« Das »Gut« kommt sehr zögerlich. »Dann sehen wir uns heute Abend. Bis dann, Schatz.«

Es sind Schritte zu hören, die Tür, die sich schließt. Dann wird es eine Weile ruhig. Wahrscheinlich erwarten wir beide, Moritz und ich, dass seine Mutter an der Tür lauscht. Ich bleibe, wo ich bin, während die Black Eyed Peas wieder anfangen, davon zu singen, dass sie jemanden ganz dringend brauchen, dieses Mal allerdings beträchtlich leiser.

Erst nach ein paar Minuten wage ich mich heraus. »Fahren sie weg?«, frage ich Moritz, der augenscheinlich in Rekordgeschwindigkeit sein Zimmer aufgeräumt hat. Fast alle Klamotten sind verschwunden, dafür steht der Schrank jetzt einen Spalt offen. Sieht so aus, als arbeite sich sein Inhalt allmählich wieder nach draußen.

»Ja. Sie treffen sich mit Papas Bauleitern und besprechen, wie sie das Haus retten können.«

»Dann bleibt ihr also hier?«

»Scheint so.«

Merkwürdigerweise macht mich das ganz fröhlich. In meinem Magen flattert mit einem Mal eine Horde Schmetterlinge herum. »Moritz«, sage ich, um mich davon abzulenken, »ich muss dich etwas fragen. Und es ist dringend.«

Er sieht mich mit seinen tiefblauen Augen an und wie immer fühle ich mich verwirrt. Ich versuche, mich zu konzentrieren. »Die Spieluhr. Hat Penelope dir eine Spieluhr gegeben?«

»Klar«, sagt Moritz.

»Klar? Was heißt klar? Du hast nie ein Sterbenswörtchen davon gesagt!«

Moritz zuckt mit den Schultern. »Penelope wollte, dass ich

sie zum Reparieren mitnehme. Ich dachte, wir hätten andere Sorgen. Aber ich habe sie hier. Willst du sie?«

»Mistmistmist«, stöhne ich. Ich überlege. Wir müssen sie hier rauskriegen, keine Frage, aber gleichzeitig können wir wohl davon ausgehen, dass das Hotel unter Beobachtung steht. »Wir müssen sie hier wegschaffen.« Ich erzähle ihm in kurzen Worten, was ich bei meinen Omas herausgefunden habe. Moritz hört mir konzentriert zu, nickt zwischendurch und taucht unter sein Bett ab, kaum dass ich meine Ausführungen beendet habe. »Äh, Moritz?«

»Hab sie gleich. Einen Augenblick«, kommt es dumpf von unten. Wenig später ist er wieder da und streckt mir ein Kästchen entgegen. »Hier«, sagt er und pustet sich das Haar aus den Augen.

Die Spiel- oder Was-auch-immer-Uhr wirkt unscheinbar: Es ist ein schmuckloses Kästchen, dessen Deckel eine eingravierte Windrose ziert. Doch eines erkenne ich sofort: Mein Schlüssel passt ganz bestimmt dazu.

»Du hast den Schlüssel dafür nicht zufällig mitgebracht?«, fragt Moritz, als hätte er meine Gedanken gelesen.

»Nein.« Ich schüttele den Kopf. »Bin direkt hierher gekommen.« Wobei mir meine Mutter und der Hausarrest siedend heiß wieder einfallen, doch was soll's, schließlich muss die Welt gerettet werden. Superhelden fragen auch nicht erst ihre Mutter um Erlaubnis, bevor sie das tun. »Wir packen es am besten wieder in deinen Rucksack«, beschließe ich. Ich gebe das Kästchen zurück und warte, bis er es verstaut hat. »Hast du dein Duschgel mit, falls wir angegriffen werden?«

Moritz blickt hoch. »Nein. Soll ich?«

»Das war ein Scherz.« Ich verdrehe die Augen. »Wir gehen

von den Fahrstühlen aus Richtung Küche, durch den Keller, dann nach draußen. Und bringen das Kästchen zu mir nach Hause. Warte. Ich sehe erst mal nach, ob die Luft rein ist.« Auf Zehenspitzen schleiche ich zur Zimmertür und presse mein Ohr dagegen, nachdem Moritz die Musik abgestellt hat. Nichts zu hören, also öffne ich die Tür einen Spaltbreit, kann allerdings auch nichts sehen. Ich muss sie ganz öffnen und meinen Kopf rausstrecken, aber es ist niemand im Flur. »Du kannst kommen«, flüstere ich Moritz zu.

»Äh, ich habe Hausarrest«, flüstert er zurück.

»Ich auch. Und wo stehe ich wohl gerade? Na?«

»Schon gut.«

Wir gehen so rasch und unauffällig wie möglich zu den Fahrstühlen und ich drücke auf »EG«.

»Eins noch«, sagt Moritz, während wir warten. Seine Stimme klingt immer noch gedämpft, auch wenn er nicht mehr flüstert. »Als ich dir vorhin gesagt habe, dass wir hierbleiben: Hast du dich da gefreut?«

»Was?« Ich spüre, wie ich rot werde, und drücke verzweifelt gleich noch ein paarmal auf den »Abwärts«-Knopf.

»Ob du dich gefreut hast.«

Mit dem bekannten »Ping« öffnet sich der linke der beiden Fahrstühle und ich steige erleichtert ein.

Moritz macht keine Anstalten, mir zu folgen.

»Nun mach schon.«

Mit dem Rucksack über der Schulter, sieht er mich mit schräg gelegtem Kopf an, ohne sich zu rühren.

»Ja, habe ich. Und jetzt steig schon ein.«

Moritz grinst. Mit einem großen Schritt kann er sich gerade noch neben mich stellen, bevor der Fahrstuhl sich schließt. In den spiegelnden Türen sehe ich mein Gesicht, das inzwischen die Farbe einer reifen Tomate angenommen hat.

Das »Ping« der Fahrstuhltüren ist dezent und dennoch nicht leise genug, dass sich der Mann in der Lobby nicht sofort umdreht. Er ist klein, füllig und trägt einen auffälligen weißen Anzug mit Streifen und einen Spazierstock. Und ganz eindeutig ein Monokel.

»Mistmistmist.« Ich drücke wie verzweifelt auf den »Türzu«-Knopf und die Türen schließen sich wie in Zeitlupe, während der weiß gekleidete Hundemann den Spazierstock hebt und auf uns zielt. Ich kneife die Augen zusammen und versuche, an was Schönes zu denken. Den letzten Gedanken meines Lebens möchte ich nicht an den Hundemann verschwenden.

Ein leichtes Vibrieren ist zu spüren, dann fährt der Fahrstuhl an.

»Was ist? Hat er uns erwischt?«, flüstere ich und sehe mich panisch um.

»Womit erwischt?«

»Na, mit seinem . . . seinem, was weiß ich, seinem Spazierstock.« Ich blicke an mir herunter, kann aber nichts erkennen. Kein Einschussloch oder so und verbrannt riecht es auch nicht. »Was ist mit dir?«

»Mit mir? Was soll mit mir sein?«

Gott sei Dank. Scheinbar ist die Tür doch rechtzeitig . . .

»Und wer bin ich überhaupt?«

»Was?« Ich fahre herum. Moritz sieht aus wie immer, vielleicht ein bisschen müde. Auch bei ihm kann ich kein Einschussloch erkennen. »Moritz«, flehe ich, »lass den Mist, ja?«

»Moritz? Bin ich Moritz?«

»Oh nein, oh nein.« Abgekriegt hat er was, so viel ist sicher. Nur keine Panik, sage ich mir. Wo fahren wir überhaupt hin? Vierter Stock, da ist Moritz' Zimmer. Nein, auf keinen Fall, wir dürfen auf keinen Fall in sein Zimmer. Der Monokelmann wird wohl inzwischen rausgefunden haben, wo Moritz wohnt. Denk nach, denk nach ... »Aussteigen«, befehle ich und ziehe ihn am T-Shirt. »Nun komm schon.« Hoch oder runter? Runter. Wir rennen zum Treppenhaus und eine Treppe tiefer in den dritten Stock. Und jetzt? Es gibt zwei Fahrstühle und der Monokelmann ist allein. Und es gibt noch das Treppenhaus, aber wofür entscheidet er sich? Können wir es wagen, nach unten zu laufen? Und wenn er da noch wartet?

»Ich bin also Moritz.«

»Dafür ist jetzt keine Zeit«, sage ich. Himmel, im Pläneschmieden war ich schon immer eine Niete. Ich brauche jemanden, der weiß, was jetzt zu tun ist. Pluvius. Wir brauchen Pluvius. Telefone gibt es auf jedem Zimmer, also muss ich nur ...

»Komm«, sage ich und ziehe Moritz mit. Irgendwo muss doch jemand vom Reinigungspersonal sein, das sind sie immer. Und tatsächlich: Hinten im Flur kann ich einen der großen, mit Wäsche bepackten Wagen sehen. Mit Moritz im Schlepptau steuere ich darauf zu. Ich muss einfach nur so tun, als sei ich in einem Film. Dies ist nicht die Realität. Was würden sie im Film tun?

Aus Zimmer 317 kommt das Geräusch eines Staubsaugers.

Ich drehe mich zu Moritz um, der mich glasig anstiert. »Wir sind zusammen und total verliebt«, befehle ich. Und dann stelle ich mich auf Zehenspitzen, ziehe ihn zu mir runter und presse meine Lippen auf seine, wobei ich ihn gleichzeitig rückwärts schiebe, ins Zimmer rein. Im engen Flur verlieren wir fast das Gleichgewicht, prallen gegen die Garderobe, doch noch immer lasse ich ihn nicht los, bis wir fast über den Sauger fallen. Erst dann drehe ich mich um und tue überrascht. »Oh, sieh mal«, lächele ich möglichst verwegen. »Das Zimmer ist noch nicht fertig.«

Das Zimmermädchen starrt uns entgeistert an.

»Können Sie hier vielleicht später weitermachen?«

Das Zimmermädchen, die Saugdüse in der Hand, macht keine Anstalten, sich zu bewegen; wahrscheinlich hat sie mich nicht verstanden.

Mit einem energischen Tritt mache ich den Sauger aus. »Entschuldigung«, sage ich, dann setze ich wieder das Verführungslächeln auf und presse mich rücklings an Moritz. »Können Sie später mit unserem Zimmer weitermachen? *Sehr* viel später?« Es soll verrucht klingen. Auf so etwas wird in allen Filmen Rücksicht genommen, immer, und ich hoffe doch, dass sie genügend Hollywoodstreifen gesehen hat, um das auch zu wissen.

Moritz, dessen Erinnerung offenbar nicht so weit in Mitleidenschaft gezogen wurde, dass er eine gute Gelegenheit nicht erkennt, wenn sie sich vor ihm rekelt, beginnt, meinen Hals zu küssen.

Das hat den gewünschten Effekt. Mit einem pikierten Blick zieht das Zimmermädchen den Stecker, lässt ihn in den Sauger zurückschnellen und verlässt ohne ein weiteres Wort das Zimmer.

Ich folge ihr, rufe ihr noch ein »Danke« hinterher, hänge das »Nicht stören«-Schild nach draußen und schließe ab. So, jetzt haben wir wenigstens ein bisschen Zeit.

Als ich zurückkomme, liegt Moritz auf dem Bett und klopft einladend auf das Laken neben sich. Egal, was der Monokelmann mit seinem Gehirn auch angestellt haben mag: Seine Hollywoodfilme kennt er.

»Moritz«, ich knie mich neben ihn und wehre seine Hände ab, »lass das jetzt mal. Woran kannst du dich erinnern?«

»An dich«, sagt er. »Und ich bin Moritz. Wir sind zusammen und total verliebt.«

»Okay, mal abgesehen davon, was ich dir erzählt habe: Was weißt du noch? Kennst du deinen Nachnamen? Weißt du, wer deine Eltern sind?«

Er blickt verwirrt drein.

»Macht nichts. Mach dir keine Sorgen. Das kriegen wir schon wieder hin.« Hoffe ich zumindest.

Dann greife ich mir das Telefon und bete, dass meine Mutter nicht dran ist.

Wie immer vergeblich: Irgendjemand im Himmel muss ein diebisches Vergnügen daran haben, meine Gebete zu ignorieren.

»Oh hallo, Mama, ich bin's. Ich müsste mal Pluvius sprechen.«

»Bist du immer noch bei Oma?«, kommt es prompt zurück.

»Hmmh«, murmele ich undeutlich und huste. »Bitte, Mama. Es ist dringend.«

»Gib mir mal meine Mutter.«

»Mama! Traust du mir etwa nicht?«

»Natürlich traue ich dir. Ich will nur kurz etwas besprechen mit . . .« Rumms. Im Hintergrund ist ein Mordskrach zu hören. »Nein, Aella«, sagt meine Mutter, »das war ganz, ganz böse.«

Ich höre Geraschel. »Mama? Mama?«, rufe ich in den Hörer.

Endlich kommt sie zurück. »Ariadne? Ich hab jetzt keine Zeit. Warte, ich rufe Pluvius. Aber streng ihn nicht so an, hörst du? Es geht ihm immer noch nicht so besonders.«

Glück gehabt. Auf meine kleine Schwester ist wirklich Verlass. Dennoch dauert es noch einige Zeit, bis Pluvius an den Hörer kommt.

»Pluvius, endlich, hör zu.« Ich schildere ihm kurz die Sachlage: Wir haben das Kästchen, Moritz hat sein Gedächtnis verloren, der Monokelmann ist im Hotel und uns auf den Fersen. Was jetzt?

Pluvius wird still, während ich im Hintergrund Aella weinen hören kann.

»Was jetzt?«, dränge ich.

»Wir brauchen deinen Vater«, sagt Pluvius. »Aber dazu müssten wir erst einmal wissen, wo der steckt . . .«

Ja, und der kann ja wirklich wer weiß wo sein, noch dazu in jeder beliebigen Zeit . . . »Das Kästchen!« Vor Aufregung fällt mir der Hörer aus der Hand und ich klaube ihn hastig wieder auf. »Bist du noch dran? Gut. Das Kästchen. Das zeigt doch an, wenn irgendwer in einer anderen Zeit unterwegs ist, oder? Dann brauchen wir nur noch den Schlüssel.« Ich beschreibe ihm, wo er den findet, nenne ihm unsere Zimmernummer und lege auf. Der Monokelmann kennt den jungen Pluvius nicht. In Gedanken preise ich Pluvius' lange Haare, die ihn sicherlich verfremden. Und bete, dass das reichen möge.

Kapitel 5

Gefühlte Stunden später klopft es an der Tür. Ich habe schon mehrmals Schritte davor gehört und einmal auch einen bedrohlichen Schatten unter dem Spalt am Boden gesehen. Um mich abzulenken, habe ich Moritz die Fernbedienung für den Fernseher gegeben und währenddessen das Zimmer durchsucht. Kein Gepäck, das ist immerhin mal eine gute Nachricht: Die vorherigen Gäste sind also abgereist und werden damit von der Liste möglicher Komplikationen gestrichen. Entspannt fühle ich mich trotzdem nicht.

Das Klopfen lässt mich zusammenfahren und beschleunigt meinen Herzschlag. Ein rascher Blick auf die Uhr zeigt mir, dass gerade mal fünfundzwanzig Minuten vergangen sind: Pluvius hat sich wirklich beeilt. Wenn es denn Pluvius ist.

Das Kästchen verstecke ich vorsichtshalber im Bad unter einem Haufen Handtücher, bevor ich aufmache. Es klopft wieder, etwas lauter.

Ich gehe zur Tür, atme tief durch und öffne sie einen Spaltbreit.

»Na endlich«, flüstert Pluvius und schiebt sich an mir vorbei ins Zimmer. »Dieser Monokelmann läuft hier ständig durch die Flure. Und ich habe eine Frau gesehen, mit der er sich angeregt unterhalten hat. Die Frau war älter, eher Typ Vogelscheuche.«

Vielleicht Zufall? Entweder das oder der Monokelmann ist doch nicht allein.

Moritz liegt immer noch auf dem Bett und zappt sich durch die Fernsehkanäle. Er scheint sich nicht besonders dafür zu interessieren, was um ihn herum vorgeht, und wirft Pluvius nur einen gelangweilten Blick zu.

»Das macht er jetzt schon die ganze Zeit«, raune ich Pluvius zu. »Hey, Moritz. Weißt du noch, wer du bist?«

Moritz starrt weiter auf den Fernseher. »Ich bin Moritz und wir sind zusammen«, sagt er automatisch. Dann schaltet er ein Programm weiter.

»Siehst du?«, wende ich mich an Pluvius. »Völlig gaga.«

»Na ja, irgendwie schafft er es selbst in diesem Zustand noch, mir fürchterlich auf den Geist zu gehen.« Pluvius lächelt gequält. Er sieht immer noch blass aus und hat dunkle Ringe unter den Augen. »Und jetzt zum Kästchen. Hast du es?«

Ich hole es aus dem Badezimmer und wir setzen uns auf die andere Seite des Bettes. Pluvius reicht mir das kleine Samtsäckchen. Ich lasse den Schlüssel in meine Hand fallen und atme tief durch. »Hoffen wir, dass er . . .« Und tatsächlich: Er passt. Tatatataaa: Der große Augenblick ist gekommen.

Wir öffnen langsam und vorsichtig das Kästchen, als könne es explodieren, und betrachten es atemlos. Es besteht aus zwei Teilen. Im Deckel ist ein Display, das eine Weltkarte zeigt, im unteren Teil eine Minitastatur, nicht größer als die von einem Blackberry. Die Weltkarte schimmert grünlich und ist mit blinkenden roten Pünktchen übersät. Sieht recht modern aus: Ich hätte mit etwas Altmodischerem gerechnet.

»Suche«, lese ich vor, als das Wort am unteren Rand der

Weltkarte aufleuchtet. »Wen suchen wir? Meinen Vater. Sollen wir den Namen eingeben?«

Pluvius zuckt mit den Schultern. »Versuchen können wir's.«

Nichts passiert. Ich probiere seinen vollen Namen, den Vornamen zuerst, dann umgekehrt, immer noch nichts.

Im Hintergrund dröhnt die Titelmelodie zu einem Film los und Moritz summt vergnügt mit. Anscheinend hat er endlich einen Zeichentrickfilm gefunden, der ihm gefällt.

Genervt drehe ich mich um und sehe: Dinosaurier. »Ist das etwa ›In einem Land vor unserer Zeit‹? Können die Dinos auch ein wenig leiser auftreten?« Ich kann mich kaum konzentrieren bei dem Krach. Pluvius offenbar schon. »Zeit, Zeit«, murmelt er. »Versuch es doch mal mit einer Zeit. Gib mal Mittelalter ein.«

Ich folge seinem Vorschlag und jetzt passiert tatsächlich etwas: Viele Pünktchen verschwinden, andere bekommen Fähnchen, auf denen Zahlen stehen.

»Das sind Jahreszahlen«, sagt Pluvius aufgeregt.

Wir starren gemeinsam auf den Bildschirm. Hinter uns lärmt der Fernseher unvermindert weiter. »Könntest du das jetzt endlich leiser machen?«, schnauze ich Moritz an, der zwar beleidigt guckt, dann aber doch gehorcht. Es wird ein wenig ruhiger.

»Das sind also alles Menschen, die sich im Mittelalter befinden, in das sie nicht hineingehören«, überlege ich. »Dass das so viele sind . . .« Wir starren andächtig auf die blinkenden Punkte. »Und jetzt? Gibt's einen Cursor oder so?«

»Einen was?«

Ich vergesse immer wieder, dass ja auch Pluvius aus einer anderen Zeit stammt. »Einen blinkenden Strich oder Pfeil, der einem zeigt, wo man ist. Ah ja, hier ist er schon. Und jetzt brauche ich noch . . . ja, da ist er.« Ich habe einen winzigen Trackball gefunden. »Damit kann man jetzt den Pfeil hierhin schieben.« Ich klicke auf ein Datum und ein Fenster öffnet sich.

»Flavus Ibericus«, steht da, »Ur: 14 nC – G: 1417 nC«. Es folgen noch eine Menge Zahlen, auf die wir verwirrt starren. »Was soll das heißen?«

»Ist doch ganz klar«, sagt eine Stimme hinter uns und lässt mich zusammenzucken.

»Moritz, verdammt«, zische ich. »Willst du, dass ich irgendwo in der Steinzeit lande?«

Moritz zeigt über meine Schulter auf den Bildschirm. »Das da ist sein Name. Ur heißt wahrscheinlich ›ursprünglich‹, G ›gegenwärtig‹ oder so. Er stammt aus dem Jahr 14 nach Christus und ist jetzt im Jahr 1417.«

Ich drehe mich zu ihm um. »Woher weißt du das alles?«

»Keine Ahnung.«

»Und ist dir auch eingefallen, wer du bist?«

Moritz starrt mich aus seeblauen Augen an.

»Schon gut, schon gut«, murmele ich und wende mich wieder dem Bildschirm zu. »Und die anderen Zahlen?«

»Koordinaten wahrscheinlich«, sagt Pluvius und zeigt ebenfalls mit dem Finger. »Da kommt er her und da ist er jetzt. Und das da ist das genaue Datum.«

»Cool«, sage ich und pfeife durch die Zähne.

»Na ja«, sagt Pluvius düster. »Irgendwo läuft jetzt ein armer Römer herum, der sich mit einer Horde Ritter herumschlagen muss. Ob der das so *cool* findet . . .«

»Vielleicht muss er Bruchenball spielen.«

»Duschgel«, ruft Moritz triumphierend und so dicht an meinem Ohr aus, dass ich zusammenzucke und jetzt wirklich beinahe gesprungen wäre. Aber ich nehme das mal als gutes Zeichen: Die Erinnerung scheint zurückzukehren.

»Und was nun? Bedeutet das, dass wir jetzt auf alle diese kleinen Pünktchen gehen müssen, um rauszufinden, wo mein Vater steckt?«

Pluvius nickt. »Ich fürchte schon. Und das hier sind nur die im Mittelalter.«

Ich starre auf den Bildschirm und stöhne. Das kann ja heiter werden.

Vierzig Minuten später haben wir ihn. Mein Vater ist ein winziger Punkt und das dazugehörige Fenster zeigt uns: »Chris Wallenstein, Ur: – G: 1331 nC«.

»Er hat gar kein ursprüngliches Datum«, sage ich verblüfft.

Pluvius nickt. »Das ist mir schon ein paarmal aufgefallen. Ich nehme an, dass damit die Zeitreisenden gekennzeichnet sind. Anscheinend ist es schwer nachzuvollziehen, aus welcher Zeit sie wirklich stammen.«

Ich nicke. Das leuchtet mir ein. Und so können die Sammler auch leicht sehen, wer ein Zeitreisender und wer nur mal eben in ein Zeitloch gestolpert ist.

»Und jetzt?« Pluvius betrachtet mich von der Seite und streicht sich das lange Haar aus dem Gesicht.

»Jetzt müssen wir meinen Vater holen«, sage ich düster.

Die Aussicht, noch einmal ins Mittelalter reisen zu müssen, ist alles andere als verlockend. Vor allem, da weder Moritz noch Pluvius dazu in der Lage sind mitzuspringen.

Es hat gedauert, Pluvius davon zu überzeugen, dass er einen

so weiten Sprung nicht noch mal überlebt. Nicht so kurz hintereinander. Selbst wenn, wird er mir halb tot wohl auch keine große Hilfe sein. Und Moritz weiß nicht einmal, wer er eigentlich ist. Außer seinem Hinweis auf Duschgel hat er unserer Diskussion wenig hinzuzufügen.

Da ich nicht besonders gut alleine springen kann, warten wir alle drei auf die einzige Person, die uns jetzt helfen kann, und plündern derweil die Minibar. Ich habe nicht wirklich großen Hunger, aber Pluvius hat darauf bestanden, dass ich mich stärken muss. Mit einer Handvoll Erdnüsse im Mund wiederhole ich noch einmal die wichtigsten Verhaltensregeln.

»Nichts essen«, sage ich kauend. »Keinen Kontakt mit den Leuten. Und wenn, dann nur mit den einfachen Bauern. Ich darf also nicht mit einem Ritter anbändeln.«

Pluvius lächelt pflichtschuldig über meinen Witz.

»Okay. Da war noch ein Punkt Nummer drei. Punkt Nummer drei war . . .«

». . . dich nicht als höhergestellte Person auszugeben«, ergänzt Pluvius.

Na ja. Das sollte wohl kein Problem sein. Ich habe nicht vor, mich als irgendwas auszugeben. Ich will meinen Vater finden und so schnell wie möglich hierher springen, damit er das Kästchen an sich nehmen und verstecken kann. »Und jetzt zu euren Aufgaben.«

Pluvius streicht sich über die Stirn. »Wir gucken irgendeinen Unsinn mit singenden Dinosauriern, weil Moritz die Fernbedienung nicht rausrückt«, er wirft ihm einen wütenden Blick zu, »und warten darauf, dass seine Erinnerung zurückkehrt. Ansonsten bleiben wir in diesem Zimmer. Im Notfall, nur im Notfall springe ich mit dem Kästchen . . .«

»Und Moritz.«

»Und meinetwegen auch Moritz irgendwohin. Ein paar Tage vor oder zurück, das werde ich wohl noch schaffen.«

Wir wissen beide, dass das höchst ungewiss ist, schließlich ist Pluvius bislang ohne mich außer ins Baumhaus noch nie irgendwohin gekommen.

Es klopft an der Tür. Dreimal, dann Pause, dann noch dreimal.

Pluvius macht die Tür auf und Alex stürmt herein. »Oh Mann, ihr wisst gar nicht, was bei uns los ist. Hallo Pluvius, hey Moritz.«

Pluvius begrüßt sie, doch Moritz wirft meiner Schwester nur einen gelangweilten Blick zu und hält sich dann wieder an den Fernseher.

»Oje, der hat wohl wirklich nicht mehr alle Murmeln im Kasten, was?«, flüstert Alex mir zu.

Ich zucke mit den Schultern.

Meine Schwester wirft ihre Tasche aufs Bett. »Mama hat inzwischen wohl eine Ahnung, dass du nicht mehr bei Oma Penelope bist«, berichtet sie. »Und sie ist stinksauer deswegen. Ich musste eine irre lange Geschichte über dich und Moritz erfinden, wie ihr euch unbedingt sehen müsst, weil er doch bald wegzieht . . . Romeo und Julia ist nichts dagegen.«

»Wir sind zusammen«, sagt Moritz daraufhin, allerdings sagt er es zu niemandem Bestimmten.

Pluvius stöhnt genervt, doch Alex grinst. »Ja, das habe ich auch erzählt.«

Beim Gedanken daran, was mir zu Hause blüht, wird mir schon ein wenig schlecht. Aber wir haben jetzt andere Sorgen. »Hast du die Sachen?«

Alex nickt und schüttelt ihre Tasche aus.

»Dann mal los«, sage ich und mache mich mit meinen Mittelalterklamotten auf ins Badezimmer. Alex folgt mir.

Wenig später trage ich wieder den langen Rock, habe mir statt der Rüschenbluse jedoch ein braunes T-Shirt mit langen Ärmeln und mein dunkelblaues Wollkleid mitbringen lassen, das ich darüberziehe. Inzwischen weiß ich ja, wie die Leute im Mittelalter ausgesehen haben, und Rüschenblusen hatten sie keine an.

Pluvius pfeift durch die Zähne, als er mich so sieht. Er sagt zwar nichts, aber allein sein Blick lässt mich rot werden.

Alex braucht etwas länger, um in die enge Hose zu schlüpfen und die spitzen Schuhe überzustreifen, die Pluvius sich von unserem Vater geborgt hat. Damit sie als Junge durchgeht, muss sie ein enges Unterhemd tragen, das man allerdings unter dem Kittel nicht sieht. Auf der Hüfte trägt sie einen Gürtel mit einem Lederbeutel und zusätzlich noch die Ledertasche, in der sie unsere Sachen transportiert hat. Beutel und Tasche sind jetzt leer und nur zur Zierde, denn wir planen nicht, etwas ins Mittelalter mitzunehmen.

»Und? Wie sehe ich aus?« Meine Schwester dreht sich einmal um sich selbst und lässt sich von allen Seiten betrachten.

»Überzeugend«, findet Pluvius.

Ich nicke. Sie wirkt in der Tat ziemlich echt. Mit ihren kurzen Haaren hätten wir auch nichts anderes machen können, als sie als Jungen zu verkleiden.

»Gut«, sagt meine Schwester. »Dann gehe ich noch mal kurz ins Badezimmer und dann können wir los.« Ihre Stimme klingt angespannt.

Kein Wunder. Ich bin auch nervös.

»Denk daran«, schärft Pluvius mir zum hundertsten Mal ein, »dass du das Bild eurer Mutter vor Augen haben musst. Sei vorsichtig. Komm gleich zurück, wenn etwas merkwürdig ist.«

Pah, ich möchte mal wissen, was im Mittelalter *nicht* merkwürdig ist.

»Und, oh nein, das hätten wir ja beinahe vergessen.« Er schlägt sich gegen die Stirn. »Wir brauchen noch irgendwas Ekliges, damit du springen kannst.«

Ratlos sehen wir uns im Zimmer um.

Die Spülung geht und Alex kommt zurück. »Igitt«, sagt sie. »Die Gäste vor uns müssen Höhlenmenschen gewesen sein. Gibt es eigentlich etwas Widerlicheres als die Haare fremder Menschen im Abfluss?«

Pluvius sieht mich an. »Reicht das?«

»Oh ja«, sage ich und verziehe das Gesicht. »Das ist eklig genug.«

»Mir wäre es doch lieber, wenn ich mitkäme.« Pluvius hält die Hand hinter seinem Rücken versteckt.

»Das hatten wir doch schon. Und nun zeig her.«

»Ich meine, wir könnten Moritz doch einschließen oder so . . .«

»Hey«, protestiert der Betroffene.

». . . oder wir ziehen ihm eins über«, spricht Pluvius unbeeindruckt weiter.

»Ich kann euch hören«, ruft Moritz.

»Nein, du musst aufpassen. Auf Moritz und das Kästchen. Und auf dich, das weißt du auch.« Ich bin nicht bereit, das noch mal zu diskutieren. »Und jetzt: Her damit.« Ich halte mich an der Ledertasche fest, die sich meine Schwester umgehängt hat.

Pluvius sieht immer noch skeptisch aus. Aber er gibt nach. »Seid bitte, bitte vorsichtig«, sagt er.

Alex ist inzwischen leichenblass, nickt aber tapfer.

»Also konzentrier dich, Ariadne. Auf drei. Eins, zwei, drei . . .« Er hält mir ein durchweichtes Stück Klopapier mit einem Knäuel Haare unter die Nase, in denen einige dunkle Brocken von irgendetwas Unaussprechlichem kleben und die bestimmt nach Schleim und Modder riechen und . . .

Alles dreht sich. Meine Mutter! Ich muss an meine Mutter denken. Da ist er, der Tunnel. Das Bild fliegt an uns vorbei und wir tauchen ein in das Dunkel. Wie beim ersten Mal rasen Lichter um uns herum und drehen sich wie in einem immer schneller werdenden Karussell. Ich kann nichts deutlich sehen, nur ab und zu erhasche ich den Schemen von etwas, einem Turm, einem Berg und etwas Feurigem, und dann . . .

Dann sind wir auch schon da. Auch wenn wir reichlich unsanft, und zwar auf unseren Hintern landen. »Verdammt«, fluche ich. Das tat richtig weh!

Ich muss mich erst einmal umsehen. Ja, wir sind richtig, das ist die Höhle, in der der Zeittunnel endet: Ich kann die Steinbrocken sehen, die am hinteren Ende heruntergefallen sind. Den Wald unter uns, das Dach der Hütte, kaum sichtbar, wenn man nicht weiß, wonach man suchen muss.

Ich stehe auf und wische mir die Hände am Kleid ab. »Alles in Ordnung?«, frage ich Alex und helfe ihr auf.

»Keine Ahnung«, murmelt meine Schwester. Sie ist immer noch blass, sieht ansonsten aber unverletzt aus.

»Dann wollen wir mal«, lächele ich ihr aufmunternd zu.

Alex erwidert mein Lächeln nicht. Überhaupt ist sie ungewöhnlich schweigsam auf dem Weg runter zur Hütte. Liegt wahrscheinlich an ihren Nerven. So einen Zeitsprung muss man erst einmal verdauen.

Wir marschieren also schweigend nebeneinanderher. Eine Zeit lang ist nichts weiter zu hören als ein paar Vögel. Irgendwo weiter weg rauscht ein Bach. Die Büsche und Blätter sind noch feucht vom Regen, der Boden ist matschig. Nasses Moos schmatzt bei jedem Schritt unter unseren Schuhen.

»Ist doch gar nicht so fremd«, versuche ich, Alex zu beruhigen. »Man merkt gar nicht, dass man im Mittelalter ist, oder?«

Alex starrt mich aus großen Augen an. »Du spinnst ja«, sagt sie. »Das merkt doch jeder sofort. Hörst du das denn nicht?«

Ich lausche angestrengt, dann schüttele ich den Kopf.

»Eben. Es ist unheimlich ruhig. Mit Betonung auf ›unheimlich‹.«

Ich zucke mit den Achseln. »Keine Autos, kein Radio, kein Lärm: Ist doch mal ganz schön.«

Meine Schwester sieht mich zwar an, als zweifele sie an meinem Verstand, sagt aber nichts. »Ist es noch weit?«, fragt sie nach einer Weile.

»Zur Hütte? Nein. Wir sind fast da. Aber wir sollten vorsichtig sein.«

»Ach ja? Was du nicht sagst!« Ihr bissiger Tonfall beruhigt mich. Er verrät mir, dass sie sich langsam von ihrem Schreck erholt.

Die Hütte sieht noch genauso aus, wie die Jungs und ich sie verlassen haben. Der Boden ist übersät mit Stroh und den Scherben von Töpfen und Krügen, der Tisch umgeworfen. Im Kamin liegt das angekokelte Fell, davor die Reste des Stuhls. Es riecht nach kaltem Rauch und noch etwas anderem . . .

»Dieser Geruch.« Alex hat es auch bemerkt. »Diesen Geruch kenne ich irgendwoher.«

»Das Fell hat das Feuer erstickt. Riecht ein bisschen wie damals, als Rufus zu nah an Oma Kassandras alten Heizstrahler gekommen ist«, versuche ich, sie abzulenken.

»Nein, das meine ich nicht. Da ist noch etwas anderes. Ist das . . . ist das etwa Rasierwasser?«

»Natürlich nicht«, erwidere ich und lache nervös. »So etwas gab es im Mittelalter doch nicht.«

Ratlos steigt Alex über die zerstörte Einrichtung, nimmt hier ein Stück Holz hoch, zupft da an einem Stück Stoff. Dann dreht sie sich zu mir um. »Und was machen wir jetzt?«

Jetzt kommt der schwerste Teil. Ich habe meiner Schwester ja schon von unserem letzten Abenteuer hier erzählt. Von dieser Hütte, in der wir jetzt stehen, dem Bruchenballspiel, dem Einbruch in die Hütte. Sie weiß auch, dass es dabei um das Zeitkästchen ging, das Pluvius und Moritz gerade bewachen. Eine winzige Kleinigkeit hab ich ihr allerdings verschwiegen . . . »Ich war zunächst besorgt, dass der Zeitreisende von den Leuten geschnappt worden ist, die die Hütte verwüstet haben, aber das ist nicht der Fall: In dem Kästchen konnte ich sehen, dass er hier ist. Hiergeblieben ist. Und somit weiß ich, dass er ganz in der Nähe ist.«

»Na, das ist doch schön. Dann gehen wir jetzt hin und holen ihn ab, damit er sein Kästchen an sich nehmen und damit verschwinden kann.«

Ich nicke. »Das ist der Plan. Er hat nur einen Haken.«

Alex' Lächeln erstirbt. »Oh nein.«

»Doch. Wir verstoßen gegen die erste Regel der Mittelalterreisenden: keine Kontakte zur einzeitlichen Bevölkerung. Und gegen Regel Nummer zwei gleich mit: wenn schon Kontakt, dann nur zu einfachen Menschen.« Davon habe ich Pluvius natürlich kein Sterbenswörtchen erzählt, sonst hätte er mich nie hierher reisen lassen.

»Und warum tun wir das?« Alex runzelt die Stirn.

»Weil der Zeitreisende sich in diesem Augenblick in einer Burg befindet, wenn mich nicht alles täuscht.« Was das bedeutet, darüber muss ich meine Schwester nicht erst aufklären. Einzeitliche Bevölkerung gibt es da haufenweise. Und neben einfachen Bauern wohl auch jede Menge Adelige und Ritter.

Es ist ein steiler Anstieg bis auf den Hügel hinter der Hütte. Wir steigen mehr oder weniger schweigend einen Pfad entlang, dem nur schwer zu folgen ist: Ein paar Mal müssen wir zurückgehen und nach abgebrochenen Zweigen oder niedergedrückten Pflanzen suchen, bevor wir wissen, wo es weitergeht. Alex flucht die meiste Zeit über ihre spitzen Schuhe und ich bemitleide sie pflichtschuldig, aber meine Gedanken sind woanders. Noch immer habe ich ihr nicht gesagt, wer der Zeitreisende wirklich ist. Vor Moritz und Pluvius wollte ich sie damit nicht konfrontieren. Außerdem konnte ich nicht riskieren, dass sie nicht mehr mitkommt. Aber in der Hütte hätte ich es ihr sagen sollen. Spätestens, als sie das Rasierwasser erkannt hat, das unser Vater ins Mittelalter geschmuggelt hat. Es ist elendig feige, dass ich es immer noch vor mir herschiebe. Entschlossen drehe ich mich um.

»Du, Alex . . .«

»Warte mal.« Meine Schwester hebt die Hand. »Was ist das denn?«

»Du meinst die unheimliche Stille?«

»Eben nicht.« Sie lauscht auf etwas. »Es ist gar nicht mehr so still.« Sie eilt an mir vorbei den Hang hoch.

Ich folge ihr mit gerafften Röcken, rutsche aus und stütze mich ab und krabbele schließlich fast auf allen vieren die letzten Meter hinauf. Dann höre ich es auch. Stimmen, Rumpeln, ein Knarzen und Ächzen, Rufe ertönen. Ein Pferd wiehert und da sind noch andere Tierstimmen: Schafe blöken, es muht eine Kuh. Fast ununterbrochen kläffen Hunde. Eine Peitsche knallt.

Alex bleibt kurz stehen, um Luft zu holen, und sieht zu mir herunter.

Ebenso atemlos schüttele ich den Kopf. Nein, keine Ahnung, was da vor sich geht. Wir arbeiten uns weiter den Hügel hoch, wobei wir uns an Zweigen und Wurzeln festhalten, und schließlich sehen wir sie durch das Dickicht unter uns vorbeimarschieren: Dutzende, nein Hunderte Menschen, die alle das gleiche Ziel zu haben scheinen. Wie ein riesiger langer Wurm winden sie sich den Weg entlang, der zu einer Festung führt.

»Wow!«, entfährt es Alex.

Allerdings wow! Ich habe in meinem Leben schon die eine oder andere Burg besichtigen müssen, weil unsere Eltern echte Ruinenfans waren, aber das ist überhaupt nicht zu vergleichen mit dem, was dort hinten liegt.

»All die Menschen«, staunt Alex und deutet stirnrunzelnd auf die Kolonne hinunter, die sich rumpelnd, rufend, bellend und schnaufend durch den Matsch vorwärtsbewegt, »wollen die alle zur Burg? Warum?«

»Ich habe nicht die geringste Ahnung.« Es gibt einige beladene Wagen in diesem Zug, die von Ochsen gezogen werden und nur schwer vorwärtskommen: Immer wieder rutschen sie zur Seite und müssen von den Männern zurück auf die Straße geschoben werden. Neben den Karren läuft eine Menge Vieh mit: Schafe, Kühe, selbst Schweine. Die Bauern tragen Heugabeln über der Schulter, es gibt viele Reiter mit Lanzen und Schilden. Frauen schleppen Körbe und Kiepen und versuchen gleichzeitig, ihre Kinder zusammenzuhalten. Knöcheltief im Schlamm, aber unbeirrbar, waten Mensch und Tier weiter auf die Burg zu.

»Wahrscheinlich ist Markttag?« Alex sieht mich fragend an.

»Das wäre nicht schlecht.« Ich hab mir schon Sorgen gemacht, wie wir an den Wachen am Tor vorbeikommen. Wenn ich auch nicht viel über intakte Festungsanlagen weiß, so haben mir meine Ruinenbesuche eines deutlich gemacht: Es gibt nur ein Tor. Und wenn du da nicht reinkommst, dann kannst du es vergessen. »Wir gehen jetzt runter, mischen uns unters Volk und schlüpfen mit ihnen zusammen in die Burg.« Besser könnte es eigentlich gar nicht laufen!

Alex sieht mich skeptisch an, folgt mir aber widerstandslos das kurze Stück den Hügel hinab und auf die Straße.

Unten angekommen, wische ich mir meine erdigen Hände am Rock ab und sehe mich um. Mein Herz klopft heftig, als wir uns in den Zug einreihen, und auch Alex neben mir wagt kaum, den Blick zu heben. Doch alles geht gut. Niemand achtet auf uns. Ein paar Leute heben kurz den Kopf, doch sie scheinen viel zu sehr mit sich, ihrem Vieh oder ihren Kindern beschäftigt zu sein. Vor uns scheut ein Pferd, macht einen Satz zur Seite und schlägt aus, neben uns weigert sich ein Ochse weiterzugehen und wird mit einem gezielten Peitschenschlag vorangetrieben. Eine Frau schräg vor mir stillt im Gehen ihr Kind. Auf einem Feld nebenan müssen ein paar Hühner eingefangen werden und ich stolpere beinah über einen Hund, der mir vor die Füße springt.

Als wir ein paar Minuten in dem Tross mitgelaufen sind, ohne dass etwas passiert, wagt Alex einen Blick in die Runde. »Es riecht . . . es riecht wirklich . . . atemberaubend«, flüstert sie mir zu und muss erst einmal der Hinterlassenschaft eines Pferdes ausweichen. »Waschen sich diese Menschen eigentlich nie?« Sie rückt ihre Lederkappe gerade, die wir in der Hütte gefunden haben und die sie eigentlich nicht aufsetzen wollte, weil sie sie hässlich fand.

»Ich glaube, selten.« Wir haben uns zwar vor unserem Aufbruch vor der Hütte mit Matsch eingeschmiert, sehen im Vergleich zu den Menschen um uns herum aber immer noch sehr sauber aus.

Die nächste halbe Stunde lassen wir uns schweigend mit der Menge mittreiben. Wir müssen diesen Geruch verdauen, die Geräusche, das finstere Aussehen der Bewaffneten auf ihren Pferden. Ich bin froh darüber, dass ich Alex habe, die in der Tat wie ein Junge aussieht: Auf die prüfenden Blicke eines Berittenen hin dränge ich mich dicht an sie und hake mich unter. Der Mann zieht sein Pferd am Zügel und wendet sich ab.

»So fröhlich wie für einen Markttag scheinen die mir nicht zu sein«, raunt Alex mir zu.

»Mittelalter«, flüstere ich zurück. Ich fand ja schon bei meiner ersten Reise, dass die Menschen in dieser Zeit nichts zu lachen haben.

Als hätte er uns gehört, blickt uns in diesem Augenblick ein runzeliger, speckiger Mann an, der ein Bündel über der Schulter trägt. Er hat einen Hut auf und darunter so eine Art Kapuze, die bis über die Schulter reicht und nur das Gesicht freilässt. Ich lächele ihm zu und er wendet sein Gesicht ab. Dann spuckt er auf die Erde.

Ungewaschen, finster – und Höflichkeit ist auch nicht gerade ihr Ding.

Ich suche nicht mehr die Blicke der Mittelaltermenschen, sondern konzentriere mich darauf, nicht im Schlamm stecken zu bleiben oder in einen Haufen Kuhmist zu treten. Als ich wieder aufsehe, ist die Burg bedrohlich näher gekommen und ragt scheinbar bis in den Himmel empor. Ich kann jeden einzelnen der grob behauenen Steine sehen, die hohen Wachtürme, die Luken und Schießscharten. Das Torhaus, dem wir uns nähern, ist Furcht einflößend. Liegt wahrscheinlich an den vielen bewaffneten Soldaten, die auf den Türmen rechts und links sowie auf der Balustrade über dem Tor argwöhnisch auf uns herunterblicken.

Mit zitternden Knien betrete ich die beängstigend schmale Zugbrücke, die unter der Belastung knarzt und ächzt. Karren rumpeln vor und hinter uns darüber und meine Schwester verstärkt ihren Griff. Dann sind wir unter dem Fallgitter hindurch und kommen an weiteren Wachen vorbei, die reglos rechts und links in den Nischen stehen. Das Hufgetrappel wird ohrenbetäubend, das Gedränge erdrückend.

Endlich entlässt uns das Tor auf einen engen, von hohen Mauern umgebenen Hof. Wenn ich mich auf Zehenspitzen stelle, kann ich kleine Fachwerkbauten sehen, die rings um uns an der Steinwand kleben. In einem ist offenbar eine Schmiede untergebracht, daneben die Pferdeställe. Den Menschen scheint die Enge nichts auszumachen: Sie beginnen, sich einzurichten. An mehreren Ecken des Hofes sind Feuerkörbe zu sehen, es gibt einige Lager aus Stroh, auf denen sich

Kinder ausruhen. Um sie herum stapeln sich Kisten und Tonnen. Das Vieh wird in Weidenzäune eingepfercht oder einfach da festgebunden, wo gerade Platz ist. Der Geruch nach ungewaschenen Leibern hat sich vervielfacht, die Luft steht. Hoch oben über uns patrouillieren schwer bewaffnete Soldaten im Wehrgang, während Handwerker Holzgerüste auf die Zinnen bauen.

»Weiter«, sagt Alex nur und zieht mich mit sich über den Platz. Sie zeigt auf die nächste Mauer, das nächste Tor. Es ist nicht weniger groß als das erste, die Mauern, die sich darumziehen, nicht weniger dick und die Wachen hier sehen auch nicht gerade vertrauenerweckend aus. Wieder rücken wir mit einigen Menschen, dem Vieh, dem Schmutz, dem Gebell und den Schwärmen von Fliegen weiter und durch das Tor hindurch, bis wir schließlich im mittleren Burghof stehen. Er ist nicht ganz so überfüllt wie der erste Ring, nichtsdestotrotz aber ebenfalls voller Menschen.

»Das ist doch kein Markt«, sagt meine Schwester fassungslos, die den Arm um mich gelegt hat. Sie ist ein Stückchen größer als ich und reckt sich, um die Menge überschauen zu können.

Nein, scheint mir auch nicht so. Vor allem, als ein Trupp Bogenschützen an uns vorbei zur Burgmauer marschiert und uns achtlos zur Seite stößt.

»Wir müssen hier weg«, murmelt Alex. Sie sieht sich suchend um. »Da. Dorthin«, sagt sie und zieht mich mit sich. Ich kann nicht sehen, wohin sie uns führt, bis wir schließlich vor einer Steintreppe stehen, die zu einer zweiflügeligen Holztür führt, die von zwei Türmchen flankiert wird. Der linke Flügel ist geschlossen, doch rechts von der Treppe werden Fässer eine

Rampe empor- und durch die Tür gerollt. Wir schlüpfen wie selbstverständlich mit hindurch.

Und stehen wieder mal in einem Innenhof, auch wenn der kleiner und bis auf die Fassträger niemand zu sehen ist.

Ein Haus ragt vor uns auf, ein riesiger, kompakter Klotz. Es hat dieselben dicken Mauern, kleine Türme überall und dunkle, glaslose Fenster, die wie Schießscharten aussehen. An den Wänden wachsen Büsche, rankt sich Wein empor. Links von uns liegt anscheinend ein Garten, rechts werden die Fässer gestapelt. Da die Menschen dort anfangen, uns neugierige Blicke zuzuwerfen, wenden wir uns nach links.

Ich stolpere inzwischen fast willenlos meiner großen Schwester hinterher. So hatte ich mir das Burgleben nicht vorgestellt, so eng, so erdrückend. So voller Lärm und Menschen. In diesem Teil der Befestigung tragen noch dazu fast alle Waffen.

Dann stehen wir tatsächlich in einem von einem schmalen Mäuerchen umkränzten Garten und sofort wird es ruhiger. Unter uns, vom tiefer gelegenen Ring der Burg, dringt noch immer Lärm herauf und auch über uns, von den Zinnen und Wachtürmen, schallen Rufe, doch hier ist es friedlich, keine Menschenseele zu sehen.

»Was passiert denn hier, Ariadne?« Meine Schwester hat mich losgelassen und sieht sich beunruhigt um. »Warum sind alle so aufgeregt?«

Ich kann nur mit den Schultern zucken und den Kopf schütteln. »Ich weiß es nicht. Wirklich nicht.« Auch ich blicke mich um. Es wachsen anscheinend hauptsächlich Kräuter in diesem Gärtchen. Sie duften herrlich: eine wohltuende Abwechslung zwischen all den Ausdünstungen in der Burg. Rings um die

Mauer, die den Kräutergarten begrenzt, klettert Obst an Spalieren empor. Es gibt Birnen, die viel kleiner sind als die, die es bei uns im Supermarkt gibt. Darunter ist Minze gepflanzt. Und noch einige Kräuter, die ich nicht kenne. Die blauen Pflanzen, die so wunderbar duften und die in einem großen Beet in der Mitte wachsen, kenne ich: Das ist Lavendel. Hunderte Schmetterlinge sind diesem betörenden Duft ebenfalls verfallen und umschwirren ihn begierig.

Alex stößt mir ihren Ellenbogen in die Seite und reißt mich aus meinen friedvollen Betrachtungen. »Au.« Ich reibe mir die Rippen. »Was soll denn das?«

»Dahinten«, flüstert sie. »An der Mauer.«

Ich kann nichts sehen außer den hochgezogenen Birnenstöcken. Doch halt, da steht eine Bank. Und auf der Bank sitzt jemand. Ein Mädchen. Und obwohl sie sich nicht bewegt, sieht sie zweifellos zu uns herüber.

»Sie hat uns gesehen«, sage ich erschrocken.

»Ich weiß«, flüstert Alex. »Sie beobachtet uns schon die ganze Zeit.«

»Und jetzt?« Meine Stimme klingt ängstlich.

Alex atmet hörbar aus. Sie reckt sich und zieht die Weste gerade. »Jetzt«, sagt sie durch die Zähne, »schließen wir Freundschaft.« Und sie geht geradewegs auf das Mädchen zu.

Freundschaft, na klar. Ich versuche, erst gar nicht daran zu denken, gegen wie viele Mittelalterregeln wir damit verstoßen, während ich meiner Schwester folge.

Kapitel 6

Das Mädchen ist so bleich wie ein Geist. Sie trägt ein knöchellanges Wollkleid mit langen Ärmeln, einen Gürtel um die Taille und bestickte Knöpfe am Ausschnitt. Ihre Haare sind verborgen unter einem reich bestickten Stirnband, das unter dem Kinn festgebunden ist: Kein Wunder, dass sie ihren Mund nicht aufbekommt, als wir uns ihr nähern. Als wir vor ihr stehen, blickt sie uns neugierig von unten herauf an, sagt aber keinen Ton.

Ich werfe Alex einen Blick zu, doch die sieht ebenso unsicher aus. Was tut man denn in so einem Fall? Verzweifelt versuche ich, mir sämtliche Mittelalterfilme ins Gedächtnis zu rufen, die ich je gesehen habe. Mir will kein einziger einfallen. Nur »Robin Hood« mit Kevin Costner, obwohl ich gar nicht weiß, in welcher Zeit der genau spielt, und ich den auch blöd fand.

Das Mädchen wartet.

Ich knickse. Das ist das Einzige, was mir einfällt.

Alex sieht mich verblüfft an und will es mir nachtun, erinnert sich aber gerade noch rechtzeitig, dass sie ja jetzt ein Junge ist. Also macht sie einen Diener.

»Pax vobiscum.« Das Geistermädchen nickt uns zu.

Tja, so kommen wir keinen Schritt weiter. »Es tut uns leid«, versuche ich tapfer, »aber wir sprechen kein Latein. Und wir wollen auch gar nicht lange stören: Wir sind auf der Suche nach jemandem.«

Das nennt man dann wohl: mit der Tür ins Haus fallen. Oder, in unserem Fall: mit dem Tor in die Burg. Das Geistermädchen starrt uns auch nur mit großen Augen an.

»Das war jetzt nicht sehr geschickt«, zischt meine Schwester mir zu.

»Ach nein? Dann versuch du es doch.«

»Seid gegrüßt«, sagt Alex, die ihren Robin Hood anscheinend besser kennt als ich. »Wir kommen von weit her und bringen Euch . . . bringen Euch . . .«

Na, da bin ich aber mal gespannt.

». . . Grüße«, vollendet Alex den Satz.

Endlich reagiert das Geistermädchen. »So seid auch Ihr gegrüßt«, sagt sie. Es klingt, abgesehen von der Wortwahl, überhaupt nicht merkwürdig und ist wesentlich besser zu verstehen als das, was meine Bauernfamilie gesprochen hat.

»Wie nennt man Euch?«, will das Geistermädchen wissen, wobei sie sich weiter an Alex hält.

»Alex Wallenstein. Und das ist meine Schwester Ariadne«, Alex deutet auf mich.

Das erste Mal in meinem Leben bin ich froh über unsere Namen. Wallenstein passt gut ins Mittelalter, finde ich. Ariadne und Alex auch.

Das denkt wohl auch das Geistermädchen, denn es senkt huldvoll den Kopf. »Alex von Wallenstein. Dann seid Ihr edel.«

Noch ehe ich es verhindern kann, nickt Alex. Na wunderbar. Das war dann Punkt drei, vor dem unser Vater mich gewarnt hat: Gib dich bloß nicht als adelig aus. Tja, so schnell kann's gehen.

»Und Ihr seid Knappe.« Das Geistermädchen wartet gar nicht erst auf die Bestätigung von Alex. »Warum dient Ihr nicht bei Eurem Ritter?«

»Wir suchen ihn gerade«, mische ich mich ein.

Ich ernte prompt einen verständnislosen Blick. »Ihr solltet Euch lieber in der Nähstube melden, als Euren Bruder von der Arbeit abzuhalten.«

»Aber meine Schwester spricht wahr«, erwidert meine Schwester, die für das mittelalterliche Kauderwelsch anscheinend ein Gespür hat. Entweder das oder sie hat heimlich jeden Robin-Hood-Film auf dieser Welt auswendig gelernt. »Wir suchen jemanden. Einen Edelmann.«

»Und sein Name?«, will das Geistermädchen wissen.

Alex sieht mich an.

Ich muss schlucken. »Chris. . .tianus«, fällt mir dann ein: So hat der Bauer meinen Vater genannt. Eigentlich heißt er nur Chris. Ich spüre, wie ich rot werde.

»Christianus?« Das Geistermädchen schüttelt den Kopf. »Ich kennen keinen Edelmann dieses Namens. Aber ich bin auch noch nicht lange hier und es sind viele Menschen dieser Tage zum Schutz gekommen.«

Wäre ja auch zu schön gewesen. Ich überlege fieberhaft. Mein Vater wollte jemanden fragen, der von Kästchen so viel versteht wie ich von Fäden, also Pandora. Was soll's. Versuchen kann man's ja: »Und Pandora? Kennt Ihr eine Edelfrau mit diesem Namen?« Edelfrau klingt irgendwie komisch, aber das Geistermädchen weiß tatsächlich, wen ich meine.

»Oh ja. Folgt mir.« Sie erhebt sich. Langsam. Und schreitet ebenso langsam die Kräuterrabatten entlang.

»Findest du die nicht auch unheimlich?«, flüstert meine

Schwester mir zu. Ich lege den Finger an die Lippen und zeige warnend auf das Burgfräulein. Jetzt müssen wir erst einmal unsere Urgroßtante finden, die vor über einem halben Jahrhundert abgetaucht ist. Und die wird uns hoffentlich sagen, wo unser Vater sich aufhält, der ja auch auffällig zum Verschwinden neigt.

So eine Burg ist ein in Stein gehauener Irrgarten, ehrlich wahr. Nachdem wir wieder einmal einen Gang betreten haben, abgebogen und hochgestiegen sind, habe ich es aufgegeben. Alle Gänge sehen gleich aus. Es ist kalt und zugig und dunkel. Ich bin schon froh, wenn wir mal an einer an der Wand befestigten Fackel vorbeigehen. Allerdings stinken die und rußen so sehr, dass sie in den Augen brennen. Ständig huscht etwas an den Wänden entlang und ich fürchte, dass das Ratten sind. Gott sei Dank ist es viel zu finster, um wirklich etwas zu sehen, sonst wäre ich inzwischen wahrscheinlich Gast bei einer Steinzeitfamilie und hätte eine dampfende Mammutsuppe vor mir stehen. Fenster gibt es natürlich auch, wenn auch ohne Glas, aber sie sind entweder so schmal wie eine Luke oder werden gerade zugemauert: Wir konnten schon ewig keinen Blick mehr nach draußen werfen.

Die Leute, denen wir begegnen, sind ungeheuer respektvoll. Alle springen zur Seite und grüßen und ich nehme doch stark an, dass sie das nicht wegen uns machen: Das Geistermädchen muss eine wichtige Nummer sein.

Ich sehe nur schemenhaft ihren Rücken, wie gerade sie sich hält, wie sie geht. Und ich weiß noch immer nicht ihren Namen.

In einem Turm steigen wir so lange eine steinerne Wendeltreppe hoch, bis ich schon beinahe einen Drehwurm habe. Dann scheinen wir da zu sein, denn das Geistermädchen zeigt auf eine Tür und sagt: »Wohlan.«

Mit einem Mal wird mir flau im Magen. Trotzdem hebe ich die Hand und klopfe vorsichtig, dann lauter. Keine Reaktion – zumindest höre ich nichts, aber wer weiß schon, wie dick diese Türen sind. Ich kann keine Klinke finden, dafür aber einen eisernen Ring, mit dem ich die Tür aufdrücke.

Ich gehe als Erste hindurch, dann Alex, das Burgfräulein kommt als Letzte. Sie schließt die Tür hinter sich.

Der Raum ist kreisrund und scheint eine Art Wohnzimmer zu sein. Zunächst kann ich keine Menschenseele darin erkennen. Im Kamin links von uns brennt ein Feuer, davor liegt ein großer irischer Wolfshund auf einer Binsenmatte und hebt träge den Kopf. Die Wände rings um uns herum sind bemalt, dem Kamin gegenüber hängt ein Wandteppich. Darunter steht ein kleiner, nicht einmal kniehoher Tisch mit einem Schachbrett darauf und zwei kunstvoll verzierte Stühle rechts und links davon, daneben eine Truhe. Es gibt keine rauchenden Fackeln, dafür eine Menge rußender Kerzen, die in einem Kranz an der Decke hängen. Die Luft ist zwar warm, aber auch sehr stickig, was wohl auch an den Glasfenstern liegt, die verschlossen sind.

Wie gesagt: Bis auf den Wolfshund kann ich niemanden sehen. Doch dann nehme ich eine Bewegung in einer Nische wahr, die halb von einem Vorhang verborgen ist. Dort, auf steinernen Bänken, sitzen zwei Menschen: eine Frau mit einem Kopfschmuck, der dem des Gespenstermädchens ähnelt, allerdings noch mit einem langen Schleier kombiniert ist. Und ein alter Mann mit Runzeln und Bart, der sich jetzt langsam erhebt und zu uns rüberkommt. Und der eindeutig unser Vater ist.

Zeitreisen als verwirrend zu bezeichnen, ist ja wohl die größte Untertreibung. Ehrlich: Noch eine Komplikation und ich brauche ein Diagramm, eine Zeichnung oder Ähnliches.

»Wieso bist du so alt?«, platze ich heraus.

Unser Vater fragt zurück: »Und warum bist du so jung? Und ist das Alex? Meine Augen sind nicht mehr die besten, aber sie sieht merkwürdig aus.«

Auch das ist eine Untertreibung: Meine Schwester sieht nicht merkwürdig aus, sie ist totenblass. Gegen sie wirkt das Geistermädchen richtig lebendig.

»Wir sehen *alle* merkwürdig aus«, antworte ich schnell, »schließlich befinden wir uns hier ja auch im Mittelalter und haben diese komischen Sachen an.« Na ja, eigentlich sehen wir schon wieder normal aus, zumindest an Mittelaltermaßstäben gemessen. Mein Vater hingegen würde in jeder Zeit auffallen: Er trägt eine Art Morgenrock und Wanderschuhe, soweit ich das erkennen kann.

Verwirrt sieht mein alter Vater sich um zu der Frau in der Nische. »Mittelalter? Ehrlich?« Er greift sich in den Mund und ruckelt an seinen Zähnen. »Wenigstens ein Vorteil vom Älterwerden: Sind nicht mehr echt«, murmelt er dann. »Früher habe ich beinahe bei jedem Sprung einen Zahn verloren.«

»Papa«, versuche ich, ihn wieder auf uns aufmerksam zu machen. »Als ich dich das letzte Mal gesehen hab, und das war gestern, warst du zwar auch hier, aber du warst wesentlich jünger. Du warst so alt, wie du normalerweise sein müsstest: vierzig.«

Mein Vater runzelt seine ohnehin runzelige Stirn. Er sieht alt aus: Sein Bart ist dünn und er hat tiefe Ringe unter den Augen. »Was heißt schon normalerweise?«, grunzt er. »Ich bin siebenundsiebzig geworden. Und ihr beide . . .«, er wischt mit einer Hand in unsere Richtung, »seid Mitte fünfzig. *Normalerweise.«*

Ich bin mir ziemlich sicher, dass ich das nicht bin. »Ich war noch nie älter als dreizehn.« Und wenn das so weitergeht, werde ich auch keine vierzehn mehr werden.

»Gestern? Was heißt das, du hast ihn gestern erst gesehen?«, mischt meine Schwester sich ein. »Er ist doch weg. Verschwunden. Wir haben ihn seit fast vier Jahren nicht mehr gesehen.«

Hier läuft irgendetwas schief. Und das gründlich. Ich schließe kurz die Augen und atme tief durch. »Wann bist du eigentlich hierher gesprungen?«, will ich von unserem Vater wissen. Kann sein, dass er noch unter den Nebenwirkungen leidet. Vielleicht kommen wir dem, was hier passiert, so auf die Spur.

»Ich weiß es nicht«, erwidert er und reibt sich die Stirn. »Das ist es ja, was so merkwürdig ist. Eben noch saß ich mit eurer Mutter beim Abendbrot und im nächsten Augenblick bin ich hier und quatsche mit Pandora.«

»Pan. . . was?« Ich starre an ihm vorbei zu der Frau mit dem Schleier, die mich huldvoll anlächelt. *»Sie* sind Pandora?«

Meine verschwundene Urgroßtante und Mutter von Pluvius nickt. Ich kann ihre Haare nicht sehen, da die unter dem Schleier verborgen sind, und Sommersprossen hat sie auch nicht: Sie sieht genauso bleich aus wie das Geistermädchen. Pandora ist nicht alt, vielleicht Mitte dreißig, und das verwirrt mich noch mehr als alles andere. »Und wie lange sind Sie ... bist du ... seid Ihr schon hier?« Ich muss unbedingt daran denken, hier alle zu ihrzen.

»Ich zähle sechsunddreißig Lenze«, erwidert sie, obwohl das gar nicht meine Frage war. »Aber ich kenne Euch nicht.«

Ich schüttele den Kopf. Natürlich nicht. »Das ist mein Vater«, sage ich hilflos und deute auf ihn. »Und das«, ich zeige auf Alex, »meine Schwester. Äh, mein Bruder«, verbessere ich rasch.

Pandora hebt eine Augenbraue. »Ihr wisst nicht, ob Ihr eine Schwester oder einen Bruder habt?«

Im Augenblick weiß ich kaum noch meinen Namen. Und schon gar nicht, wie wir diesen Zeitknoten wieder entwirren. »Mein Bruder«, erwidere ich entschlossener, als ich mich fühle.

Jetzt gibt es nur noch eine einzige Person in diesem Raum, die sich noch nicht vorgestellt hat. Ich drehe mich zu ihr um und frage: »Und wer bi... wer seid Ihr, wenn ich fragen darf?«

Das Geistermädchen sieht mich streng an. »Ich bin Gast auf dieser Burg«, erwidert sie. »Ich werde Bia gerufen.«

Nach und nach wird es besser. Ich nehme mal an, es lag an den Nachwirkungen des Zeitsprungs, dass unser Vater anfänglich so durcheinander war. Doch jetzt sammelt er anscheinend seine Gedanken: Vom Wolfshund und von Burgfräulein Bia gleichermaßen neugierig beobachtet, läuft er vor dem Kamin auf und ab und murmelt Sachen wie »nein, das war vorher« oder »dann müsste jetzt eigentlich etwas passieren«. Manchmal bleibt er stehen und fragt danach, welches Jahr wir haben, welcher Herr auf dieser Burg herrscht, all diesen Mittelalterkram. Ich versuche währenddessen, meine verschwundene Urgroßtante in ein Gespräch zu verwickeln. Was gar nicht so einfach ist.

»Lebt Ihr schon lange auf dieser Burg?«, probiere ich es erneut.

Pandora nickt. »Seit ich mich erinnern kann«, erwidert sie.

Ah, ich verstehe. Sie will wahrscheinlich das Burgfräulein Bia nicht misstrauisch machen. »So lange also schon«, wiederhole ich und zwinkere ihr zu.

Pandora sieht mich verständnislos an.

»Und hast ... Verzeihung, habt Ihr auch Kinder? Vielleicht welche, die Pluvius heißen?«

»Mir war nie das Glück vergönnt, eines Kindes Mutter und eines Mannes Weib zu sein. Ich bin völlig mittellos und der herrschaftlichen Familie sehr dankbar, dass ich hier wohnen darf. In einem Kloster hätte es mir gar nicht behagt.« Sie macht eine Handbewegung in den Raum. »Aber Pluvius ist ein schöner Name, da sprecht Ihr wahr.«

Da spreche ich wahr: Oh Mann, Großtante Pandora schafft es wirklich, ihre Rolle durchzuhalten.

»Welchen Tag des Jahres haben wir noch gleich?«, fragt in diesem Moment unser Vater vom Kamin her.

Das Burgfäulein Bia antwortet ihm.

Alex hat sich neben den Wolfshund gekniet und streichelt ihm den Kopf. Er fiept und als hätte er etwas gewittert, steckt er seine Nase in die Luft.

»Dann solltet Ihr Euer Kind Pluvius nennen, falls Ihr mal eines bekommt«, sage ich und zwinkere heftiger.

»Habt Ihr etwas im Auge?«, fragt Urgroßtante Pandora und setzt hinzu: »Ich bin schon alt, ein Kind wird mir nicht mehr vergönnt sein. Zudem wäre ich schon zufrieden, wenn wir alle hier diese Prüfung heil überstehen würden, die vor uns liegt. So wahr uns Gott helfe.«

»Welche Prüfung?«, fragen Alex und ich wie aus einem Mund.

Dieses Mal sind wir es, die von unserem Vater, von Pandora und vom Burgfräulein angestarrt werden.

»Die Belagerung!«, erwidern alle drei gleichzeitig.

»Welche Belagerung?«, fragen Alex und ich. Also ehrlich: Damit könnten wir in einer Show auftreten.

»Diese Burg wird angegriffen«, erklärt das Burgfräulein. »Es kann nicht mehr lange dauern, bis die Feinde da sind. Und wir alle, Weiber und Kinder, Bauern und Ritter unser Möglichstes tun werden, diese Festung zu halten.«

Pandora nickt. »Es sind alle Vorkehrungen getroffen. Und mit Gottes Hilfe werden wir diese Prüfung bestehen.« Um schon einmal dafür zu sorgen, faltet sie andächtig die Hände in ihrem Schoß.

Alex und ich starren uns an.

»Aber das geht nicht«, stammele ich intelligenterweise. »Wir müssen hier weg. Wir können nicht hierbleiben, das geht nicht.« Ich schlucke. »Ich habe Stubenarrest«, füge ich kläglich hinzu.

Alex tippt sich gegen die Stirn. »Na, das wird die Angreifer sicher beeindrucken. Vielleicht lassen sie das mit der Belagerung dann doch besser bleiben.« Sie schüttelt den Kopf.

»Stubenarrest?« Pandora runzelt die Stirn.

Niemand geht darauf ein.

»Sie hat recht«, sagt unser Vater nickend. »Wir müssen wirklich hier weg. Und zwar dringend.«

»Aber das geht nicht«, sagt das Burgfräulein. »Die Brücke ist schon hochgezogen, die Burg ist dicht.«

»Ja, ich weiß. Ich erinnere mich«, erwidert unser Vater und reibt sich die Stirn.

»Du *erinnerst* dich?«, frage ich entgeistert.

»Na ja, nicht hier dran, das ist auch neu. Ich erinnere mich allerdings daran, dass ich mich selbst hierher geschickt habe, als ich vierzig war: Das war nicht nett von mir. Deshalb trage ich auch diese Schuhe im Haus, ständig, schon seit Monaten. Eure Mutter war nicht begeistert, das kann ich euch sagen, aber ich wusste ja, dass da noch diese Zeitreise auf mich zukommt. Aber mitten in eine Belagerung zu geraten, das ist doch ein starkes Stück. Wie war das doch gleich mit belagerten Burgen? Gab's da nicht so etwas wie eine Hintertür?« Der Rest geht unter in unverständlichem Gemurmel. Wieder nimmt mein Vater seine Wanderung auf.

Ich verstehe nicht viel von dem, was er sagt, aber es interessiert mich im Moment auch nicht. Ich höre nur ein Wort: Belagerung! Wir werden belagert! Lieber Himmel. Wir sitzen fest auf einer Burg im Mittelalter, während um uns herum Leute brennende Pfeile oder Schlimmeres auf uns schießen werden. Ich kenne mich da nicht so aus. »Wie läuft denn so eine Belagerung?«, frage ich Urgroßtante Pandora, die immer noch betend in ihrer Nische sitzt.

»Seht her«, sagt sie und zeigt aus dem Turmfenster zu ihrer Linken. Ich steige in die Nische und sehe hinaus. Und kann in der Ferne einen Haufen schwarzer Punkte sehen. Ab und zu blitzt etwas auf . . .

»Da sind sie, die Ritter und Soldaten mit ihren Belagerungsmaschinen. Seht Ihr das Glänzen ihrer Rüstungen? Sie werden weder Mann noch Maus herauskommen lassen und mit brennenden Pfeilen, Steinschleudern und Rammböcken versuchen, die Burg einzunehmen. Aber wir werden uns wehren. Wir werden sie mit heißem Sand und ätzendem Mörtelkalk empfangen und mit Steinen bewerfen. Wir haben genug Nahrung und Wasser. Und wir haben den Segen der Kirche.«

Ich fürchte nur, den haben die anderen auch. Noch einmal blicke ich zu den schwarzen Pünktchen hinüber, die langsam größer werden. »Und wie lange dauert so eine Belagerung?« Vorausgesetzt natürlich, man überlebt die Pfeile, Steinschleudern und Rammböcke.

»Wochen, wenn nicht gar Monate.« Pandora zuckt mit den weiß verhüllten Schultern.

Wochen? Monate? Und wie soll ich das meiner Mutter erklären?

Ob Segen oder sengende Pfeile, hier gibt es nur eins, was wir tun können: »Papa«, sage ich und meine Stimme klingt panisch, »wir müssen hier weg!«

Wir sind bestimmt ein merkwürdiger Anblick, wie wir da durch die Gänge stolzieren. Schleichen hat gar keinen Zweck: In dieser Burg sind mehr Menschen unterwegs als Ameisen in ihrem Haufen, also schreiten wir so selbstverständlich wie möglich zwischen ihnen umher: Bia als Erste, dahinter ich, dann Papa mit Pandora. Das Burgfräulein hat sich uns sofort angeschlossen, während meine Urgroßtante immer noch hin- und hergerissen ist zwischen dem Wunsch zu entkommen und dem »Verrat«, wie sie es nennt. Zum Schluss folgen Alex und der Wolfshund, den Alex auf keinen Fall allein lassen wollte. Er ist noch größer als Rufus und reicht meiner Schwester locker bis zur Hüfte. Und er ist eindeutig ein wenig faul.

»Könnt ihr euch nicht beeilen«, zische ich, nachdem wir

endlich die enge Wendeltreppe des Turms hinter uns gelassen haben.

Wir stehen direkt vor einem Wehrgang, in den Männer schwere, triefnasse Tierfelle schleppen.

»Die legen sie auf die Dächer«, erklärt mir Pandora, die jetzt anscheinend glaubt, ich wolle alles über Belagerungen erfahren. »Gegen die Brandpfeile.«

»Aha«, erwidere ich und winke erneut meiner Schwester und der Schnecke von Hund. »Könnten wir uns jetzt bitte, *bitte* beeilen?!«

Auf dem Weg ins nächsttiefere Stockwerk begegnen uns schwer bewaffnete Soldaten, die »ut de weg« oder Ähnliches brüllen. Platt wie Briefmarken drücken wir uns gegen die Steinmauer und lassen sie vorbei. Sie tragen dicke, wattierte Jacken und Helme, ein paar wenige auch einen Halskragen aus Metall. Schilder und Schwerter in ihren Händen sind noch die harmlosesten Waffen: Wesentlich gefährlicher sehen die Armbrust und die Streitaxt aus, von einer mit Stacheln besetzten Eisenkugel an einem Stock ganz zu schweigen.

»Streitkolben«, erklärt mir Pandora ungefragt, die neben mir steht.

Wir laufen eine hölzerne Treppe hinunter und überqueren einen kleinen Innenhof, in dem weitere Tiere neben einem Haufen Kisten angebunden sind.

»Alles ... Proviant«, keucht Pandora, die auf ihrer Burgführung jetzt doch ein wenig außer Atem gekommen ist. »Getreide, Pökelfleisch, getrocknete Bohnen. Und die Tiere. Man lässt sie ... zur Ader, wenn ... das Essen knapp wird.«

Also, wenn das der Fall ist, werden wir hoffentlich weit, weit weg sein. Jahrhunderte entfernt.

»Und jetzt?« Im Gang auf der anderen Seite des kleinen Hofes führt wieder eine Holztreppe nach unten, an deren Ende sich weitere Gänge verzweigen.

»Runter«, sagt unser Vater, »immer weiter runter. So viel steht fest: Wenn es eine Tür gibt, dann ist sie irgendwo dort unten.« Er muss seinen Morgenrock anheben, um nicht darüber zu stolpern. Dafür kommen ihm seine Wanderschuhe auf den unebenen, schrägen Stufen sicher gerade recht.

Wir laufen also tiefer und tiefer, weichen Soldaten und Bediensteten aus. Selbst der Hund beeilt sich jetzt und tänzelt an unserer Seite neben uns die Treppe herab.

»Halt«, sagt plötzlich eine Stimme. Ein Ritter stellt sich uns in den Weg.

Wir bleiben stehen, keuchend, abwartend.

Ein Kichern steigt in mir hoch. Ich meine, hallo: *Ein Ritter stellt sich uns in den Weg.* Wenn mir vor einer Woche jemand gesagt hätte, dass mir das mal passieren würde . . . Ha, das ist cool. Wie viele Leute aus meiner Klasse können schon ernsthaft von sich behaupten, ein *Ritter* habe sich ihnen in den Weg gestellt?

Er sieht wirklich beeindruckend aus. So ziemlich alles aus ihm besteht aus Metall: Er trägt ein Kettenhemd und darüber Eisenplatten an Brust, Knie, Hüften und Armen. Seinen Helm hat er sich unter den Arm geklemmt und in der Hand trägt er ein gewaltig aussehendes Schwert. Sein Gesicht ist nur schwer zu erkennen, so zugewuchert ist es, und das wundert mich, ehrlich gesagt, denn er ist der Erste, den ich sehe, der hier so lange Haare und einen Bart trägt.

Als der Ritter allerdings sein Schwert auf uns richtet, finde ich ihn schon gar nicht mehr so cool. Er murmelt etwas von

»mitkommen« und »loslassen«, was ich aber nicht genau verstehe. In seinem haarigen Gesicht sieht man kaum, dass sein Mund sich bewegt. Nur seine Augen blitzen.

»Was sagt er?«, raune ich Pandora zu.

Sie zuckt mit den Schultern. »Ich weiß es nicht. Der Ritter ist hier fremd. Er redet ebenso wirr wie Ihr.«

»Ich kann jetzt nicht folgen, Kratos«, erwidert stattdessen das blasse Burgfräulein. »Du . . . äh, Ihr müsst Euch noch etwas gedulden. Es ist bald so weit.«

Hört sich so an, als stünden die beiden auf recht vertrautem Fuß miteinander.

Jetzt richtet der Ritter seine Aufmerksamkeit auf unseren Vater und mustert ihn von oben bis unten. Sein Blick heftet sich auf die Wanderstiefel. Dann nuschelt er etwas in seinen Bart.

Bia nickt daraufhin, zeigt mit großer Geste auf uns und sagt: »Wir sind alle Gäste in dieser Festung, die wir allein nicht überwinden.«

Verstehe einer dieses Gequatsche! »Von Wallenstein«, stelle ich uns vor. Das hat schon das erste Mal ganz gut geklappt.

Der Ritter fährt herum, als hätte ich ihn geschlagen. Seine Augen saugen sich förmlich fest an mir, sie verengen sich zu Schlitzen. Dann verzieht sich sein Mund zu so etwas wie einem Lächeln: Das ist schwer zu erkennen, sieht aber grausam aus.

»Ihr solltet nicht reden, wozu man Euch nicht gefragt hat«, flüstert Pandora mir warnend zu.

Na toll. Das hätte sie mir vielleicht früher sagen können.

Dann geschieht es: Der Ritter wird rot. Zunächst denke ich, er wird es aus Wut, doch er nimmt nicht nur ein wenig Farbe an, er rötet sich wirklich. Als würde ihm heiß werden. Fassungslos sieht er an sich herunter. Wahrscheinlich fühlt er sich, als würde er schon jetzt im Fegefeuer schmoren.

Tja, das hat er nun davon. Ich werfe meiner Schwester einen Blick zu, die die Augen zu schmalen Schlitzen zusammengekniffen hat. Muss wirklich warm werden in so einer Rüstung.

Der Ritter hat inzwischen dieselbe Farbe wie ein gekochter Hummer. Mit einem letzten, halb wütenden, halb verzweifelten Blick stürzt er davon und ins Freie. Und sucht sich wahrscheinlich die nächste Wassertonne, die er finden kann.

»Gut gemacht«, sage ich zu Alex, deren Züge sich wieder entspannen.

Ich werfe einen Blick zu Pandora, die dem Ritter immer noch erstaunt nachsieht, dann zu Burgfräulein Bia. Letztere lässt meine Schwester nicht aus den Augen.

»Äh, wollen wir dann weiter, bevor der Ritter es sich anders überlegt?«, frage ich.

Wir wollen. Nur dass sich die Reihenfolge geändert hat und sich Bia jetzt dicht an meine Schwester hält.

Je tiefer wir steigen, desto dunkler wird es. Bald sind es wieder nur die rußenden Fackeln, die uns überhaupt etwas erkennen lassen. Anscheinend sind wir schon im Keller. »Und jetzt? Rechts oder links?« Ich sehe in beide Richtungen den Gang hinunter. Tiefer geht es nicht mehr: Wir befinden uns weit unter der Burg.

»Keine Ahnung«, gesteht mein Vater.

Wir biegen nach rechts ab. Hier gibt es keinen Steinboden mehr, nur festgestampfte Erde. Es riecht muffig und einmal trete ich auf etwas Weiches. Wieder ist es viel zu dunkel, um etwas erkennen zu können, aber hinter mir höre ich ein Schmatzen.

»Pfui, Kaspar«, sagt Alex.

»Kaspar?«, frage ich.

»So habe ich den Hund getauft. Er hat gerade etwas echt Ekliges gefressen. Ich glaube, das war . . .«

»Schon gut«, unterbreche ich sie. »Wir wollen es gar nicht wissen.«

»Es muss hier irgendwo sein«, murmelt unser Vater, der uns gar nicht zugehört hat.

»Was denn?«, frage ich ihn.

»Das Verlies«, lautet die Antwort.

Natürlich. Wie sollte es auch anders sein. Wo eine Burg ist, da ist auch das Verlies nicht weit.

»Wir versuchen es hier . . . nein, hier entlang«, befiehlt mein Vater.

Ich weiß ja, dass er nur rät. Trotzdem folge ich ihm. Genauso wie Pandora, Alex, Bia und der Hund. Meine Füße sind nass und kalt: Die Stoffschuhe haben sich inzwischen vollgesogen. Außerdem muss ich dringend mal aufs Klo. Kein besonders guter Zeitpunkt, ich weiß.

»Hier könnte es sein.« Mein Vater hat sich eine der Fackeln genommen und blickt erstaunlicherweise an die Decke. Als könne er mit seinem Röntgenblick durch die vielen Mauerschichten hindurchsehen. »Wenn sich über uns der Bergfried befindet, dann müsste hier . . .« Er leuchtet ans Ende des schmalen Raumes, in dem wir uns befinden. Und tatsächlich: Da ist eine hölzerne Tür mit einem Sehschlitz. ». . . das Verlies sein«, sagt er. Dann sieht er sich um, als suche er etwas. Er beleuchtet einen kurzen, kräftigen Balken, einen zerbrochenen

Stuhl, einen Tisch mit einem Kerzenstumpen, der an der Wand steht. Zum Schluss zieht er an der Tür, die mit einem Knirschen aufgeht. Dahinter ist es dunkel.

»Ich dachte, wir suchen nach dem Ausfalltor?«, fragt Pandora.

»Nach einem Geheimgang«, sagt mein Vater. »Und der beginnt meist im Verlies.«

»Ein Geheimgang? Woher wisst Ihr das?« Zum ersten Mal seit längerer Zeit lässt sich auch das Burgfräulein wieder vernehmen.

»Ich habe in meinem Leben jede Menge Burgen gesehen und alles darüber gelesen, was ich in die Finger kriegen konnte. Ihre Tücken und Fallen, aber auch ihre Schwächen studiert«, erwidert mein Vater. »Schließlich wusste ich, dass ich mich selbst noch einmal ins Mittelalter bringen würde. Ich bin darauf vorbereitet.«

»Aber die hier kennt Ihr nicht«, wendet Bia ein.

»Das nicht. Aber ihre Bauweise ist mir bekannt. Wollt Ihr so gut sein und die Fackel nehmen, Fräulein?« Er gibt sie ihr. Ich will vorgehen, doch er hält mich zurück. »Warte noch. Zünde die Kerze an, Ariadne, die dort auf dem Tisch steht. Alex, pass auf den Hund auf, der Köter läuft mir ständig vor die Füße. Pandora, bleib bei Ariadne. Wir dürfen uns nicht verlieren.« Er nimmt die Reste des Stuhls und wirft sie in den Kerker. »Ihr bleibt hier stehen, während ich den Gang suche.« Mit diesen Worten nimmt er mir die Kerze ab und betritt das Verlies.

Wir bleiben, wie befohlen, im Türrahmen stehen. Mein Vater tropft den Kerzenstummel auf den Stuhlresten fest und blickt sich um. Viel sieht man nicht in dem feuchten, moderigen Raum. Es ist niemand darin, natürlich nicht, die Tür stand schließlich offen. Aber es liegt auch kein Skelett herum oder so. Von einer Geheimtür sieht man allerdings auch nichts. Wobei: Das liegt wohl in der Natur der Sache.

»Ich brauche mehr Licht«, sagt mein Vater. »Die Fackel, bitte.«

Bia geht auf meinen Vater zu und will ihm gerade die Fackel reichen, als etwas passiert, mit dem ich nie und nimmer gerechnet hätte: Unser Vater streckt die Hand aus, geht einen Schritt zurück – und schubst das Burgfräulein in das Verlies. Mit einer Schnelligkeit, die ich seinem Alter nicht zugetraut hätte, schlägt er die Tür zu und stemmt sich dagegen. »Den Balken. Schnell«, ruft er uns zu.

Alex und ich stehen wie angewurzelt.

»Nun macht schon«, brüllt unser Vater und endlich bewegen wir uns. Wie betäubt schleppen wir den Balken herüber, während es im Verlies laut wird.

»Was soll der Mist?«, kreischt eine plötzlich ganz und gar nicht mehr fräuleinartige Stimme. »Lasst mich hier raus!«

Ächzend hieven wir den Balken hoch und klemmen ihn gemeinsam mit unserem Vater so gegen die Tür, dass die nicht mehr aufgeht.

»Was soll der Scheiß? Lasst mich hier raaaauuuuuussss«, heult Bia. Es kracht laut. Das Licht im Verlies tanzt, während sie sich wieder und wieder gegen die Tür wirft.

»Los, Beeilung«, sagt unser Vater keuchend. »Den Gang zurück. Na los! Wir haben nicht viel Zeit.«

Er scheucht uns vor sich her ins Dunkle hinein, während uns die vor Wut kreischende Stimme des Burgfräuleins verfolgt. Erst einige Minuten und viele Schritte später ist sie nicht mehr zu hören.

Da ist es, das Ausfalltor. Wir stehen auf einer Art Erhebung und sehen auf einen kleinen Raum hinab, vor dem eine Wache postiert ist. Der Raum ist mit mehreren Fackeln erleuchtet und die Wache hat es sich auf Stroh gemütlich gemacht. Neben ihr steht eine Schüssel mit Wasser.

Auf ein Zeichen unseres Vaters ziehen wir uns in den angrenzenden Gang zurück.

Wir stehen zweifellos unter Schock. Ich habe noch das Kreischen von Bia im Ohr und den anderen geht es bestimmt ähnlich.

»Dort ist das Tor. Da müssen wir raus«, sagt unser Vater gerade, doch niemand reagiert. Er sieht uns der Reihe nach an. »Als ich den Namen gehört habe, wusste ich es sofort: Bia ist nicht die, für die ihr sie gehalten habt. Sie ist eine Sammlerin. Und zwar eine von der schlimmsten Sorte«, sagt er.

Selbst Pandora, von der ich inzwischen nicht mehr sicher bin, ob sie das mit dem Mittelalter wirklich nur spielt, zuckt bei dem Wort zusammen.

»Ich erkläre es euch später. Jetzt nur so viel: Wir müssen hier raus. Dringend. Und dazu müssen wir an der Wache vorbei. Alex?«

Alex, die die ganze Zeit dumpf vor sich hin gestarrt hat, schreckt auf. »Was? Ach so, klar. Ja sicher.« Sie folgt unserem Vater, während ich mit Pandora zurückbleibe. Kaspar will hinter ihnen her, aber Pandora packt ihn gerade noch am Fell und hält ihn fest.

Ich zittere. Das Gefühl, mal zu müssen, ist verflogen, dafür klappere ich jetzt unkontrolliert mit den Zähnen. Gleichzeitig fühle ich mich müde. So müde, dass ich gar nicht nachdenken will.

»Aber . . .«, beginnt Pandora schließlich, »aber sie war ein Gast unseres Herren.«

Ja, ich glaube in der Tat nicht mehr, dass Pandora nur ihre Rolle hervorragend spielt. Da stimmt etwas nicht. »Du . . . ich meine, Ihr wisst gar nicht mehr, wer Ihr seid, nicht wahr?«, frage ich zähneklappernd.

»Natürlich weiß ich das. Man nennt mich Pandora. Ich zähle sechsunddreißig Lenze.«

»Jaja, das mit den Lenzen mal beiseitegelassen, weiß eh nicht, was das heißen soll: Wisst Ihr, wer Ihr wirklich seid? Was Ihr könnt? Kennt Ihr einen Jungen namens Pluvius?«

Pandora runzelt ihre Stirn. »Pluvius. Das habt Ihr mich schon einmal gefragt. Ich kenne keinen Pluvius.« Sie sieht mich stirnrunzelnd an. »Und vielleicht sollte ich gar nicht mit Euch gehen. Ihr benehmt Euch sonderlich.«

Dazu kann ich nichts sagen. Sonderlich, in der Tat. »Ihr auch«, gelingt es mir gerade noch hervorzubringen. Dann schlage ich die Arme um mich, um das Zittern zu unterdrücken, und warte ab, was passiert.

Wenig später ertönt ein lauter Fluch. Wir hören ein Zischen, dann nochmals ein Fluchen. Alex und unser Vater kommen wieder zurückgeschlichen.

»Und jetzt?«, flüstert Alex.

»Jetzt muss er Wasser holen«, entgegnet unser Vater ebenso leise. »Er braucht es, es ist seine Alarmanlage. Wenn sich die Oberfläche kräuselt, kann er sehen, dass die Feinde versuchen, einen Tunnel unter der Burgmauer durchzugraben.«

Wir verziehen uns tiefer in den angrenzenden Gang und verstecken uns.

Nicht mal eine Minute später kommt die Wache an uns vorbei, die große Schüssel in den Händen. Sein Hinterteil ist nass und es riecht nach verbranntem Stoff.

»Und jetzt los.« Mein Vater scheucht uns heraus, kaum dass die Wache um die Ecke ist. »Zur Tür. Los, los.«

Wir rennen alle herunter in den kleinen Raum und zur Tür, die mit einem dicken Balken verrammelt ist. Mühsam stemmen wir ihn auf. Dann, endlich, ist das Tor zur Freiheit offen.

Der Wald ist schwarz und mit einem Mal weiß ich, was meine Schwester mit »unheimlich still« meint. Wir hören keine Geräusche mehr, weder von der Burg, noch von den Belagerern. Es ist, als wäre man mit einem Mal taub oder würde durch dunkles, undurchdringliches Wasser schwimmen. Der Boden macht schmatzende Geräusche, manchmal patscht es, wenn jemand von uns in eine Pfütze tritt. Der Riesenhund winselt. Ich denke, er hat mehr Angst als wir alle zusammen.

Ich merke erst nach einer ganzen Weile, dass ich geduckt durch diese schwarze Welt schleiche – als ob mir das etwas nützen würde. Als wieder einmal ein blasser Fetzen Mondlicht es durch die Wolkendecke schafft und die Umgebung kurz in gräuliches Licht taucht, kann ich sehen, dass die anderen es auch so machen. Selbst der Hund hält den Kopf gesenkt.

Ein Ast knackt, wir bleiben stehen. Mein Herz klopft wie verrückt, während es im Unterholz neben uns zu rascheln beginnt. Niemand rührt sich, dann trabt ein riesig aussehender Wildschweinschatten an uns vorbei.

Meine Schwester atmet hörbar aus. Ich kann sehen, dass sie Kaspar am Fell gepackt hat, doch der Hund macht keine Anstalten, dem Schwein hinterherzujagen. Ich kann es ihm nicht verübeln.

»Wie weit noch?«, flüstere ich unserem Vater zu, als der Mond sich wieder verbirgt und uns im Stich lässt. »Kannst du etwas erkennen?«

»Es ist gleich da drüben.« Er antwortet knapp, sein Atem geht schwer.

Wir laufen schweigend weiter. So langsam meldet sich auch meine Blase wieder, obwohl ich jetzt auf gar keinen Fall hinter dem nächsten Baum verschwinden werde, ganz bestimmt nicht. Ist das duster hier!

»Da oben, wir haben es geschafft.« Im kurzen Aufflackern des Mondlichts zeigt er nach oben auf einen Hügel. Ja, dort gähnt ein schwarzes Maul. Das könnte sie sein, die Höhle.

Als wir endlich oben angekommen sind, müssen wir uns erst einmal ausruhen. Unser Vater lässt sich auf einem der Steine nieder, Alex stützt sich an der Höhlenwand ab. Pandora sucht sich ebenfalls einen Felsbrocken, ich knie mich einfach hin. Kaspar neben mir hechelt mir ins Gesicht, aber ich bin zu geschafft, um ihn wegzuschieben. Ich starre gefühllos in die Dunkelheit. Irgendwo dort unten muss die Hütte sein.

»Und jetzt?«, fragt Alex nach einer Weile. Sie zieht sich die Lederkappe ab und lässt sie achtlos fallen.

Niemand antwortet. Es ist nur unser Atem und Kaspars Hecheln zu hören.

»Was machen wir jetzt?«, drängelt meine Schwester und kratzt sich am Kopf.

»Herrgott noch mal, Alex, wir haben dich gehört«, poltert mein Vater los.

Es wird still. »Ich weiß es doch auch nicht«, sagt er nach einer Weile leise. »Ich weiß es nicht. Es wird schwierig werden. Nicht mehr ganz so schwierig, wo Bia eingesperrt ist . . . Mmh.

Der Ritter muss ihr helfen. Aber die anderen, die anderen zwei . . .« Niemand sagt etwas, niemand wagt es, seine Gedanken zu stören. »Ich werde springen müssen«, stöhnt unser Vater schließlich, »und zwar aus eigener Kraft. Ich werde Pandora an einen sicheren Ort und deine Schwester nach Hause bringen. Und, ach ja, diesen Köter hier auch.«

»Schwester? Welche Schwester? Und wo wollt Ihr mich hinbringen?« Pandora klingt beunruhigt.

»Was ist denn mit ihr?«, frage ich unseren Vater, ohne auf sie einzugehen.

»Sie muss schon länger hier in dieser Zeit sein«, entgegnet er. »Zu lange. Sie kann sich nicht mehr erinnern.«

»Von wem sprecht Ihr?«, will Pandora wissen. »Sprecht Ihr von der Schwester?«

Wieder ignorieren wir sie.

»Sie ist gesprungen, nachdem sie Pluvius abgeliefert hat. Da war sie . . .«, ich rechne schnell nach, »sechsunddreißig. Aber sie behauptet, noch immer im selben Alter zu sein. Und Pluvius ist doch schon ein alter Mann.« Na ja, und auch wieder nicht. »Ich meine, sie muss doch im Mittelalter gealtert sein.«

Mein Vater seufzt. »Das wäre sie, stimmt. Aber die Burg . . . Nun, möglicherweise hat sie der Belagerung nicht lange standgehalten. Und all die Menschen, die Bewohner . . .« Er bricht ab.

». . . sind tot?« Die Bauersfamilie, all die Kinder. Die Bruchenballspieler, das Mädchen mit der Zahnlücke: alle tot? Ich meine, natürlich sind sie inzwischen tot, schließlich sind ja Jahrhunderte vergangen. Aber so sind sie gestorben? Beim Kampf um die Burg? Mein Gehirn zerspringt gleich vor Anstrengung. Und dann dämmert es mir und mir wird eiskalt. »Du meinst, auch Pandora wäre bei der Belagerung umgekommen?«

»Wen meint Ihr?«, fragt meine Urgroßtante schrill. »Sprecht Ihr da über mich?« Kein Wunder, dass sie aufgebracht ist.

Alex geht zu ihr und nimmt ihre Hand. »Das machen sie manchmal«, redet sie beruhigend auf Pandora ein. »Hört am besten gar nicht hin.«

Mein Vater räuspert sich wieder. »Ich denke, das wäre sie, in der Tat. Weißt du, Ariadne, es passiert manchmal, dass Zeitreisende in gefährliche Situationen springen, die sie nicht vorhersehen können. Sagen wir mal, du landest mitten in einer Schlacht und gerade legt einer auf dich an und schießt. Es gibt keine Möglichkeit, so schnell zurückzukommen. Also baust du dir eine Zeitschleife.«

»Eine Schleife?«

»Ja. Du willst ja nicht sterben. Anhalten kann man die Zeit nicht. Aber man kann sie wieder und wieder ablaufen lassen. Ich denke, das ist das, was Pandora getan hat: Sie ist aus Versehen auf einer Burg gelandet, die am nächsten, vielleicht auch erst am übernächsten Tag untergeht. Es gab für sie keine Gelegenheit mehr, gleich zurückzuspringen: Sei es, weil ihr die Kraft dazu fehlte, weil sie zum Beispiel verwundet war, sei es, weil sie die Situation falsch eingeschätzt hat: Auf jeden Fall kam sie nicht mehr rechtzeitig zurück. Sie wäre mit den anderen gestorben, also hat sie eine Schleife angelegt und erlebt diese Zeit wieder und wieder. Es hat sie gerettet, das schon, aber es hat einen großen Nachteil: Du kannst dich nicht selber aus einer Zeitschleife befreien.«

»Du meinst . . .« Mein Gehirn arbeitet auf Hochtouren. »Du meinst, Pandora lebt *seit über fünfzig Jahren* hier und ist keinen Tag gealtert?«

»Ja«, sagt mein Vater nüchtern. »Ich denke nicht, dass es ältere Ichs von Pandora gibt. Sie ist gefangen gewesen in ihrer eigenen Zeitschleife. Und das war eindeutig zu lange: Sie kann sich nicht mehr erinnern, wer sie ist.«

Das muss ich erst einmal verdauen und die arme Pandora anscheinend auch: Sie ist mucksmäuschenstill.

Mein Vater erhebt sich mühsam. »Ich denke«, sagt er, »sie hat darauf gehofft, dass jemand sie durch das Zeitkästchen findet und rettet. Aber das war ja verschwunden: Niemand wusste, wo sie es vor ihrer Abreise gelassen hatte.« Er streckt sich mühsam, drückt sein Kreuz durch.

»Aber mein Vater . . . ich meine du . . . ich meine, dieser Zeittunnel hier: Du hättest sie doch befreien können.«

»Den Tunnel hat Pandora angelegt und ich habe ihn benutzt, das ist wahr. Aber es war schon so lange her: Ich weiß nicht mehr, warum ich nicht gleich zu ihrer Rettung geeilt bin. Ich denke, ich bin damals einfach nicht darauf gekommen, dass sie hier, gleich neben meinem früheren Ich in einer Burg gefangen saß. Ich nehme mal an, erst durch dich ist mir das klar geworden: Als du mir damals erzählt hast, dass das Kästchen noch nicht gefunden worden war, konnte das nur bedeuten, dass Pandora hier noch irgendwo stecken musste. Tja.« Er reibt sich über die Stirn. »Darauf hätte ich eher kommen müssen.«

»Sprechen die über mich?«, höre ich in der nun folgenden Pause Pandora flüstern.

»Nicht wirklich«, flüstert Alex zurück.

Mein Kopf tut weh und ich habe noch Millionen Fragen.

»Du hast sicher noch eine ganze Menge Fragen«, sagt mein Vater in dem Moment, als könnte er Gedanken lesen, »aber die müssen warten, mein Kind. Ich werde jetzt mit Pandora und Alex zurückspringen . . .«

»Und Kaspar«, fügt Alex ein.

»Und Kaspar meinetwegen auch«, knurrt er. »Aber für dich habe ich noch einen ganz speziellen Auftrag. Es ist nicht leicht und ich weiß, dass ich eigentlich zu viel von dir verlange, aber es muss sein. Meinst du, du kannst einen Zeitsprung alleine wagen? Du musst jemanden holen.«

Na ja, was sein muss, muss eben sein, oder? Also nicke ich. »Es gibt nur eins, was ich ganz dringend vorher erledigen muss.«

»Und das wäre?«, fragt mein Vater.

»Ich muss ganz dringend pinkeln.« Und so schnell ich kann, stürze ich mich das hoffentlich letzte Mal ins mittelalterliche Gebüsch.

Kapitel 7

Es hat geklappt!

Na klar hat es das, ich bin ja mittlerweile so etwas wie ein Profi auf dem Gebiet des Zeitsprungs, und doch war dies das erste Mal, dass ich allein gesprungen bin. Und nicht nur das: Ich brauchte nicht einmal etwas Ekliges. Mein Vater hat mir erklärt, wie es geht, und es funktioniert tatsächlich: Ich muss mich in Gedanken an eine Klippe stellen. Unter mir, ganz klein, liegt der Zeitpunkt, an den ich reisen will. Dann muss ich tief Luft holen und mich fallen lassen – und das war's.

Wow. Wer hätte gedacht, dass Zeitreisen so einfach sein kann!

Glücklich atme ich die frische Luft ein, spüre den milden Wind auf meiner Haut . . . und werde fast von einem Auto überrollt, das mich anhupt und mit einer Schlenkerbewegung ausweicht.

Schnell rette ich mich auf den Bürgersteig vor unserem Haus. »Und du mich auch!«, rufe ich dem immer noch hupenden Fahrer nach und zeige ihm den Stinkefinger. Dann fällt mir siedend heiß ein, dass das sicher nicht der unauffälligste Auftritt ist, vor allem, wenn man so angezogen ist wie ich. Ich blicke mich rasch um. Nein. Sieht nicht so aus, als hätte mich jemand bemerkt. Oder, was wichtiger ist, als hätte *ich* mich bemerkt.

Ich verstecke mich am Ende unseres Grundstücks unter der Fliederhecke und warte. So langsam trocknen meine Schuhe wieder: Entweder das oder ich spüre die Nässe nicht mehr. Es ist warm. Zu warm für all die Sachen, die ich anhabe und die noch dazu fürchterlich dreckig sind. Der Geruch der Blüten ist betäubend, Bienen und Schmetterlinge werden von ihm angezogen und trotzdem nehme ich noch etwas anderes wahr: Es riecht nach Feuer.

Vorsichtig luge ich durch die Zweige und tatsächlich: Unser Nachbar hat den Grill angeworfen. Er steht noch mutterseelenallein im Garten und qualmt vor sich hin, während ich in der Hecke sitze und darauf warte, dass unser Vater seine Familie verlässt.

»Geh zurück zu dem Zeitpunkt, als du deinen Vater das letzte Mal gesehen hast.« So lautet mein Auftrag von niemand anderem als ihm selbst.

Jetzt ist mir auch klar, warum ich den Verlust meines Vaters immer mit Gegrilltem verbinde: Es hat so gerochen an dem Tag.

Zum ersten Mal bekomme ich es mit der Angst zu tun, und zwar so richtig. Klar hatte ich auch Angst, als wir Bruchenball gespielt haben, als uns der Monokelmann verfolgt hat oder wir belagert wurden. Aber jetzt bin ich allein. Und muss ganz allein meinem Vater gegenübertreten, und zwar an dem Tag, an dem er für vier Jahre aus unserem Leben verschwindet.

Mein Magen macht genau den gleichen Salto wie die Biene vor meiner Nase, als ich sie wegpuste, und ich merke, wie mir Tränen in die Augen steigen. Die Tränen, die ich gerade nicht weine, während ich auf der Treppe im Flur sitze und nicht runterkommen, mich nicht verabschieden will.

Alex will ihn nicht gehen lassen, sie weint. Ich sitze nur da, wie betäubt, gleich zweifach sitze ich da, heulend unter der Hecke und tränenlos auf dem Treppenabsatz, und irgendwie ist es, als würde ein Band entstehen zwischen mir und meinem früheren Ich, ein so starkes Band, dass ich es fast fühlen kann.

Schick ihn raus, sende ich mir in Gedanken eine Botschaft, ich brauche ihn.

Und da wird es mir klar und die Erkenntnis trifft mich wie ein Schlag. Deshalb habe ich es gesagt. Deshalb habe ich gesagt: »Geh endlich, na los!« Es war keine Grausamkeit, keine Gefühllosigkeit von mir: Ich habe ihn damals weggeschickt, um mir selbst zu helfen. Ich muss es gefühlt haben. Jetzt erst kann ich es verstehen.

Alles kommt zusammen: der Mittelalterschock, die Angst, die Erkenntnis. Ich heule nur noch mehr, meine Nase läuft und natürlich habe ich kein Taschentuch, wer hat das schon zu passender Zeit, und ich schniefe und wische mir die Tränen am Ärmel ab.

Es dauert nicht lange und ich höre jemanden den Bürgersteig entlangkommen, sehe die Hose meines Vaters, erkenne seine Aktentasche mit der fehlenden Schnalle und nehme all meinen Mut zusammen.

Er ist schon ein paar Schritte weitergegangen, als ich endlich unter dem Busch hervorgekrochen bin und »Papa?« frage.

Mein Vater dreht sich um. »Ariadne«, lächelt er, dann werden seine Augen groß. »Aber wie siehst du denn aus? Ist dir was passiert? Wie kommst du so schnell hierher?«

»Das ist eine lange Geschichte«, schniefe ich. »Nicht erschrecken. Ich komme gerade aus dem Mittalter. Na ja, *eigentlich* komme ich aus der Zukunft und brauche deine Hilfe.«

Kann schon sein, dass ich nie einen Vater hatte, der mit uns gegrillt hat oder der lange bei uns bleiben konnte. Aber immerhin habe ich einen Vater, vor dem ich wie aus dem Nichts auftauchen kann, beinahe vier Jahre älter als er mich vor zwei Minuten noch gesehen hat. Dem ich einen völlig bescheuerten Satz wie »Ich komme aus der Zukunft« vorsetzen kann und der mich nur erstaunt anlächelt und fragt: »Was kann ich für dich tun?«

Wie viele Väter gibt es schon, die so reagieren würden?

Die Erste Hilfe kommt in Form eines Taschentuchs, in das ich mich ausgiebig schnäuze, während wir in Richtung Hotel weitergehen.

Wieder einmal muss ich abwägen, was ich erzählen kann und was nicht. Nicht erwähnen sollte ich vielleicht, dass ich ihn nach diesem Tag über vier Jahre lang nicht mehr zu Gesicht bekommen werde. Ebenfalls verwirrend dürfte der Mittelalterteil für ihn sein, also halte ich meine Erläuterungen so knapp wie möglich: Der Monokelmann ist hinter einem für die Garde der Zeitspringer wichtigen Kästchen her, das sich in einem Hotel befindet, das Pluvius und ein Freund nicht verlassen können. Und am wichtigsten: dass er selbst mir eine Botschaft geschickt hat mit der Anweisung, zu diesem Tag zurückzuspringen.

»Worauf warten wir dann noch?«, fragt mein Vater.

»Auf einen Plan?«

»Aber der Plan scheint doch schon zu existieren, oder etwa nicht? Wir müssen nur noch ins Geschehen eingreifen.«

Könnte es wirklich so einfach sein?

Mein Vater sieht sich um und zieht mich in den Schatten eines Hauses. Er murmelt das Datum vor sich hin, dann die Uhrzeit und schließt die Augen.

Dann nimmt er mich in den Arm, was peinlich und wunderschön zugleich ist: Ein warmes Gefühl durchströmt mich. Als hätte ich lange gefroren und jetzt einen Teller heiße Suppe gegessen oder so. Und schon, viel zu schnell, sind wir da: Wir stehen vor dem Hotel.

»Wow!«, sage ich. »Das war wirklich gut.«

»Danke«, sagt mein Vater. Doch er taumelt leicht, als er mich loslässt. Dann geht er zur Seite, beugt sich vor und ich denke schon, er muss sich übergeben, doch er fängt sich wieder. Er spuckt aus, dann scheint er in seinem Mund mit der Zunge nach etwas zu tasten. »Mannomann«, murmelt er. »Irgendwann werden sie mir noch alle ausfallen.« Dann besinnt er sich, lächelt mir beruhigend zu und sieht sich noch einmal um. »Wir sollten vielleicht nicht so lange hier rumstehen. Der Mann hat ein Monokel, sagst du? Der Mann, der hinter Pandoras Kästchen her ist?«

Ich erstarre. »Pandora? Ich habe dir gar nichts von einer Pandora erzählt.«

»Ariadne, Kind, natürlich weiß ich, um welches Kästchen es sich handelt. Und jeder, wirklich jeder Zeitreisende kennt Pandora. Oder kannte sie«, verbessert er sich rasch: »Sie ist verschwunden, musst du wissen.«

Ja, natürlich. Ich kann ihm jetzt nicht groß erklären, dass wir Pandora inzwischen gefunden haben: Wir haben Wichtigeres zu tun.

»Also, der Mann trägt ein Monokel?«, wiederholt Papa drängend.

Ich schüttele den Gedanken ab. »Ja, er trägt ein Monokel und ist leicht zu erkennen. Und er hat vielleicht Helfer, sagt Pluvius.«

»Und er kennt mich?«

Ich nicke zögernd. »Das denke ich.« Inzwischen weiß ich gar nicht mehr genau, wer wen wann in welcher Zeit kennt und wer nicht.

»Dann müssen wir vorsichtig sein.«

Gemeinsam gehen wir die kurze Auffahrt entlang zum Eingang. Es ist früher Abend und wird langsam dämmerig. Vor dem Hotel fahren Taxis vor, die die Gäste zum Abendessen oder ihren Verabredungen abholen; die meisten von ihnen sind festlich gekleidet. Nervös starre ich jeden an, der uns begegnet. Der Monokelmann ist nicht zu sehen, doch wer weiß, ob der Herr dort drüben, der in dem grau gestreiften Anzug nicht sein Helfer ist? Oder der in den Jeans, der so sympathisch aussieht? Oder der mit der Golftasche über der Schulter? Oder . . .

»Siehst du ihn?«, fragt mein Vater, kaum dass wir durch die Drehtür und in der Lobby sind.

Ich schüttele den Kopf.

»Gut«, sagt mein Vater. »Meine Aufgabe ist also, dich, Großonkel Pluvius und deinen Freund, diesen Max . . .«

»Moritz.«

». . . diesen Moritz aus dem Hotel herauszubringen. Und das Kästchen, natürlich.«

»Ja, bitte.« Vielleicht wäre jetzt der Zeitpunkt, ihn darauf hinzuweisen, dass *Großonkel* Pluvius ein wenig jünger ist, als er ihn kennt?

»Dann mal los«, sagt mein Vater und zieht mich mit in Richtung Treppe. »Die Fahrstühle behalten sie sicher im Auge«, murmelt er dabei zur Erklärung.

Es geht alles sehr schnell, doch während die Tür zum Treppenhaus hinter uns zufällt, sehe ich aus den Augenwinkeln etwas, was nicht stimmen kann. Wie betäubt laufe ich hinter meinem Vater die Stufen hoch, während immer wieder dieses Bild durch meinen Kopf schießt. Aber es kann nicht sein, oder doch? Wenn mich nicht alles täuscht, dann habe ich gerade in der Lobby am Empfangstresen einen Mann gesehen, der mit dem Portier redete. Und dieser Mann war niemand anders als – mein Jetztzeit-Vater.

Der Flur ist leer. Bevor wir um die Ecke biegen, späht mein Vor-vier-Jahren-Vater blitzschnell um die Ecke und zieht sich wieder zurück, so wie man es in allen CSI-Filmen sieht, aber nichts passiert. Es scheint fast so, als hätte der Monokelmann aufgegeben.

»Merkwürdig«, findet auch mein Vater. »Ich hätte schon mit ein wenig Gegenwehr gerechnet.«

Unbehelligt kommen wir bis zur Zimmertür und klopfen. Das »Bitte nicht stören«-Schild hängt immer noch an der Klinke. Es dauert eine Weile, dann öffnet Pluvius die Tür. Und zum ersten Mal, seit ich ihn abgeholt habe, sehe ich meinen Vater überrascht.

»Dem Himmel sei Dank, kommt rein.« Pluvius schließt sorgfältig die Tür hinter uns und lächelt mich an. Er hätte mich wohl umarmt, hält sich aber mit Blick auf meinen Vater zurück. »Wie war's?«, will er sofort wissen.

»Erzähle ich später«, winke ich ab, kann mich aber doch nicht zurückhalten, ihm wenigstens »Wir waren auf einer

Burg. Wir wurden belagert. Ich habe einen Ritter getroffen« zuzuraunen.

»Mein Gott, Pluvius«, sagt mein Vater jetzt, »du bist so jung. Viel jünger als zu dem Zeitpunkt, als wir uns das letzte Mal getroffen haben.«

»Hallo Chris«, erwidert Pluvius, der erst verwirrt zu mir und dann zu meinem Vater sieht, den er ja kürzlich erst im Mittelalter getroffen hat. »Dasselbe wollte ich dir auch gerade sagen.«

Moritz räuspert sich. »Hallo Ariadne«, sagt er und schon am Klang seiner Stimme merke ich, dass er halbwegs wieder normal ist.

»Das ist Moritz«, stelle ich ihn meinem Vater vor. »Alles klar bei dir? Hast du dein Gedächtnis wieder?«

Moritz zwinkert mit den Augen. »So einigermaßen«, sagt er und lächelt schief. »Jetzt muss mir nur noch einfallen, wie meine Eltern aussehen, dann bin ich wieder wie neu.«

»Also«, sagt mein Vater, der seinen Blick kaum von Pluvius losreißen kann, »wir sollten keine Zeit verschwenden. Wo ist das Kästchen?«

Irgendetwas in mir wehrt sich dagegen, es ihm zu geben, obwohl das natürlich Blödsinn ist. Wenn das so weitergeht, vertraue ich bald nicht mal mehr meinem eigenen Schatten.

»Im Badezimmer. Ich hole es«, sagt Pluvius, der diese Sorgen anscheinend nicht teilt.

»Diese Frisur«, raunt mein Vater mir grinsend zu und ich weiß erst gar nicht, was er meint, schließlich habe ich mich schon an Pluvius' lange Haare gewöhnt.

»So. Hier ist es.« Pluvius gibt ihm das Kästchen.

Mein Vater hebt es hoch und pfeift durch die Zähne, macht

jedoch keine Anstalten, es zu öffnen. »Er darf es auf keinen Fall kriegen«, sagt er. Wer genau »er« ist, ist uns allen wohl klar. »Wir bleiben zusammen und nehmen wieder die Treppe. Ariadne sagt, man kommt in den Keller und von da aus nach draußen, aber ich denke, dass der ›Monokelmann‹, wie ihr ihn nennt, vielleicht Wachen dort postiert hat. Wir sollten vielleicht besser durch die Lobby gehen. Uns als Stecknadeln unter Stecknadeln mischen, sozusagen.«

»Wir sind nicht sicher, ob er Helfer hat«, unterbricht ihn Pluvius. »Aber ich habe ihn mit einer Vogelscheuche reden sehen.«

Mein Vater runzelt die Stirn. »Du meinst . . .?«

»Die Frau war alt, runzelig. Sie gingen recht vertraut miteinander um.«

»Gut, wir halten die Augen nach ihnen offen«, nickt mein Vater. »Und jetzt lasst uns aufbrechen.« Er steckt das Kästchen in seine Aktentasche und geht voran.

»Stopp, halt. Nur eine Sekunde.« Ich weiß, wir haben es eilig, aber ich muss aus diesen Klamotten raus. Und mir wenigstens kurz die Hände waschen. Ich stürze also ins Badezimmer, ziehe mir rasch das blaue Kleid und den Rock aus und schlüpfe wieder in meine Jeans. Dann wasche ich mir Gesicht und Hände, bis ich wenigstens einigermaßen menschlich aussehe, und kämme mir mit feuchten Fingern durch die Haare. Das T-Shirt lasse ich an, das sieht noch einigermaßen passabel aus. Meine Schuhe sind wohl endgültig ruiniert, aber das lässt sich jetzt nicht ändern. Kleid, Rock und Alex' Sachen lasse ich in der Badewanne liegen: Vielleicht habe ich nachher noch Zeit, sie zu holen. Oder ich rufe morgen oder so im Hotel an und sage, ich hätte sie vergessen.

So. Jetzt bin ich bereit. Ich nicke meinem Vater zu, der die Tür aufmacht, auf den Gang hinaussieht und dann vorgeht.

Moritz folgt ihm.

Pluvius hält mich leicht am Ärmel zurück, dann drückt er mir unauffällig etwas Weiches in die Hand.

Ich sehe ihn mit großen Augen an.

Pluvius legt einen Finger an den Mund, zwinkert mir zu und verlässt dann das Zimmer.

Ich gehe als Letzte, wobei ich das Samtsäckchen mit dem Schlüssel in meiner Hosentasche verschwinden lasse. Was hat das zu bedeuten? Traut Pluvius meinem Vater nicht? Oder will er nur auf Nummer sicher gehen?

Die Lobby summt von Stimmen. Grüppchen von Menschen stehen herum und unterhalten sich, sitzen in den Sesseln und Sofas und genießen ihre Cocktails oder warten abfahrbereit vor der Drehtür. Eine Wolke aus Parfüm und Rasierwasser macht selbst dem heftig dagegen angehenden Lilienstrauß den Duft streitig, hinter dem wir uns verbergen. Von hier aus hat man einen guten Blick über den Eingangsbereich, den Tresen und die Sitzgruppen. Die Tür zur Bar steht offen, Klaviermusik dringt heraus. Die Hälfte der anwesenden Gäste trägt einen rosa Button auf dem »ViP« steht.

Was soll das denn?

»Vereinigung internationaler Philatelisten«, raunt Pluvius mir zu, als hätte er meine Gedanken gelesen, und zeigt auf ein Plakat, das an einem Flipchart hängt und die Teilnehmer auffordert, ihre Buttons zu tragen und sich um sieben zur Cocktailstunde einzufinden, bevor um acht die Veranstaltung beginnt. »Das sind alles Briefmarkensammler.«

Noch mehr Sammler!

Draußen fahren die Taxis vor, der Concierge verteilt noch an der Drehtür Eintrittskarten und Ausgehtipps. Der Mann vor der Drehtür direkt gegenüber dem Concierge hat keinen Button. Etwas an ihm kommt mir seltsam bekannt vor. Er hat lange Haare und einen schwarzen, ungepflegten Bart und trägt unmodische und zu kurze Hosen. Sein betontes Desinteresse am Geschehen um ihn herum macht ihn erst recht verdächtig.

»Da drüben«, sagt Moritz und mein Vater nickt. Er hat ihn auch gesehen.

»Gibt es noch einen anderen Ausgang? Außer den im Keller?«, will er wissen.

»Nur noch einen. Der durch die Bar«, weiß Moritz. »Dort führt eine Tür raus zur Terrasse.«

Mein Vater nickt. »Ihr wartet hier. Bin gleich zurück.« Er verschwindet aus unserem Blickfeld, um kurz darauf mit vier Buttons zurückzukehren. »Steckt euch die an. Und dann gehen wir jeweils zu zweit rüber. Moritz und Ariadne, ihr geht vor. Leg deinen Arm um sie, damit man sie nicht so sieht, so ist es gut. Wir folgen ihnen, Pluvius.«

Moritz und ich gehen los, schlendern betont unauffällig durch die Halle, wobei ich immer noch an meinem T-Shirt nestele, um den Button festzukriegen. Ich wage es nicht, zu dem Mann an der Drehtür hinüberzusehen. Noch nie kamen mir ein paar Meter so lang vor. Der Klavierspieler gibt gerade »As time goes by« zum Besten, fast so, als ob er wüsste, wer wir sind. An der Tür zur Bar steht eine Frau mit einem Klemmbrett und einem Stift in den Händen und zählt die Anwesenden. Ist ja wohl klar, dass sie uns in unserem Alter nicht abnimmt, Mitglieder der Vereinigung zu sein, und uns aufhalten wird, aber nichts da: Sie schaut gar nicht in unsere Gesichter, sondern nur auf unsere Buttons und macht zwei Striche. »Willkommen beim Jahrestreffen der Vereinigung internationaler Philatelisten, schön, dass Sie da sind«, leiert sie herunter.

Und schon sind wir drin.

Die Buttonträger in der Bar sind allesamt sehr fröhlich. Sie stehen in kleinen Grüppchen herum und trinken Cocktails mit Schirmchen, ein paar von ihnen haben wohl schon einige Drinks intus und stark gerötete Gesichter. Manche haben ihre Briefmarken gleich mitgebracht und überall sieht man Menschen mit Lupen, Pinzetten und sogar ein, zwei Monokelträger. So ein Mist: »Unser« Monokelmann muss sich hier wohlfühlen wie ein Fisch im Wasser. Es wird gescherzt und gelacht und ein dicklicher Mann mit Schnauzer hat einen solchen Schluckauf, dass sein Hicksen durch den ganzen Raum dröhnt. Niemand achtet auf uns, schon gar nicht, als mein Vater und Pluvius wieder zu uns stoßen und wir unsere eigene Gruppe bilden. Vielleicht denken sie, man könne gar nicht früh genug mit dem Sammeln von Briefmarken anfangen, wer weiß? Auf jeden Fall guckt niemand komisch, als mein Vater ein Zeichen gibt und wir uns mit viel »Entschuldigung« und »dürfte ich mal« in Richtung Terrasse durchwurmen.

Und vor verschlossener Tür stehen.

»Mist«, sagt Moritz und versucht noch einmal die Klinke. »So ein verdammter Mist.«

Wir starren durch die Glastür nach draußen. Die Sonne steht schon sehr tief und taucht den Garten in unwirkliches goldenes Licht.

»Hier war sonst immer offen«, entschuldigt sich Moritz.

»Wahrscheinlich stehen Briefmarkensammler nicht auf frischen Wind und Zugluft«, sagt Pluvius.

»Ach, und das hätte ich voraussehen sollen, oder was?«, entgegnet Moritz bissig.

»Das sagt doch gar keiner. Obwohl: Man hätte es ahnen können.«

»Dann könntest du uns ja sagen, was wir jetzt machen sollen, wenn du schon so klug bist, Alter.«

»Nenn mich nicht Alter, *Alter.*«

»Hallo, halt, immer mit der Ruhe.« Mein Vater hebt beschwichtigend die Hände. »Wir sitzen alle im selben Boot. Und jetzt verhalten wir uns erst einmal unauffällig und gehen da rüber, da wird gerade ein Tisch frei.«

Wieder drängelt sich unsere kleine Gruppe durch die Menschenmenge und lässt sich am einzigen freien Tisch in der Ecke des Raums nieder.

Neben uns flackert ein künstlicher Kamin, der zwar keine Wärme ausstrahlt, dafür aber gemütlich wirkt, über uns hängen Bilder von Rennpferden. Wir schieben die leeren Cocktailgläser zusammen und sehen erwartungsvoll zu meinem Vater, der stehen geblieben ist.

»Ihr bleibt hier sitzen«, sagt der. »Ich gehe und suche einen Kellner, der mir die Tür aufschließen kann. Ihr rührt euch nicht von der Stelle, ist das klar? Hier seid ihr erst einmal sicher. Selbst wenn ihr entdeckt werdet, wird dieser ›Monokelmann‹ oder wie immer ihr ihn auch nennt, sicher nichts unternehmen vor all den Zeugen.«

Ich habe noch allzu gut vor Augen, wie der Monokelmann mit seinem Spazierstock auf unseren Fahrstuhl anlegt und sich keinen Deut um mögliche Zeugen schert, sage aber nichts. Pluvius tut es sicher ganz gut, mal wieder eine Weile zu sitzen. Also heißt es abwarten und …

»Bier trinken«, sagt Moritz, kaum ist mein Vater außer Sichtweite.

Ich hatte eigentlich »Tee trinken« denken wollen.

»Ich meine, hier sitzen wir, allein in einer Bar. Das ist cool. Theoretisch könnten wir uns jetzt ein Bier bestellen.«

»Bier? Toll. Bei uns ging das nicht«, sagt Pluvius und meint damit seine Zeit. Er sieht dabei allerdings blass aus und nicht wirklich so, als wäre er gerade in Bierlaune.

»Also, ab sechzehn ist das erlaubt. Wir müssen also nur ein wenig schummeln.«

»Und du denkst, man nimmt dir ab, dass du sechzehn bist?«

Moritz reckt sich. »Na klar.«

»Dann man los«, sagt Pluvius und lächelt gequält. »Es sei denn, du hättest statt eines gefälschten Ausweises wieder nur dein Duschgel dabei.«

»Was heißt ›nur‹? Mein Duschgel hat uns gerettet, falls du das vergessen hast.«

»Gerettet? In deinen Träumen. Wir sind auch so ganz gut klargekommen.«

»Klargekommen nennst du das? Dann möchte ich nicht dabei sein, wenn bei dir mal was schiefgeht.«

»Aufhören, sofort«, mische ich mich ein. »Wir sollten uns jetzt besser auf unsere wichtigste Aufgabe konzentrieren.«

Beide starren mich verständnislos an.

»Zu entkommen!« Also ehrlich. Jungs!

»Dann gibt es wohl kein Bier«, seufzt Pluvius, aber es klingt eher erleichtert.

»War ja auch nur theoretisch gemeint«, gibt Moritz klein bei.

Ich schüttele nur den Kopf. Und behalte den Eingang zur Bar im Auge, an dem die Frau mit dem Klemmbrett mit zerfurchter Stirn wieder und wieder ihre Strichliste zählt.

Die Kongressteilnehmer haben es anscheinend nicht eilig und ich betrachte den falschen Kamin neben mir. Sein »Holz« ist aus bemaltem Stein, dahinter imitiert eine sich drehende Scheibe die Flammen. Kitschig, aber witzig. Ich nehme mir vor, so etwas für mein Zimmer anzuschaffen.

Sobald wir das hier überstanden haben. *Wenn* wir das denn überstehen.

Zum ersten Mal wird mir bewusst, dass das nicht der Fall sein könnte. Dass es möglich ist zu verlieren. Dass der Sammler sich das Zeitkästchen schnappen, uns in einen Riss ziehen und für immer verschwinden lassen könnte . . .

Ich starre trübe in den falschen Kamin und muss an diesen Tag im Keller denken. Als ich Pluvius kennenlernte und Moritz eigentlich auch erst richtig, wenn man es genau nimmt. Den Zeitpunkt, als alles begann. Kaum zu glauben, dass das erst ein paar Tage her ist. Ich bin so von meinen Erinnerungen in Anspruch genommen, dass ich zunächst gar nicht bemerke, dass die Bar sich leert. Und als es endlich zu mir durchdringt, ist es zu spät.

Ich blicke hoch und sehe gerade noch zwei Briefmarkenfrauen in Kostümen und mit hohen Schuhen, die sich angeregt unterhalten. An der Schwelle zur Lobby stolpert die eine, stützt sich an der Tür ab und fängt sich wieder, ihre Freundin lacht. Dann haken sie sich unter und gehen weiter und die Tür fällt zu. »Wartet mal«, sage ich und packe Moritz, der mir am nächsten sitzt, am Arm. »Hier ist kein Mensch mehr.« In meiner Stimme schwingt Panik mit, das höre ich selbst.

Wir sind allein. Und zwar wirklich allein: Selbst der Klavierspieler ist verschwunden und vom Barkeeper keine Spur.

»Wo sind die denn mit einem Mal alle hin?« Pluvius reckt seinen Hals.

»Das Treffen hat wohl begonnen«, sagt Moritz, klingt aber ebenfalls beunruhigt. »Sollten wir nicht lieber auch gehen?«

»Chris hat uns gebeten zu warten.« Obwohl er sich auf dem Hotelzimmer erholen konnte, sieht Pluvius noch immer erschöpft aus. Er massiert sich die Schläfen.

Ich zucke mit den Achseln. »Ja, eigentlich schon.«

»Irgendwas stimmt nicht«, murmelt er. »Ich meine: Wie spät haben wir es eigentlich? Ist es nicht zu dunkel?«

Dann klappert irgendwo eine Tür und wir fahren zusammen, als hätte jemand eine Kanone abgefeuert. »Was war das?«, frage ich ängstlich.

Moritz räuspert sich. »Nur eine Tür. Wir sollten nicht übertreiben. Wir gehen jetzt rüber in die Lobby und warten da auf deinen Vater.«

Das finden wir mehr als überzeugend. Ich springe auf, Pluvius schiebt sich aus seiner Bank. Moritz ist uns schon einen Schritt voraus. Doch dann bleibt er so plötzlich stehen, dass ich mit Wucht gegen ihn pralle.

»Verdammt noch mal. Was ist . . .«

Und dann sehe auch ich ihn. Den Sammler, der mitten im Raum steht und seinen Stock auf uns gerichtet hält.

Eine Zeit lang sehen wir uns nur an, dann zieht ein ironisches Lächeln über das Gesicht des Mannes. »Guten Abend«, sagt er. »So spät noch auf?«

»Spät?«, antwortet Pluvius schwach. »Es ist noch nicht einmal acht.«

»Da wäre ich mir nicht so sicher, mein Junge«, lächelt der Sammler und rückt sein Monokel gerade, ohne den Stock herunterzunehmen. »Gar nicht so sicher.«

Ein Blick zur Terrassentür zeigt uns, dass er recht hat: Für acht ist es schon viel zu dunkel, inzwischen ist die Sonne schon fast untergegangen.

»Was wollen Sie?«, fragt Moritz tapfer.

»Tztztz«, macht der Sammler. »Beleidige doch nicht meine Intelligenz. Ihr wisst ganz genau, was ich . . .«

Weiter kommt er nicht, denn in diesem Moment gibt mir Moritz einen Stoß, sodass ich hinter die nächste Abtrennung stolpere, und zieht Pluvius auf die andere Seite des Ganges in Deckung. »Los, hau ab«, schreit er. Das lasse ich mir nicht zweimal sagen und krabbele drauflos, auf allen vieren, höre ein Geräusch hinter mir, sehe aber nichts.

Das Ganze spielt sich in Sekundenschnelle ab, und als ich es endlich wage anzuhalten, sitze ich unter einem Tisch und ringe nach Luft. Eine Erdnuss hat sich in meine Handfläche gebohrt und ich streife sie ab. Vorsichtig luge ich durch die Tisch- und Stuhlbeine hindurch, sehe aber nur Schemen und Schatten: Das Licht ist noch schwächer geworden. Entweder die Zeit vergeht gerade rasend schnell oder die Sonne wurde abgeschossen. Von Moritz und Pluvius keine Spur.

Langsam und so vorsichtig, wie es nur geht, krieche ich weiter. Wie lange tue ich das schon? Wie spät ist es? Es wird immer dunkler und mittlerweile kommt es mir so vor, als bewegte ich mich seit einer Ewigkeit durch einen Wald von Stuhlbeinen, die sich ins Unendliche erstrecken. Was ist hier los?

Schwer atmend halte ich an und lehne mich an eine Trennwand. Ruhig bleiben, nachdenken. Das hier ist eine ganz normale Hotelbar, nebenan liegt die Lobby. Dort sind Menschen, dort muss ich hin. Es ist mittlerweile stockdunkel, die Bar wird nur noch durch den Kamin weiter hinten erleuchtet, der die Schatten tanzen lässt. Ich habe die Orientierung verloren. Ich fühle mich krank und schwach. Wie alt bin ich überhaupt?

Irgendetwas stimmt hier ganz und gar nicht, doch ich kann nichts anderes tun, als sitzen zu bleiben und mich nicht zu rühren. Und die Zeit auszuhalten, die an mir saugt wie ein lebendiges Wesen, mich immer mehr meiner Vergänglichkeit bewusst werden lässt. Ich werde älter und älter, bald muss ich sterben – oh nein: Ich sterbe doch wohl nicht hier, zwischen den Stuhlbeinen?

Das Deckenlicht flackert auf, das gibt mir Kraft. Selbst dieses kleine Aufflackern bedeutet wenigstens einen Anflug von Realität. Es gibt eine reale Welt. Ich muss nicht sterben, zumindest jetzt noch nicht. Ich bin jung und es ist noch früh. Ich krieche weiter, bis mich eine Hand am Bein packt und ich vor Schreck aufschreie.

Neben mir kauert der Sammler, der mein Bein umklammert und den ich nur als Schemen wahrnehmen kann. Sein Monokel glänzt wie ein rundes Auge, die falschen Flammen spiegeln sich darin und er kichert.

»Wohin so eilig?«, kichert er. »Du willst doch nicht mitten in der Fahrt aussteigen?«

Ich habe keine Ahnung, wovon er spricht, und versuche, seine Hand abzuschütteln, doch sein Griff bleibt eisenhart.

»Wo ist die Karte?«

Die Karte? Jetzt will er auf einmal eine Karte? »Ich weiß es nicht«, kann ich mit Fug und Recht behaupten. »Ich weiß gar nicht, wovon Sie reden.«

»Das weißt du sehr wohl.« Der Griff wird fester. »Die Zeitkarte.«

»Ich habe keine Zeit. . . au!«

»Die Karte, das Kästchen, wie immer du es auch nennst. Es ist ein kleiner Kasten mit einer Weltkarte drin.«

»Ich hab sie nicht mehr«, wimmere ich, denn mittlerweile fühlt sich seine Hand an wie ein Schraubstock.

»Wer hat sie dann? Und denk daran: Es hat keinen Zweck, mich zu belügen.«

»Mein Vater«, sage ich, während mir Tränen in die Augen schießen, »mein Vater hat sie.«

»Und wo ist dein Vater?«

Ich weiß es nicht. Das weiß ich ja nie. Aber irgendwas sagt mir, dass er mir das nicht glauben wird. »Was wollen Sie mit dem Kästchen?«, frage ich stattdessen und schlucke. In Filmen erklärt sich der Schurke immer so lange, bis der Held gerettet werden kann.

»Das geht dich nichts an«, knurrt der Sammler. Anscheinend kennt er sich mit Filmen nicht so aus.

»Was haben Sie mit meinem Onkel gemacht?« Das zumindest will ich noch wissen, bevor ich ins Gras beiße. Ich sehe mich schon, wie ich selbst in so einen Riss aus Zeit gezogen werde.

»Pluvius?« Er kichert wieder, was sich anhört, als schabe ein Fingernagel auf Sandpapier. Sein Monokelauge funkelt. »Den brauchen wir nicht. Wir brauchen jemanden wie dich.«

»Lassen. Sie. Mich los.« Ich versuche weiter, mich aus seinem Griff zu befreien, und interessiere mich einen Dreck für sein merkwürdiges Gequatsche. Was er mit Onkel Pluvius gemacht hat, wollte ich wissen!

»Zelos«, höre ich mit einem Mal eine Stimme. Ich winde mich und drehe mich halb um mich selbst, bis ich meinen Vater sehen kann. Im Schein des künstlichen Kaminfeuers flackert er wie eine Erscheinung. Er hat wieder seinen Bart, also nehme ich an, dass er mein jetztzeitlicher Mittelaltervater ist, aber wer kann das schon wissen?

»Lass sie los«, sagt mein Vater.

»Sofort«, sagt eine andere Stimme und wieder muss ich meinen Hals verrenken, damit ich sehen kann, wer dort steht. Und ich sehe – Überraschung, Überraschung – niemanden anders als meinen Vater. Ebenfalls mit Bart, aber älter. Es ist dunkel, Kaminfeuer taucht den Raum in ein flackerndes orangenes Licht und ich fühle mich wie benebelt. Trotzdem weiß ich, was ich sehe: Die beiden sind mein Vater. Und eigentlich dürfte es so was nicht geben. Mein Kopf dröhnt und mir wird übel.

»Sie hat die Karte nicht, Zelos«, sagt plötzlich eine dritte Stimme, und das ist dann mein Vater, der mich vor vier Jahren verlassen hat und den ich vorhin erst abgeholt habe. Erst hatte ich keinen Vater, jetzt habe ich gleich drei: Wenn das kein ungewöhnliches Familientreffen ist. Trotz der Schmerzen an meinem Bein muss ich lachen. Ich will es mit aller Macht unterdrücken, was nicht wirklich klappt, und ich muss ziemlich blöd aussehen mit verkniffenem Gesicht und kichernd wie eine Geisteskranke.

»Das geht . . . das dürft ihr nicht.« Endlich reagiert der Sammler, der anscheinend Zelos heißt, und sein Griff lockert sich. Auch er lacht, aber es klingt gespenstisch. Wie eine Mischung aus Kichern und Wimmern. Zeitgleich wird es draußen heller: Ob es schon Morgen ist?

»Wir dürfen nicht, aber wir können«, sagt mein Mittelaltervater und kommt näher. Auch meine anderen beiden Väter treten einen Schritt aufeinander zu, bis sie sich berühren könnten, wenn sie wollten. Es sieht aus wie in einem Spiegelkabinett auf dem Rummel. Ich muss noch heftiger lachen, kann nichts dagegen tun. Tränen rinnen mir die Wangen herunter.

»Schließ die Augen, Ariadne. Und lass sie zu«, befiehlt mein jüngster Vater und ich gehorche ihm dankbar, erleichtert darüber, dass ich nichts mehr tun, keine Verantwortung mehr übernehmen muss. Durch den Tränenschleier sehe ich gerade noch, wie die drei Väter sich um uns herum an den Händen fassen, während draußen das Licht explodiert, und ich lache und lache mit geschlossenen Augen, zumindest so lange, bis Zelos anfängt zu schreien.

»Das könnt ihr nicht tun. Das dürft ihr nicht«, kreischt er. Der Druck an meinem Bein lässt so plötzlich nach wie mein Lachreiz, während ein Wind aufkommt (wie kann es in der Bar so windig sein?), und ich höre erst ein Rauschen und dann erneut einen Schrei.

Es ist immer noch unnatürlich hell, als ich heimlich und vorsichtig die Augen einen Spalt weit öffne. Der Sammler ist verschwunden, dafür sehe ich jetzt Pluvius an der Terrassentür stehen, die sperrangelweit offen ist, den alten Pluvius, meinen Großonkel: Ich kann ihn deutlich sehen, lächele ihm zu und er winkt, ich könnte schwören, dass er winkt, dann wird die Welt mit einem Mal dunkler, das Licht geht aus und alles, Wind, Erinnerung und Schmerzen, hat keine Bedeutung mehr.

Kapitel 8

Als ich die Augen öffne, liege ich auf dem Rücken. Moritz kniet neben mir und hält meine Hand. Ich blinzele, blicke mich um und kann umgestürzte Stühle und Tische sehen. Durch die offene Terrassentür fällt noch schwach das Licht des ausklingenden Tages, eine leichte Brise geht. Alles fühlt sich schon fast wieder normal an, bis auf mein Bein natürlich: Als ich mich aufsetze, kann ich einen tiefroten Striemen oberhalb des Knöchels erkennen. Außerdem ist mir schlecht.

»Wa. . . was ist passiert?«, stöhne ich und Moritz öffnet den Mund, um mir zu antworten.

»Was ist denn hier passiert?«, kommt ihm der Barkeeper zuvor, der wie aus dem Nichts neben uns auftaucht. »Haben Sie sich etwas getan, Fräulein?« Er stürzt sich auf mich, greift mir unter die Arme und hilft mir hoch. Dann dreht er einen der Stühle um und hilft mir, mich daraufzusetzen. »Es tut mir so leid. Durch ein Versehen ist die Terrassentür abgeschlossen worden und ich musste unbedingt kurz eine rauchen und dann komme ich zurück und sehe das hier . . .« Er macht eine hilflose Bewegung in Richtung Unordnung. »Ist Ihnen etwas passiert?«

»Das weiß ich noch nicht«, antworte ich wahrheitsgemäß. Mein Bein tut weh, aber die Übelkeit lässt langsam nach.

»Was ist denn hier um Himmels willen los gewesen?« Der Barmann sieht sich fassungslos um. »Ich war doch nur ein paar Minuten weg.«

Mir fällt dazu nichts ein. Soll Moritz doch machen: Ich fühle mich noch schwach.

»Eine Explosion?«, versucht er, doch es klingt eher nach einer Frage als nach einer Erklärung.

»Wo ist Pluvius?« Ich greife nach seinem Arm, ohne mich noch weiter um den Barkeeper zu kümmern. »Wo ist er? Was ist mit ihm passiert? Hat ihn der Sammler erwischt? Hat er meine Väter gesehen? Wo ist er? Sag doch was!«

»Wenn du mich mal kurz zu Wort kommen lassen würdest.« Moritz holt tief Luft. »Pluvius ist ohnmächtig geworden. Er hat auch etwas . . . äh, gesehen.« Er sieht zum Barkeeper, der immer noch mit offenem Mund neben uns steht und aussieht wie ein Kalb, wenn's donnert. »Haben Sie nichts zu tun?«, fragt er wenig charmant. »Aufräumen oder so?«

Der Barkeeper wirft mir einen Blick zu.

»Ich kümmere mich schon um sie«, verspricht Moritz und wartet, bis der Mann sich daranmacht, die umgestürzten Stühle und Tische aufzurichten. »Pluvius ist umgefallen«, sagt er leise und klingt dabei nicht gerade tief besorgt. »Wir sind abgehauen, so wie du. Und dann passierte etwas mit dem Licht: Es wurde dunkler oder so . . .«

»Ja«, nicke ich eifrig. »Und älter.«

»Älter? Na ja. Wie auch immer. Auf jeden Fall sind wir endlos rumgekrochen und dann haben wir von weit her den Sammler gehört, der mit dir sprach. Wir wollten zu dir, wollten dir helfen, aber . . .« Er runzelt die Stirn und sieht sich um.

»Aber ihr habt den Weg nicht mehr gefunden, stimmt's?«

»Ja. Ist das nicht verrückt? Ich meine, diese Bar ist ja nun wirklich nicht riesig.«

»Erzähl weiter.«

»Wir wollten zu dir: Wir konnten dich lachen hören. Da mussten noch andere sein, aber wir haben irgendwie nicht begriffen, aus welcher Richtung die Stimmen kamen. Es schien fast so, als seien sie überall. Um uns herum oder so. Und wir waren so müde.« Moritz reibt sich über die Stirn, als hätte er Schwierigkeiten, sich zu erinnern. »Und dann«, fährt er dennoch fort, »wurde es irgendwann heller. Jemand schrie und Pluvius rannte los, weil er dachte, du wärst es, die geschrien hat. Plötzlich blieb er stehen, starrte zur Terrassentür – und fiel um.«

»Was war da?«, frage ich atemlos, obwohl ich die Antwort kenne.

»Da stand jemand. Ein älterer Mann, glaube ich. Ich konnte ihn nicht so gut erkennen. Auf jeden Fall fiel Pluvius um wie eine Schranke und blieb liegen. Und dann wurde es wieder hell und du lagst auch da, ganz in unserer Nähe, und tja«, er zuckt mit den Schultern, »das war's dann.«

Bevor ich noch etwas fragen kann, ist der Barkeeper schon wieder an unserer Seite. »Es ist mir unbegreiflich«, stammelt er, »es tut mir so leid. Kann ich . . . kann ich irgendetwas für Sie tun?«

Moritz streckt sich. »Haben Sie mal ein Bier?«

Der Barkeeper kneift seine Augen zusammen. »Und Sie? Haben Sie Ihren Ausweis dabei?«

»Schon gut«, murmelt Moritz und winkt ab. »War nur ein Versuch.«

Der Mann wirft ihm einen weiteren misstrauischen Blick zu und zieht sich hinter seine Bar zurück.

»Und wo ist er jetzt?« Ich blicke mich suchend um. »Pluvius, meine ich. Du hast ihn doch nicht einfach liegen gelassen?«

»Natürlich nicht«, sagt Moritz und schafft es tatsächlich, empört zu klingen. »Dein Vater hat ihn nach oben gebracht, in mein Zimmer. Ich soll so lange bei dir bleiben, bis er zurück ist, um dich zu holen.«

»Welcher Vater?«, frage ich.

Moritz zieht eine Augenbraue hoch. »Welcher?«

»Na, der bärtige Jetztzeitvater, der, den ich geholt habe, oder . . .« Ich breche ab. Den letzten, alten Vater unterschlage ich doch lieber. Zwei sind schon mehr als genug. »Also welcher?«

»Dein Jetztzeitvater.«

»Dann hilf mir mal.« Ich stütze mich auf dem Stuhl ab und stehe auf.

»Nein, Ariadne, wir sollen hier warten.«

»Wir gehen *jetzt«*, und ich betone das »Jetzt«, »hoch. Willst du mir nun helfen oder nicht? Gut.« Moritz merkt wohl, dass Diskussionen sinnlos sind. Er legt sich meinen Arm um die Schulter und stützt mich, während ich aus der Bar heraushumpele. Der Barkeeper ruft uns etwas nach, doch das schert mich nicht. Ich will jetzt gehen, ich will sofort zu Pluvius. Das ist alles, was ich will.

Pluvius schläft immer noch. Er liegt leichenblass in Moritz' Bett und wir haben ihn in sämtliche Decken eingepackt, die im Zimmer waren. Wärme hilft gegen den Schock, hat mein Vater erklärt. Den Schock, sich selbst gesehen zu haben.

»Warum hat er sich überhaupt selbst gesehen?«, habe ich meinen Vater flüsternd gefragt, als ich die Decken um ihn herum festgesteckt habe. »Ist Pluvius, also sein älteres Ich, tatsächlich entkommen?« Ich habe also nicht geträumt, sondern ihn wirklich gesehen: Er hat mir zugewinkt.

»Offensichtlich«, hat mein Vater genauso leise geantwortet. »Zelos konnte den Zeitriss, in den er Pluvius gezogen hat, nicht länger aufrechterhalten. Dein Großonkel ist gerettet.« Und damit hat er auf Pluvius heruntergelächelt, der bleich und mit wirren Haaren direkt vor uns lag.

Das war vor ein paar Minuten. Und jetzt kommen noch mehr Erklärungen.

Moritz hat es sich dafür in einem der Sessel gemütlich gemacht, mein Vater in dem anderen.

Ich sitze auf der Bettkante. »Fangen wir am besten bei dem Zeitpunkt an, als du mich in der Hütte allein gelassen hast«, sage ich müde. Mein Knöchel tut mir weh. Mir ist nach einem heißen Bad. Und ein wenig Schlaf könnte ich jetzt auch vertragen.

»Allein gelassen, ja«, beginnt mein Vater zu erzählen. Er streicht sich über den Bart und versucht, sich zu konzentrieren. »Du erinnerst dich, dass ich zur Burg gehen wollte, um nachzusehen, ob Pandora immer noch dort ist: Ich war nie zuvor dort, das war mir immer zu gefährlich. Womit ich ja recht behalten sollte. Um Pandora zu finden und zu dem Kästchen zu befragen, musste ich also in die Höhle des Löwen. Und lief fast in eine Gruppe Menschen hinein: Vor mir auf dem Weg konnte ich vier Menschen sehen, zwei Frauen und zwei Männer. Sie waren zwar mittelalterlich gekleidet, doch irgendetwas stimmte nicht: Es lag an der Art, wie sie gingen . . .«

»Gingen?«, frage ich nach.

»Ja. Die beiden Frauen gingen so wie du und deine Schwester: Ihr wackelt ein wenig mit den Hüften.«

»Also, ich glaube nicht . . .«

»Doch, wirklich. Und diesen leichten Hüftschwung haben alle in unserer Zeit, also alle nach Elvis. Früher hätte das als anrüchig gegolten. Die Menschen bewegten sich viel steifer, ruhiger. Besser kann ich es nicht erklären.«

Na gut. Ich wackele also mit den Hüften beim Gehen.

»Die Gruppe trennte sich. Der große, bärtige Mann und eine junge Frau gingen in Richtung Burg weiter, die anderen nahmen den Weg ins Dorf. Niemand hatte die Hütte bemerkt, zumindest dachte ich das.« Mein Vater sieht schuldbewusst zu mir herüber. »Tut mir ehrlich leid, Ariadne. Die beiden müssen sich getrennt haben, kurz nachdem ich sie aus den Augen verlor. Ihr hattet großes Glück, dass ihr sie rechtzeitig bemerkt habt und euch verstecken konntet.«

Äh, ja. Ich finde es jetzt nicht unbedingt nötig, meinen Vater über unser »Versteck« beim Bruchenball aufzuklären. Moritz in seinem Sessel hustet, sagt aber ebenfalls nichts.

»Ich folgte den beiden zur Burg, ich musste einfach sehen, was sie vorhatten. Sie sind ohne Schwierigkeiten durch das Tor gekommen: Im Mittelalter war es üblich, junge Mädchen und Knaben zur Ausbildung auf die Burg eines befreundeten Adeligen zu schicken, und Sammler wissen so etwas: Sie bereiten sich akribisch auf die Zeit vor, in die sie reisen.«

Ich nicke. Das muss Bia gewesen sein. Doch wer war der Mann? Warum war er nicht mehr bei ihr, als wir sie getroffen haben?

»Ich wollte die Fremden im Auge behalten. Doch noch bevor ich ebenfalls mein Glück am Tor probieren konnte, kam in großer Hast ein Bote angaloppiert. Er berichtete, dass ein benachbarter Burgherr auf dem Weg sei und jede Menge Soldaten und Belagerungsmaschinen dabeihätte. Sofort rüstete sich die Burg für einen Angriff. Die Glocken läuteten und forderten die umliegenden Dörfer dazu auf, in die Burg zu kommen, sich zu verschanzen und zu kämpfen.«

Ja, ich erinnere mich. Pluvius, Moritz und ich hatten die Glocken gehört, sie aber nicht zu deuten gewusst. Und Alex und ich hatten am nächsten Tag gedacht, auf der Burg solle ein Markt abgehalten werden!

»Ich hatte Angst um euch und wollte sofort zur Hütte zurück, doch so einfach war das nicht: In Kriegszeiten wird jeder wehrfähige Mann zu den Waffen gerufen. Ich musste einem Haufen Ritter und anderen Spießgesellen ausweichen, bis ich es endlich geschafft habe. Und stellt euch meinen Schrecken vor, als ich die Hütte verwüstet vorfand und von euch keine Spur.« Mein Vater schüttelt den Kopf. Ihm scheint im Nachhinein ein Schauer über den Rücken zu laufen. »Ich habe gehofft, nein, ich habe regelrecht gebetet, dass euch nichts passiert ist. Dass ihr rechtzeitig zurückgesprungen seid.«

»Sind wir ja auch«, bestätige ich.

»Aber nicht für lange«, übergeht mein Vater meinen Einwand. »Von Penelope und Kassandra habe ich erfahren, dass du sie besucht hast. Dass du dich nach Pandora und dem Kästchen erkundigt hast. Es war nicht leicht, Moritz und Pluvius zu finden, das kann ich dir sagen, aber dank Moritz' Handy konnte ich sie schließlich aufspüren.«

Ich werfe Moritz einen vorwurfsvollen Blick zu. »Du versteckst dich mit einem unglaublich wertvollen Zeitkästchen und dann gehst du einfach so an dein Handy und verrätst jedem, wo du steckst?«

Moritz zuckt mit den Schultern. »Ich war verwirrt, schon vergessen? Ein Vergessenszauber oder so hatte mich getroffen.«

Mein Vater schüttelt wieder einmal den Kopf. »Mit Zauber hat das nichts zu tun: Zeitreisen ist, auch wenn es manchmal anders klingt, keine Magie, sondern eine Wissenschaft. Ich denke, dass der Sammler innerhalb einer extrem kurzen Jetztzeit einen temporären, tief reichenden Riss erzeugt hat. Wenn das sehr schnell geschieht wie bei dir, dann kommt es zu Nebenwirkungen wie Gedächtnisverlust oder Schwindel.«

Moritz und ich starren ihn nur verständnislos an.

»Dein Freund hier war für den Bruchteil einer Sekunde in der Antike oder einer ähnlich entfernten Zeit und ist ebenso schnell wieder zurückgesprungen. Das muss das Bewusstsein erst einmal verarbeiten und das dauert eine Weile. Wenn man es geschickt anstellt, dann kann man diese Blitzsprünge sehr wohl als Waffe gebrauchen.«

Wir starren immer noch. Mein Vater seufzt.

»Ich habe dir ja schon einmal erklärt, dass jede Zeitreise eine Art Loch hinterlässt. Und dass Sammler wie mit einem Skalpell diese Löcher erweitern, Abzweigungen errichten, Tunnel bauen.«

Ich nicke.

»So etwas nennt man einen Zeitriss. Es gibt nur ein Instrument, mit dem man so etwas hervorrufen kann.«

»Der Spazierstock«, fällt mir ein.

»Nun, das war wohl kaum ein Spazierstock, sondern vielmehr eine ›Lanzette‹. Wie Pandoras Karte sind sie ursprünglich eine Erfindung der Zeitwächter. Sie sehen aus wie diese hohlen Nadeln, mit denen der Arzt Blut abnimmt, nur um einiges größer. Zelos muss es gelungen sein, eine davon zu stehlen, und das macht mir Sorgen: Wie du gesehen hast, kann man damit großen Schaden anrichten. In unseren Kreisen dürfen sie nur die Zeitwächter einsetzen und selbst die nur in Ausnahmesituationen. Wer sie trotzdem benutzt, muss mit weitreichenden Konsequenzen rechnen.«

Oh. Oh nein! »Aber du ... du hast doch so eine ... eine Lanzette gebraucht, nicht wahr? Du hast dein älteres Ich damit geholt. Du hast ihn geholt und zu Alex und mir ins Mittelalter geschickt.«

Mein Vater lächelt traurig. »Gut aufgepasst, Ariadne. Ich konnte unmöglich noch einmal zurückspringen, dazu war ich zu schwach.«

»Und dein älteres Ich hat zunächst nicht gewusst, wo er war ...«

»Ja, das war nicht gerade nett. Aber ich konnte davon ausgehen, dass es ihm schon wieder einfallen wird, schließlich hat er die Dinge schon erlebt. Er musste sich also nur noch erinnern.«

Das ist zwar kompliziert. »Es erklärt aber«, sage ich langsam und versuche, mich weiter zu konzentrieren, »dass dein älteres Ich wusste, wer Bia ist. Und dass er mich geschickt hat, um auch noch dein jüngeres Ich zu holen.«

Moritz hat Mund und Augen aufgesperrt, sieht aber nicht so aus, als würde er unserer Diskussion noch folgen. Ich kann ihm keinen Vorwurf machen: Selbst mir wird schwindelig bei den vielen Vätern und Zeiten und in Zeiten verschwundenen Vätern.

»Das mit meinem jüngeren Ich, das hat selbst mich überrascht«, erwidert mein Vater. »Jetzt im Nachhinein glaube ich, mich zu erinnern, dass ich das vor vier Jahren tatsächlich erlebt habe, aber das ist wahrscheinlich nur . . .«

»Die Zeit, die gerade heilt.«

Mein Vater lächelt. »Genau. In ein paar Stunden werde ich davon überzeugt sein, dass es schon immer so gewesen ist. Aber noch kann ich dir sagen, dass das eine ganz hübsche Überraschung war. Und ich keine Ahnung habe, warum ich, also mein älteres Ich, gedacht habe, wir müssten zu dritt sein. Vielleicht hat er sich erinnert. Vielleicht haben wir es schon einmal zu zweit versucht, Zelos zu stoppen, und es hat nicht funktioniert.«

Also, das führt jetzt zu weit, finde ich. Da halte ich mich doch lieber an die Fakten: »Und wie habt *ihr drei* es nun geschafft?«

»Ich habe ein Paradox erzeugt, eine nicht aufzulösende Widersprüchlichkeit. Denn es widerspricht der menschlichen Natur ganz gewaltig, gleich mehrmals aufzutauchen«, erklärt mein Vater.

»Dann fällt man in Ohnmacht«, nicke ich. So habe ich es gelernt und so ist es ja wohl zweifellos auch Pluvius ergangen.

»An und für sich schon . . .« Mein Vater kratzt sich den Bart. Dann seufzt er. »Man begeht damit einen Verstoß gegen das Raum-Zeit-Kontinuum. Einen schweren Verstoß, den die Wächter sehr wohl ahnden. Du wirst zweifellos noch ihre Bekanntschaft machen und Pluvius auch.« Er blickt kurz zum Bett herüber. »Ich habe mithilfe meines vergangenen und zukünftigen Ichs ein sehr starkes Paradoxon erzeugt. Du kannst dir das vorstellen wie eine Art schwarzes Loch. Es ist natürlich kein wirkliches Loch, sondern eine Zeitverwirrung mit drei verschiedenen Ebenen.«

»Und da sitzt der Sammler jetzt drin?«

»Im Moment steckt er da fest, das stimmt. Jahre, Jahrhunderte: Das kann ich nicht sagen. Er kann befreit werden: Das haben wir ja gerade bei Pluvius erlebt.«

Noch bevor ich weiterfragen kann, schaltet Moritz sich ein. Den hatte ich fast vergessen. »Warum sind Sie nicht in Ohnmacht gefallen, als Sie Ihr eigenes Ich gesehen haben?«, will er wissen.

Mein Vater schiebt sich ein Stückchen zurück auf seinem Sessel. »Ich habe das bewusst herbeigeführt. Ich musste mein Bewusstsein nicht vor dem Paradox schützen, indem ich in Ohnmacht falle, denn das war es ja, was ich wollte.«

»Und nicht nur mit einem, sondern gleich mit zwei Ichs«, ergänze ich fasziniert. Dann begreife ich. Mein Lächeln gefriert und mir läuft ein Schauer über den Rücken. »Und das gibt Ärger, oder?« Ich sehe meinem Vater ins Gesicht.

Der nickt.

»Großen?« Ich flüstere fast.

»Nun ja, seitdem war, bin und werde ich auf der Flucht sein«, lächelt er schief.

Tränen schießen mir in die Augen. »Dann war ich es, oder? Ich bin an allem schuld. Mit mir hat alles begonnen.« Ich kann sie nicht mehr aufhalten, sie laufen über meine Wangen. »Deswegen bist du gegangen. Deswegen habe ich dich vier Jahre nicht gesehen. Du hast uns geholfen gegen den Sammler. Und konntest deshalb nicht mehr zurück zu uns.«

Mein Vater ist mit wenigen Schritten bei mir. Er setzt sich vor mich auf die Bettkante und zieht mich zu sich heran. »Es ist nicht deine Schuld«, flüstert er in mein Haar, während mich Schluchzer schütteln, »nicht weinen. Ich wusste doch, was passiert, aber es war die einzige Möglichkeit. Wir hätten Zelos das Kästchen auf keinen Fall überlassen dürfen.«

Ich weiß nicht, wie lange ich weine. Irgendwann kann man wohl nicht mehr. Spätestens dann, wenn die Nase so zu ist, dass man keine Luft mehr bekommt und gleichzeitig so sehr läuft, dass man ein Taschentuch braucht.

»Taschentuch«, quäke ich, als ich mich losmache, und Moritz springt ins Badezimmer und holt eine Rolle Klopapier, von der er mir mehrere Blätter abreißt.

Neben uns schnarcht Pluvius leise.

Ich schnaube meine Nase, während mein Vater mein Haar streichelt.

»Wie hübsch du geworden bist, Ariadne, mein großes Mädchen«, sagt er zärtlich und gleich steigen mir wieder Tränen in die Augen.

»Und jetzt?«, frage ich mit meiner schönsten Donald-Duck-Stimme. »Wie geht es jetzt weiter?«

Mein Vater lächelt und seine Augen bekommen wieder die vielen strahlenförmigen Fältchen, die ich so sehr mag. »Ihr wartet, bis Pluvius aufwacht: Das dürfte nicht mehr allzu lange dauern. Dann nehmt ihr ein Taxi, hier ist das Geld.« Er legt einen Schein auf den Nachttisch, dann sieht er mir wieder in die Augen. »Und anschließend fahrt ihr zu deiner Mutter und erzählt ihr alles.«

»Alles?« Ich schnäuze mich noch mal.

»Alles.« Mein Vater steht auf.

»Ich habe sowieso schon Stubenarrest«, schniefe ich.

Mein Vater lacht und küsst mich auf den Kopf. »Ich muss

jetzt wirklich los, Ariadne. Ich bin schließlich auf der Flucht.« Er lächelt schief.

Ich starre ihm mit offenem Mund nach. Nach all dem, nachdem ich ihn endlich wiedergefunden habe! »Aber das geht nicht! Ich meine: Wann sehen wir uns denn wieder?«

Er hält kurz inne. »Jetzt, wo du alles weißt und viel verstehst, werden wir uns öfter sehen, versprochen.« Mein Vater nickt uns noch einmal zu und ist dann verschwunden. Die Tür fällt leise ins Schloss. Es wird ruhig, für einen Moment.

»Und jetzt?«, fragt Moritz schließlich, der immer noch mit der Klopapierrolle neben mir steht.

»Jetzt heule ich noch eine Runde und dann wecken wir Pluvius«, sage ich und strecke die Hand nach dem Klopapier aus.

Im Taxi sind wir ruhig. Pluvius ist immer noch benommen, denke ich, und ich habe noch mit dem Abschied von meinem Vater zu kämpfen. Und dem von Moritz, obwohl der mir seine Lederjacke aufgedrängt hat (»Es ist saukalt draußen, du wirst erfrieren.«) und sie abholen kommt, sobald sein Hausarrest aufgehoben wurde. Aber merkwürdig war es schon, ihn zurückzulassen, nachdem wir so viel miteinander durchgestanden haben.

Heimlich vergrabe ich meine Nase in dem Leder und sehe aus dem Fenster.

»Was meinst du«, fragt Pluvius, »was ist mit den Helfern passiert von diesem . . . diesem . . .«

»Zelos«, ergänze ich. »Keine Ahnung. Sind wohl abgehauen, nachdem ihr Meister verloren hat. Vielleicht hat es sie auch gar nicht gegeben.« Obwohl sich mir ein Gedanke aufdrängt, den ich nicht recht packen kann. Es hat irgendwas mit einem Bart zu tun . . .

Pluvius schweigt wieder und ich bin dankbar dafür, dass er keine Fragen mehr stellt. Mein Kopf tut weh und meine Arme und Beine fühlen sich an, als wären sie aus Blei.

Unser Haus ist dunkel, bis auf das Licht in Küche und Flur, und ich kann mir schon lebhaft vorstellen, wie meine Mutter hinter der Haustür sitzt, eine Kanne Kaffee neben sich.

»Stimmt so«, sage ich dem Taxifahrer beim Aussteigen und überlasse ihm einfach das Geld, das mein Vater mir gegeben hat. Und atme einmal tief durch.

Im Flur ist niemand, aber sobald sie unsere Schritte hören, kommen sowohl meine Mutter als auch Alex in Begleitung zweier riesiger Schatten aus der Küche: Rufus begrüßt mich so stürmisch, dass ich mich an der Wand abstützen muss, während der neue Riesenhund nur erstaunt zusieht und leicht mit dem Schwanz wedelt. Wie hatte Alex ihn doch gleich getauft? Ach, ja, Kaspar. Die Reise aus dem Mittelalter hat ihm anscheinend nicht geschadet.

Alex trägt zwar ihr Nacht-T-Shirt, sieht aber hellwach aus.

Mama ist noch angezogen. »Gott sei Dank«, sagt sie und nimmt mich in ihre Arme. »Gott sei Dank«, wiederholt sie und zieht auch Pluvius zu sich heran.

»Schon gut. Du erstickst uns«, murmele ich nach einiger Zeit, weil es mir peinlich ist und weil Rufus sich zwischen uns drängelt.

Meine Mutter lässt uns los. »Aus, Rufus. Weg mit dir. Und du auch, Riesenvieh.«

»Kaspar«, wirft Alex in ihrem Rücken ein.

Unsere Mutter achtet nicht auf sie. »Ist alles in Ordnung mit euch? Wir haben uns solche Sorgen gemacht. Vor allem nach dem, was Alex mir erzählt hat . . .«

Über ihre Schulter werfe ich meiner großen Schwester einen Blick zu. Sie zuckt mit den Achseln und ich kann ihr nicht böse sein. Was hätte sie auch sonst tun sollen?

Mit einem Mal werde ich müde, und wie. Als hätte mir jemand mit dem Hammer eins übergezogen. Ein Blick zu Pluvius sagt mir, dass es ihm nicht anders geht: Er lehnt an der Wand und ist bleich wie ein Gespenst.

»Mama«, bitte ich, »es ist alles in Ordnung. Wir erzählen dir alles, versprochen, aber nicht jetzt. Wir sind todmüde. Wärst du sehr sauer, wenn wir erst mal ins Bett gehen?«

Meine Mutter runzelt die Stirn.

»Morgen kannst du mir allen Hausarrest der Welt aufbrummen, versprochen. Ich putze das Badezimmer, passe auf Aella auf: Alles, was du willst. Aber jetzt will ich nur noch schlafen.«

Mama hält mir die Hand an die Stirn. »Na gut«, sagt sie zögernd. »Und essen wollt ihr nichts?«

Ich bin viel zu müde für Hunger und schüttele den Kopf.

»Ich auch nicht«, sagt Pluvius.

»Dann schlaft euch mal richtig aus. Wir reden morgen«, beschließt meine Mutter.

Ich gebe ihr dankbar einen Kuss und steige hinter Pluvius die Treppe hoch. Ich bin so erledigt, dass ich mich kaum ausziehen kann, also schlüpfe ich in Unterwäsche unter die Decke. Kein Zweifel, dass ich einschlafen kann, aber bestimmt werde ich träumen.

Nichts, aber auch gar nichts habe ich geträumt. Zumindest kann ich mich an keinen Traum erinnern, als ich am nächsten

Morgen geweckt werde. »Morgen?«, spottet Alex, die gnadenlos die Vorhänge beiseitezieht. »Es ist Nachmittag, du Schlafmütze. Du hast locker vierzehn Stunden geschlafen.«

»Was?« Ich sitze kerzengerade im Bett und werfe einen Blick auf den Wecker. Tatsächlich. Das darf ja wohl nicht wahr sein!

»Dein *Freund* hat schon zweimal angerufen, um sich nach dir zu erkundigen«, sagt Alex und hebt mit bedeutungsvollem Blick die Lederjacke auf, um sie über die Stuhllehne zu hängen.

»Moritz?«

»Wer denn sonst? Wie viele Freunde hast du denn?«

»Keinen. Ich habe gar keinen *Freund«*, erwidere ich, während ich mich strecke, und betone »Freund« dabei genauso übertrieben wie sie.

Alex lässt sich auf den Stuhl fallen. »Ich will alles, alles hören. Alles, was passiert ist, seit Papa, Pandora, Kaspar und ich weggesprungen sind.«

»Ich auch«, sage ich und bin mit einem Mal hellwach.

»Du zuerst«, verlangt meine Schwester.

»Nein, du. Ich ziehe mich derweil an.«

Meine Schwester lässt sich breitschlagen und folgt mir ins Badezimmer. Während ich die schnellste Katzenwäsche in der Geschichte der Menschheit mache und gerade mal so meine Zähne putze, erzählt sie mir, dass sie zunächst Großtante Pandora bei Oma Penelope und Uroma Kassandra abgeliefert haben.

»Und Oma Penelope war gar nicht erstaunt«, sagt Alex, die auf dem Klodeckel sitzt.

Ich nehme die Zahnbürste aus dem Mund und nuschele »Hekschendinge«, bevor ich weiterputze.

Oma Penelope will sich um Pandora kümmern, auch wenn Oma Kassandra nicht begeistert ist. Und Pandora immer noch keinen Schimmer hat, wer sie eigentlich ist, und sich fast zu Tode erschreckt hat, als ein Auto vorbeigefahren ist. Danach hat unser Vater Alex und Kaspar nach Hause gebracht und sich hastig verabschiedet. Und das war's.

»Und bei dir?«, will Alex jetzt wissen.

Ich spucke aus, spüle meinen Mund aus und fange an zu erzählen. Wie ich unseren Vor-vier-Jahren-Vater geholt habe. Wie wir in der Bar festsaßen. Wie uns der Monokelmann bedroht hat und schließlich von allen drei Vätern gemeinsam besiegt wurde.

Alex unterbricht mich zwar nicht, sieht aber reichlich verwirrt aus. »Dann ist Papa, also unser älterer Vater, nicht zurückgesprungen, sondern ins Hotel gefahren?«

Ich nicke.

»Und da war schon . . .«

». . . unser Jetztvater. Der mit dem Bart.«

»Und du hast noch . . .«

». . . den Vor-vier-Jahren-Vater mitgebracht. Ohne Bart.« Und apropos Bart: Irgendwas war noch. Irgendetwas, das ich nicht recht zu packen kriege und das ich meine Schwester noch fragen wollte . . . Ich lasse das Handtuch, mit dem ich mir den Mund abgeputzt habe, sinken. »Sag mal, erinnerst du dich an den Ritter? Den mit den vielen Haaren?«

Alex kichert. »Na klar. Dem ist ziemlich heiß geworden in seiner Rüstung.«

»Ich überlege die ganze Zeit, ob er der mysteriöse Begleiter von Bia war.«

»Was? Welcher Begleiter?«

Ach ja. Ich vergesse immer, was welcher Vater wem von uns erzählt hat. »Papa, unser echter Jetztzeitvater, hat mir und Moritz erzählt, dass er vier Leute gesehen hat, die im Mittelalter unterwegs waren und nicht dorthin gehörten. Zwei sind zur Burg gegangen und eine davon war Bia. Der andere war ein großer, bärtiger Mann: Das könnte gut und gerne dieser Ritter gewesen sein, oder? Vor allem, weil doch auf der Burg die wenigsten einen Bart trugen. Und so groß waren sie auch nicht.«

Alex runzelt die Stirn. »Ist das wichtig?«

Tja, ist es das? Ich bin irgendetwas auf der Spur, das spüre ich deutlich. »Und beim Bruchenball, da habe ich auch jemanden gesehen. Eine alte Frau, ›Vogelscheuche‹ trifft es eigentlich ganz gut.« Und sie kam mir merkwürdig modern vor, allerdings kann ich nicht sagen, woran das lag. Vielleicht war es tatsächlich die Art, wie sie ging. Ja, je länger ich darüber nachdenke, desto überzeugter bin ich: »Die Vogelscheuche war Nummer drei. Und die war auch im Hotel.« Das wiederum hatte Pluvius beobachtet. »Bleibt noch der Monokelmann. Vier Sammler.«

Alex streicht sich durch die stoppelkurzen Haare. »Ich weiß noch immer nicht, worauf du hinauswillst.«

Ich, ehrlich gesagt, auch nicht. Noch nicht. Zumindest nicht so genau. Mein Magen protestiert knurrend dagegen, dass er so ignoriert wird. Und ich kann mich zugegebenermaßen auch nicht richtig konzentrieren, wenn ich nicht wenigstens fünfhundert Kalorien intus habe.

Nicht einmal zehn Minuten später habe ich frische Klamotten an und stürze in die Küche. Jetzt habe ich Hunger, und wie!

Pluvius hat anscheinend schon gegessen. Er und Alex sehen mir dabei zu, wie ich einen Berg Cornflakes esse, danach noch Brokkoli und ein halbes Schnitzel vom Mittagessen und gierig nach den selbst gebackenen Keksen meiner Mutter schiele.

»Ein Wunder, dass du so schlank bist«, grinst er.

»Guter Stoffwechsel«, erwidere ich mit vollem Mund. »Und jede Menge Zeitgereise.«

Meine Mutter hält sich diskret im Hintergrund. »Ich setze schon mal Kaffee auf. Für dich auch, Pluvius? Und dann möchte ich als Erstes mit Ariadne reden. Und zwar allein«, stellt sie unmissverständlich klar, auch wenn Alex wild protestiert und sich weigert, die Küche zu verlassen. »Das musst du auch nicht. Du leistest Pluvius Gesellschaft und passt auf Aella auf. Ariadne? Kommst du?«

Jetzt wird mir doch ein wenig flau im Magen und ich weiß nicht, ob das an dem vielen Essen oder der drohenden Aussprache liegt. Pluvius lächelt mir aufmunternd zu, als ich ihm einen Hilfeblick zuwerfe, macht aber keine Anstalten mitzukommen. Meine Mutter kann sehr bestimmend sein, wenn sie will.

Im Wohnzimmer schließt sie sorgfältig die Tür und deutet aufs Sofa. Dann setzt sie sich mir gegenüber. »Also los«, sagt sie.

Und ich erzähle. Wieder einmal. Und zwar stundenlang, so scheint es mir. Mama unterbricht mich nicht, stellt mir keine Fragen. Als ich auf meinen Vater zu sprechen komme, verzieht sie schmerzvoll das Gesicht, sagt aber nichts. Erst als ich den Sammler erwähne, wird sie hellhörig.

»Zelos, sagst du?« Sie steht auf, geht zum Bücherregal und zieht den letzten Band des Lexikons heraus. »Zelos, ja, da ist er.« Mit dem Finger im Buch liest sie vor: »Zelos ist in der griechischen Mythologie der Sohn des Titanen Pallay und der Styx. Er ist die Personifikation des eifrigen Strebens. Oh«, sagt sie dann.

»Was ›oh‹?«, frage ich alarmiert. »Gutes ›Oh‹ oder schlechtes ›Oh‹?«

Mama lächelt schwach und fährt fort: »Seine Geschwister sind Kratos, die Macht, Bia, die Gewalt, und Nike, der Sieg.« Sie lässt das Buch so laut zuschlagen, dass ich zusammenzucke. Dann stellt sie es zurück. »Es mag Zufall sein, aber Namen haben bei uns oft eine Bedeutung.« Rasch dreht sie sich zu mir um. »Hast du jemals irgendjemanden bei Zelos gesehen? Einen, der ihm hilft?«

Kratos, der Ritter. Bia, das Burgfräulein. Und die Vogelscheuche muss Nike sein.

»Nein«, schüttele ich den Kopf und konzentriere mich auf meinen nächsten Satz, der auf keinen Fall eine Lüge sein darf. »Ich habe Zelos immer nur allein gesehen.« Und das ist es auch, das ist die Wahrheit. Ich will ihr auf keinen Fall noch größere Angst machen. Sie hat genug zu tun mit Aella, ihrem verschwundenen Mann und jetzt auch noch mit einer Tochter, die in der Zeit springen kann und an der gleich ein ganzer Schwarm Sammler hängt. Zelos ist weg. Bleiben noch drei.

Meine Mutter seufzt erleichtert auf. »Du weißt jetzt einiges über diese Hexendinge. Viel mehr, als ich dir je verraten hätte, Ariadne, viel mehr, als ich dir sagen werde. Ich tue das, um dich zu schützen, dich und deine Schwestern. Das musst du mir glauben.«

»Du wirst mir meine Fragen also nicht beantworten.« Warum sollte ich mit ihr reden, wenn sie mir doch auch nichts erzählt? Ich schütze sie, wie auch sie mich beschützt. Das ist anscheinend so Politik bei uns in der Familie.

»Du hast Fragen?« Meine Mutter setzt sich wieder mir gegenüber.

»Natürlich habe ich Fragen.« Jetzt werde ich wirklich sauer. »Ganz allgemeine, wo diese Hexendinge herkommen und warum wir sie haben, zum Beispiel. Und ganz spezielle: Hast du auch ein Hexending? Sicher hast du eins und was ist damit passiert? Und . . . und . . .«, mir fällt so schnell nichts Weiteres mehr ein, denn ich will auf keinen Fall wieder auf die Sammler kommen. Also frage ich in meiner Verzweiflung: »Und was ist eigentlich mit Andromeda passiert, deiner Urur-irgendwas-Verwandten, nachdem sich ihr Onkel erhängt hat?«

Meine Mutter lächelt. Ich bin wütend und sie lächelt!

»Die kennst du also auch, die Geschichte von Andromeda und Phineus?«

Ich muss wider Willen ebenfalls ein bisschen grinsen. »Ja. Pluvius hat sie mir erzählt.«

»Andromeda hat sich wieder erholt. Ihre linke Hand blieb gelähmt, ansonsten wurde sie wieder gesund. Sie hat ihren Verlobten geheiratet und die beiden waren glücklich bis an ihr Lebensende.«

Ich starre sie an. »Das hast du dir ausgedacht.«

»Habe ich nicht.« Meine Mutter schüttelt so heftig den Kopf, dass ihre Locken fliegen. Zum ersten Mal seit langer Zeit, vielleicht überhaupt das erste Mal kann ich in ihr das junge Mädchen sehen, das sie einmal war. Das Mädchen mit den Hexendingen und den Locken ihrer Großmutter.

»Dann war es also gut, dass Phineus ihr ihre Zukunft vorhergesagt hat? Nicht für ihn, natürlich, aber sie und ihr Verlobter konnten sich so ihrem Schicksal stellen und es überlisten«, überlege ich laut.

Meine Mutter seufzt und steht auf. »Das Interpretieren überlasse ich ganz dir«, sagt sie. »Und jetzt komm.« Sie deutet auf die Tür. »Lust auf einen Kakao und ein paar selbst gebackene Kekse?«

Ich erhebe mich ebenfalls. »Und wie«, sage ich. Ich kann das, bei dem Stoffwechsel!

Die Stimmung in der Küche ist gelöst und heiter. Aella ist sichtbar, matscht an einem Keks herum und kichert über irgendwas, das Pluvius gerade gesagt hat, und Alex stellt Teller und Tassen auf den Tisch. Die beiden Hunde liegen rechts und links neben Aella und warten darauf, dass ihr etwas runterfällt.

»Ihr kommt genau richtig«, sagt Alex, als sie uns entdeckt hat. »Kaffee ist fertig. Und Kakao auch.«

»Wunderbar«, sagt Mama und setzt sich an den Tisch.

»Ja, lecker«, sage ich und greife zur Kanne.

»Wartet mal«, sagt Alex. »Was ist denn nun mit diesem geheimnisvollen Kästchen? Kann ich das mal sehen?«

Pluvius und ich sehen uns an. »Das Kästchen«, sage ich. »Das habe ich völlig vergessen.«

Sein Blick sagt mir, dass er ebenfalls nicht mehr daran gedacht hat. »Das muss euer Vater mitgenommen haben.«

»Stimmt«, stelle ich erleichtert fest und schenke mir Kakao ein. »Man gut. Hätte keine Lust, das Ding hier im Haus . . .« Ich halte inne. »Oh nein.« Alle sehen zu mir. »Ich habe, glaube ich, noch den Schlüssel. Bin gleich wieder da.« Ich stelle die Kanne hin und stürme aus der Küche und die Treppe hoch.

Die Jeans, die ich gestern anhatte, habe ich achtlos in den Wäschekorb geschmissen. Ich fische sie heraus und suche in der Hosentasche, und tatsächlich: Da ist er.

Ich nehme das kleine Samtsäckchen heraus, doch es fühlt sich merkwürdig an. Irgendwie . . . härter. Eckiger. Neugierig öffne ich es, schüttele den Schlüssel in meine Hand und hole dann noch etwas heraus, was ich vorher nie bemerkt habe: einen Brief. Die letzte Zeit hatte ich wahrlich viel um die Ohren, daher hätte ich auch nicht sagen können, ob der Brief von Anfang an dort drin war oder nicht.

Neugierig falte ich ihn auseinander.

»Liebe Ariadne«, steht da. »Wenn du diesen Brief liest, bin ich nicht mehr da. Genauer gesagt: ich, dein alter Großonkel. Mein jüngeres Ich bleibt dir noch ein bisschen erhalten. Zu dieser Zeit haben wir uns kennengelernt. Und wie es halt so ist bei Zeitreisenden, muss eines der Ichs verschwinden, bevor es zu Ohnmachtsanfällen kommt. Ich kann mich noch gut daran erinnern, wie wir uns das erste Mal getroffen haben. Meine Erinnerungen sind deine Zukunft und glaube mir: Unsere Zukunft hat gerade erst begonnen. Mehr darf ich nicht verraten: Du weißt ja, Raum-Zeit-Kontinuum. Ich werde verreisen, wollte immer schon einmal nach Italien und dann weiter, vielleicht nach Südamerika. Wir werden uns also nicht mehr wiedersehen (dabei sehen wir uns jetzt täglich), aber glaub mir: Es war wunderbar, dich als Kind gekannt zu haben. In ewiger Liebe, dein Großonkel Pluvius.«

Das ist mit Abstand das Merkwürdigste, was ich jemals gelesen habe. Und das Traurigste. Denn so viel verstehe ich: Onkel Pluvius kommt nicht mehr zurück. Auch jetzt nicht, nachdem er dem Sammler und dem Zeitriss entkommen ist. Er darf es nicht, weil Pluvius jetzt hier ist, sein junges Ich, und das hat er gewusst an dem Tag, nachdem er ins Essen mit den Perrevoorts geplatzt ist. Er hat es gewusst, weil es schließlich seine Erinnerung ist. Deshalb hat er mich so angesehen, so traurig, als wolle er sich mich für immer einprägen.

Tränen schießen mir in die Augen, während ich mir das alles durch den Kopf gehen lasse und es auch nach angestrengtem Nachdenken reichlich verwirrend finde.

Tatsache ist und bleibt, dass Pluvius hierbleiben wird, wenigstens, bis er wieder stark genug ist, um zu springen. Und ich werde meinen Großonkel wohl nicht mehr wiedersehen. Das ist schön und traurig zugleich. Ich werde Großonkel Pluvius vermissen, seine Scherze, seine Kochkünste, seine Art, Geschichten zu erzählen . . . obwohl, warum eigentlich? Ich bringe es Pluvius einfach bei. Ich wische die Tränen weg und starre auf das Blatt Papier. Halt, da steht noch was, es gibt ein PS:

»PS: Gib mir keinen von Theresas Keksen: In der Füllung ist Erdbeermarmelade.«

In diesem Augenblick höre ich einen Schrei, dann einen Knall. So schnell ich kann, laufe ich nach unten, um nachzusehen, was geschehen ist, und treffe meine Mutter im Flur.

»Ich habe keine Ahnung, was passiert ist«, sagt sie und drückt einen Armvoll Luft an sich, die meine unsichtbare Schwester Aella sein muss. »Eben stand er noch da, hat Kaffee getrunken und einen Keks gegessen und puff, mit einem Mal war er verschwunden und die Tasse lag auf dem Boden.«

»Einen Keks? Oh nein, Mist«, rufe ich, drücke ihr Zettel, Schlüssel und Säckchen in die Hand und laufe nach draußen.

Pluvius liegt unter dem Baum und hält sich den Knöchel. Er

hat Blätter im Haar und um ihn herum liegen Zweige. »Gebrochen, glaube ich«, stöhnt er, als ich mich neben ihn knie.

»Beweg mal die Zehen«, sage ich und finde, dass er das für einen Bruch noch ziemlich gut kann. »Nur verstaucht, würde ich sagen.«

»Ach so. Nur«, sagt er und seine Augen blitzen.

Ich sehe ihn an, werde rot und muss lächeln.

Pluvius lächelt auch, obwohl es ein wenig schmerzverzerrt aussieht. Er beugt sich vor, kommt näher, noch näher . . .

»Eins ist ja wohl klar«, sage ich, als unsere Gesichter nur noch Zentimeter voneinander entfernt sind.

»Was denn?«, will Pluvius wissen.

»Wenn du noch einige Zeit hierbleibst, und danach sieht es ja aus, dann brauchen wir unbedingt . . .«

»Ja?«

». . . ein Baumhaus.«

Pluvius kommt noch näher. »Unbedingt«, sagt er.

Na also. Alles andere wird sich finden.

Kirsten John

Zeitreisende küsst man nicht

Ariadnes kleine Schwester wurde entführt! Bei dem Versuch, sie zu retten, gerät Ariadne nicht nur mitten in die Biedermeierzeit, sondern auch in die Fänge zweier düsterer Damen. Moritz und Pluvius müssen alles daran setzen, dass Ariadne nicht in einer Zeitschleife endet. Ein aufregendes, spannendes, witziges Zeitreiseabenteuer beginnt …

Arena

312 Seiten • Klappenbroschur
ISBN 978-3-401-50612-8
www.arena-verlag.de